El último caso de Drury Lane

D.L.

El último caso de Drury Lane

ELLERY QUEEN

EL PAIS
SERIE NEGRA

Título original: *Drury Lane's Last Case*

Miguel Yuste, 40
28037 Madrid

Traducción: Waldo Leirós
Diseño de la colección: Manuel Estrada

ISBN: 84-96246-95-7
Depósito legal: M-17.627-2004
Impreso en España por Mateu Cromo, S. A., Pinto (Madrid)

Índice

Nota del autor

Con el gusto renovado del *gourmet* profesional —que después de haber probado hasta la saciedad los morbosos alimentos que estaban a su disposición encuentra de repente un manjar exquisito y raro— relato aquí el último caso al que ese gran hombre del teatro, el señor Drury Lane, dedicó su excepcional talento.

Ha sido un privilegio colaborar en las hazañas del señor Lane como silencioso taquígrafo; y seguramente nadie pondrá en duda —si discrepa del hombre mismo— la notable plasticidad de las ideas que desarrolla en estas investigaciones que yo he titulado: *La tragedia de X*, *La tragedia de Y*, y *La tragedia de Z*. Pero más aún que un privilegio, considero un deber relatar la última investigación de este hombre extraordinario, relato que he subtitulado *La tragedia de 1599* por razones que se harán evidentes durante la lectura de estas páginas. Digo «deber» porque si el señor Lane asombró a sus contemporáneos y a su público con el alto nivel mental de sus métodos en las tres investigaciones llevadas a cabo dentro del mundo del crimen, ya narradas, los dejó decididamente sin habla con la investigación del caso con el que terminó su carrera de autodesignado defensor de la ley. Y escatimar esta fantástica proeza a aquellos que han seguido las aventuras de Drury Lane con tanta paciencia, estímulo y, ¿por qué no decirlo?, entusiasmo, hubiera sido una crueldad lamentable.

Mi opinión, reconocidamente parcial, es que por su rara y extraña complejidad, el caso que se desarrolla en las páginas siguientes no tiene precedente en la historia del crimen.

ELLERY QUEEN

Prólogo

La barba de José

Era una barba curiosa, una barba poco ortodoxa, una barba casi humorística. Cortada en forma de azada francesa, colgaba extravagantemente ondulada, rizándose desde el mentón invisible y partiéndose en dos relamidas puntas por debajo del cuello invisible. Tenía una apariencia juvenil aunque dignificada por la sucesión de rizos perfectos, como la maraña de la majestuosa estatua de Zeus. Pero lo que atraía las miradas no era ni la belleza de sus dos puntas agudas ni sus rítmicas espirales. Lo verdaderamente maravilloso eran sus colores.

Era una verdadera barba de José, moteada, abigarrada y luminosa como la cabellera de José, en la que centelleaban inesperados reflejos negros, azules y verdes. ¿Se habría marchitado bajo un travieso sol? ¿O, con algún propósito inescrutable, habría depositado su dueño su largura solemne sobre una mesa de laboratorio y bañado aquel pelo en un tanque de productos químicos? Una barba tan olímpica no podía tener un origen menos fantástico. Era —uno caía en ello— una cabellera histórica; una barba para un museo, que debería conservarse para que la posteridad pudiera admirarla.

El inspector Thumm, que había pertenecido no hacía mucho tiempo al Departamento de Policía de Nueva York, estaba retirado ahora y consolaba su incansable espíritu con el bálsamo de una agencia de detectives privados. Cuarenta años en el ejercicio de su profesión le habían vuelto insensible a las sorpresas que suele proporcionar la naturaleza humana. A pesar de esto, quedó horrorizado primero y fascinado después por la extraordinaria pelambrera que adornaba el mentón de su visitante de aquella mañana de un lunes de mediados de mayo. No existía ningún precedente, en la experiencia del inspector, de aquella asombrosa colección de filamentos multicolores. Fijaba la vista en ella y la volvía a fijar sin poder evitarlo.

—Siéntese —dijo finalmente con voz débil. Echó una mirada furtiva al calendario que había sobre su mesa para comprobar si, debido a alguna alquimia extraña, no sería el día de los Inocentes, y finalmente se hundió en su propio sillón rascándose su ancha mandíbula azul y mirando a su visitante con temeroso asombro.

Barba Iris se sentó con perfecta ecuanimidad.

Era un hombre alto y delgado, por lo que pudo observar el inspector Thumm, lo que era poco fijarse, ya que el resto de su persona iba tan misteriosamente cubierto como su mentón. Llevaba una indumentaria recargada, como si cada parte de su cuerpo hubiera sido envuelta en bandas de tela gruesa; pero a la entrenada vista del inspector no se le escaparon la delicadeza de las muñecas que asomaban por encima de las manos enguantadas del hombre ni la esbeltez de sus piernas, signos indudables de delgadez. Unas gafas azules escondían sus ojos. Su indefinido sombrero de fieltro que, con encantador descuido, había olvidado quitarse al entrar en el despacho del inspector, disimulaba eficazmente la forma de su cabeza y el color de su pelo.

Y, al igual que Zeus, permanecía soberanamente silencioso.

Thumm tosió.

—¿Sí? —dijo animadoramente.

La barba se movió ligeramente, como con guasa.

—¿Sí? ¿Qué puedo hacer por usted?

Repentinamente las delgadas piernas se cruzaron y las enguantadas manos se enlazaron sobre una rodilla huesuda.

—Es usted el inspector Thumm, supongo —dijo la aparición con una voz ligeramente ronca. Thumm se agitó nervioso. Era como oír hablar a una estatua.

—Exactamente —dijo el inspector con desmayo—. Y ¿usted?...

Una mano se movió.

—No tiene importancia, inspector. El hecho es que... ¿cómo podría decírselo?... tengo una proposición bastante extraordinaria que hacerle.

¡Lo que hubiera sido extraordinario es que no la tuviera —pensó el inspector— con semejante disfraz! Parte de su astucia normal barrió el pasmo de sus ojos. Su mano se desplazó ligeramente al amparo de la mesa y apretó suavemente una palanquita, provocando así un zumbido casi inaudible del que, aparentemente, el caballero de la barba moteada no se dio cuenta.

—La gente que se sienta en esa silla suele tenerla —dijo jovialmente el inspector.

El extremo de la puntiaguda lengua apareció en medio de la peluda selva, entre los labios del hombre y, como asustada por los colores de la maleza, se retiró apresuradamente.

—Puedo decirle, inspector, que creo que es usted el hombre que buscaba. Lo que me ha llamado la atención es el hecho de que no parece ser usted el... ah... tipo corriente de detective privado.

—Nos gusta complacer.

—Eso es. Eso es... Ah... Usted es *estrictamente* privado, ¿no es así? Quiero decir, inspector, que usted ya no tiene ningún contacto con la policía, ¿verdad? —Thumm le miró fijamente—. Verá usted, tengo que estar seguro. Mi asunto es rigurosamente confidencial.

—Soy tan reservado —gruñó Thumm—, que no se lo diría ni siquiera a mis mejores amigos, si es eso lo que le preocupa, a menos que no me guste su color. Me gusta echarles arsénico a las ratas, señor. La Agencia Thumm no trabaja para bribones.

—¡Oh!, no, no —dijo Barba Iris rápidamente—, no se trata de nada de eso, se lo aseguro. Lo único que ocurre es que es algo... un poco raro, inspector.

—Si se trata de su mujer y algún amiguito —observó el inspector— no hay nada que hacer. Mi agencia no es de esa clase tampoco.

—No, no, inspector, nada de intrigas domésticas. No es nada de eso. Es... bueno, en pocas palabras —dijo Barba Iris agitando con su aliento la flora de su mentón—, quiero que me guarde algo.

—¡Oh! —dijo Thumm cambiando un poco de actitud—. ¿Guardar qué?

—Un sobre.

—¿Un sobre? —el inspector frunció el ceño—, ¿qué es lo que hay en él?

Barba Iris apretó los labios y mostró una firmeza inesperada.

—No —dijo—, eso no se lo voy a decir. No creo que importe.

Durante algunos segundos los fríos ojos grises del inspector miraron con asombro a su singular visitante. Las gafas azules permanecieron impenetrables.

—Entiendo —dijo el inspector, aunque era evidente que no entendía nada—, lo que usted quiere decir es que yo sólo tengo que... ¿guardárselo a usted?

—Tenerlo a salvo hasta que le llame para pedírselo. Como en depósito.

Thumm se quedó boquiabierto.

—Oiga, lo que yo dirijo no es una cueva de cajas fuertes de alquiler. ¿Por qué no va a un banco? Le resultaría condenadamente más barato.

—Me temo que no me entiende, inspector —dijo Barba Iris con prudencia—. Eso no me serviría de nada. Tengo que tenerlo a salvo, pero en manos de una *persona*, ¿comprende? Una persona íntegra —y examinó detenidamente los rasgos duros y rechonchos del inspector, como repasando en ellos esta valiosa cualidad de caballero.

—Oírle —dijo Thumm—, oírle es comprenderle. Bueno, veamos el objeto, señor Anónimo. ¡Veámoslo, veámoslo!

Durante unos momentos el visitante no obedeció; pero cuando lo hizo fue con rapidez, como si después de aquel momento de reflexión hubiera tomado una decisión. Su enguantada mano derecha buscó entre los pliegues de su ropa y al cabo de un momento emergió con un amplio sobre marrón de manila. Los ojos de Thumm brillaron y extendió una mano. El sobre cayó en ella con renuencia.

Era un sobre de manila corriente, de los que se pueden encontrar en cualquier papelería. En ninguna parte tenía el menor signo escrito. Estaba cerrado, pero no solamente con su solapa adhesiva normal; evidentemente el visitante había tomado ciertas precauciones contra la fragilidad de la naturaleza humana: para evitar cualquier indiscreción había pegado sobre la solapa, como protección adicional, seis pequeños trozos de papel blanco corriente y barato, en distintas formas.

—Un trabajo limpio —hizo notar el inspector—, limpio y poco llamativo.

Palpó el sobre con disimulo. Sus ojos se hicieron más pequeños. El visitante permanecía sentado en completo silencio.

—¿Qué es lo que hay dentro? No puede esperar que...

Tuvo la presumible evidencia de que Barba Iris había sonreído, porque los pelos de las comisuras de su boca se habían vuelto bruscamente hacia el norte.

—Me gusta su persistencia, inspector, me gusta enormemente. Esto confirma lo que he oído sobre usted. Tiene muy buena reputación, ¿sabe? Su actitud cautelosa...

—Sí, pero ¿qué es lo que hay dentro? —gruñó Thumm.

El hombre —si es que era un hombre, fue la absurda sospecha que cruzó por la mente de Thumm de pronto— se inclinó hacia delante.

—Suponga que le digo —susurró roncamente—, suponga que le digo que dentro de ese sobre que tiene en la mano, inspector, se encuentra la clave de un secreto, un secreto tan importante, tan trascendental, *tan tremendo,* que le aseguro que no me atrevería a confiárselo a nadie en el mundo.

El inspector Thumm pestañeó. Debería haberlo comprendido antes. La barba, las gafas, el pesado disfraz, las rarezas de su extraño visitante... Pues ¡claro! ¡Aquel hombre era obviamente un lunático que se había escapado de algún sitio! Clave, secreto. Nadie en el mundo... El pobre tipo estaba chiflado.

—¡Uh!... Tómelo con calma —dijo—, no debe excitarse, señor.

Se tentó rápidamente buscando la automática diminuta que llevaba en una funda debajo de la axila. ¡Aquel payaso loco podía ir armado!

Se sobresaltó al oír la risa cavernosa de Barba Iris.

—Piensa usted que estoy loco. No puedo culparle, inspector. Supongo que todo esto suena un poco... raro. Pero déjeme asegurarle —y aquí la sinuosa y ronca voz se volvió muy cuerdamente seca— que lo que he dicho es la estricta verdad, sin exagerar ni dramatizar. Y no necesita buscar su automática, inspector; no le voy a hacer daño.

Thumm sacó la mano de la chaqueta y, con la cara roja, miró furiosamente a su visitante.

—Eso está mejor. Ahora, por favor, escúcheme atentamente, porque tengo muy poco tiempo y es muy importante que lo entienda todo con claridad. Repito que ese sobre contiene la clave de un secreto colosal, inspector. Y déjeme añadir —siguió con voz tranquila— que es un secreto que vale *millones.*

—Bueno, si usted no está chiflado —gruñó Thumm—, entonces lo estoy *yo*. Me tendrá que decir algo más que eso si espera que me trague ese cuento. ¿Qué quiere decir con eso de un secreto que vale millones? ¿En este sobre escuchimizado?

—Precisamente.

—¿Un secreto político?

—No.

—¿Pozos de petróleo? ¿Chantaje? ¿Carta de amor? ¿Tesoro? ¿Joyas? Vamos, señor, juegue limpio. No pienso cargar con una cosa de la que no sé nada.

—Pero no puedo decírselo —replicó Barba Iris con una nota de impaciencia en la voz—. No sea estúpido, inspector. Le doy mi palabra de honor de que el contenido de este sobre no tiene nada de indigno. El secreto es perfectamente lícito. No tiene nada que ver con ninguna de esas cosas tan vulgares que acaba usted de mencionar. Se refiere a algo infinitamente más interesante y de muchísimo más valor. Además, recuerde que el sobre no contiene el secreto propiamente dicho. Lo único que contiene es la clave del secreto.

—Dentro de un minuto me volverá loco a mí también —gimió Thumm—. ¿Por qué todo este misterio? ¿Por qué quiere usted que me haga cargo de esta condenada cosa?

—Por una razón excelente —Barba Iris frunció sus labios rojos—. Estoy siguiendo la pista de, bueno, digamos del «original» de la clave que hay en el sobre, el secreto que ya he mencionado. Como comprenderá, eso quiere decir que todavía no lo he encontrado. Pero la pista es caliente, muy caliente, la verdad. Estoy seguro de obtener un éxito completo. Ahora bien, si cualquier cosa... ¡ah!... me ocurriera, inspector, quiero que abra usted ese sobre.

—¡Ah! —dijo el inspector.

—En el caso de que pase algo, y cuando abra el sobre, encontrará mi pequeña clave. Ella le conducirá por un camino bastante retorcido a... mí... O más bien a lo que quede de mí. Si tomo precauciones contra semejante eventualidad no lo hago con el menor espíritu de venganza, me gustaría que lo comprendiera. Si algo me ocurre no tengo tanto interés en ser vengado como en que el original del secreto sea *protegido*. ¿Está claro?

—¡Diablos, no!

Barba Iris suspiró.

—La clave que hay en ese sobre no es más que eso; sólo explica una pequeña parte *del todo*. Pero ¡así es precisamente como quiero que sea! Al ser algo tan incompleto me protegerá... ¡espero no ofenderle, mi querido inspector!... incluso de su curiosidad, o de la de cualquier otra persona en cuyas manos pudiera caer. Si lo abre antes de cuando yo le he dicho, le aseguro que lo que ese sobre contiene carecerá de significado para usted.

—¡Oh, basta ya! —gritó Thumm, poniéndose de pie. Su cara había enrojecido violentamente—. Está intentando tomarme el pelo. ¿Quién demonios le ha metido semejantes estupideces en la cabeza? Y además, maldita sea, no puedo perder...

Un zumbido insistente se elevó desde la mesa del inspector. El visitante no se inmutó. El estallido de ira se cortó en seco, luego el inspector cogió precipitadamente el auricular de su teléfono interior. Una voz femenina repiqueteó en sus oídos. Durante un momento escuchó malhumorado, y después volvió a colgar el auricular y se sentó.

—Adelante —dijo con voz ahogada—. Siga usted. Dígame lo que sea. Me lo tragaré todo, anzuelo, sedal y plomada. ¿Qué más hay?

—Vaya, vaya —dijo Barba Iris con un pequeño gruñido de comprensión—. Realmente inspector, yo no tenía la intención... En cualquier caso eso es todo.

—No. Por mi vida que no lo es —rugió el inspector—. Si me voy a dejar envolver de esta manera por lo menos quiero saber más. Tiene que haber algo más. Por muy delirante que sea el asunto, no puede serlo tanto como usted lo ha *presentado.*

El hombre acarició su estrafalaria barba.

—Cada vez me gusta usted más —murmuró—. Sí, hay algo más. Debe prometerme que no abrirá el sobre a menos que... —y aquí hizo una pausa.

—¿A menos que qué? —gruñó Thumm.

El visitante se humedeció los labios.

—Estamos a 6 de mayo. Dentro de dos semanas, el 20, le telefonearé aquí. Confió en poder telefonearle ese día. Y también el 20 de junio, y el 20 de julio, y el 20 de cada mes hasta que haya encontrado lo que busco. Este programa de llamadas le permitirá comprobar que sigo con vida, que no ha surgido ningún peligro inesperado —una nota aguda rompió la ronca voz—. Mientras sigan las llamadas lo único que tiene que hacer es guardarme el sobre hasta que yo se lo pida. Pero en el caso de que cualquier 20 no le haya llamado después de las doce de la noche, sabrá que probablemente estoy más allá de toda posibilidad de hacerlo. Entonces, y sólo entonces, quiero que abra el sobre, lea lo que contiene y proceda como le indique su criterio, en el que confío plenamente.

Thumm, obstinado y huraño, se hundió en su asiento; su aplastada nariz de boxeador daba a su rostro una expresión un tanto cínica. Una curiosidad bastante malhumorada se mezclaba con su terca expresión.

—Va usted a meterse en un infierno de molestias para asegurarse ese secreto suyo, señor. Hay alguien más buscándolo, ¿eh? Alguien que usted piensa que querrá liquidarle antes o después de haberlo conseguido.

—No, no —gritó Barba Iris—. No comprende usted. Que yo sepa nadie está buscando el... el secreto. Pero siempre cabe la posibilidad de que alguien lo haga, alguien cuya identidad e intenciones desconozco. Lo único que hago es tomar mis precauciones contra esta remota posibilidad, eso es todo. Tan remota que ni le diré mi nombre ni... ni nada. Porque si todo va bien, y yo así lo espero, no quiero que usted ni ninguna otra persona tenga conocimiento de una clave definitiva de mi secreto. Estoy seguro de haberle hablado con la franqueza suficiente, inspector...

—Por Dios —dijo el inspector con un suspiro—. ¿No le parece que esto es demasiado? Escuche, señor —y dio un puñetazo en la mesa—. Primero pensé que estaba usted loco. Luego pensé que alguien le había mandado para tomarme el pelo. Ahora ya no sé qué pensar excepto esto: me sentiría mucho más feliz si se fuera usted enseguida al infierno por esa puerta.

La barba se movió con sincero aturdimiento. El teléfono volvió a sonar. Thumm se quedó sorprendido, azorado, sonrojándose como un niño al que sorprenden robando manzanas. Apretó los puños dentro de los bolsillos.

—Está bien, está bien —murmuró dirigiéndose al zumbido; luego alzó la voz—. Lo siento. Me... me he levantado esta mañana de mal humor. Comprenderá que no estoy acostumbrado a este tipo de —lanzó un sonoro suspiro— casos. No soy más que un detective corriente y supongo que no me hago a la idea de convertirme en la niñera de un sobre... Está bien, seré lo bastante loco también como para ser sociable. Cuando me llame usted el 20 ¿cómo sabré que es usted?

El visitante respiró con alivio.

—Me alegra tanto... Es muy astuto, inspector, verdaderamente muy astuto. No había pensado en eso —soltó una risita y se frotó las enguantadas manos—. ¡Realmente todo esto es muy emocionante! ¡Como aquel tipo loco de las aventuras de Lupin!

—¿De quién? —preguntó Thumm receloso.

—El inmortal Arsenio. Contraseña... ¡Contraseña, claro! Ésa es la respuesta lógica, inspector. Muy bien, cuando le llame diré... déjeme ver... ¡Eso es! «Aquí el hombre de ninguna parte. ¡Millones!» y por eso, como no dijo Mateo, me conocerá. ¡Ja! ¡Ja!

—¡Ja! ¡Ja! —dijo el inspector—. «Aquí el hombre de...» —movió prudentemente la cabeza. Luego un brillo de esperanza apareció en sus ojos—. Pero quizá mis honorarios no...

—¡Ah, sus honorarios! —dijo Barba Iris—. Sí, sí, casi lo había olvidado. ¿Qué anticipo necesita para hacerse cargo de este pequeño caso tan peculiar?

—¿Sólo por guardar este condenado sobre?

—Eso es.

—Le costará —dijo el inspector con desesperación— exactamente quinientos cascajos.

—¿Cascajos? —repitió Barba Iris aparentemente confuso.

—Aguilones, pápiros, pavos. ¡Quinientos! —gritó Thumm.

El inspector buscó ansiosamente signos de consternación en el rostro de su visitante; quería ver caer aquella mandíbula con su horroroso follaje y sentir un alivio triunfal cuando el visitante se batiera en retirada hacia la puerta ante tan descabellada exigencia.

—¡Oh, dólares! —dijo el visitante con una vaga sonrisa.

No parecía estar alarmado. Estuvo buscando entre sus apretadas ropas, sacó una gruesa cartera, extrajo un billete alargado y lo puso encima de la mesa.

Era un billete de mil dólares, nuevo, crujiente.

—Creo —dijo Barba Iris con aire convencido— que mil dólares es una cantidad más cercana a una remuneración apropiada, inspector. Ésta es una misión poco común y no muy ortodoxa. Además, eso es lo que valen para mí la tranquilidad y la seguridad...

—¡Uf! —Thumm tragó saliva mientras tocaba el billete con unos dedos gruesos y nerviosos.

—De acuerdo, entonces —continuó el visitante levantándose—. Sólo faltan dos detalles más, dos condiciones que debe usted respetar. Debo insistir en que las observe, inspector. La primera es que no me ponga usted... ¿cuál es la expresión profesional?... una sombra cuando abandone este despacho. Y si algún 20 no he podido llamarle por teléfono no debe intentar encontrarme.

—Desde luego, desde luego —dijo Thumm con voz temblorosa.

¡Mil dólares! Lágrimas de alegría asomaron en sus pétreos ojos. Aquellos eran días de vacas gordas. ¡Mil dólares por guardar un sobre insignificante!

—La segunda condición —dijo el hombre cerca ya de la puerta— es que si algún 20 no llamara, no debe usted abrir el sobre *salvo en presencia del señor Drury Lane.*

La boca del inspector se abrió como la Cueva de la Duda. Aquello era el golpe de gracia, la derrota completa. Barba Iris sonrió suplicante, trotó hacia la puerta y desapareció.

La señorita Patience Thumm, soltera, blanca, veintiún años cumplidos, sexo femenino, cabello color miel y, familiarmente hablando, la niña de los ojos del inspector, se quitó los auriculares de la cabeza y los colocó precipitadamente en el último cajón de su mesa. Este cajón lo utilizaba como escondrijo del magnetófono. Un instante después se abrió la puerta del despacho del inspector e hizo su aparición el hombre alto y arropado de las gafas azules y la barba. No pareció ver a Patience, lo que fue una pena, y era evidente que sólo tenía interés en una cosa: alejar a la mayor brevedad posible de los dominios de la agencia del detective Thumm sus gafas, su barba y toda su increíble persona. La puerta principal de la moderna oficina se cerró con gran estrépito. Inmediatamente después, Patience, que tenía muchos menos escrúpulos morales que la mayor parte de las mujeres (¡después de todo *ella* no había hecho ninguna promesa!), se precipitó hacia la puerta para echar un vistazo. Tuvo el tiempo suficiente para ver cómo una punta de la maravillosa barba desaparecía por una esquina del descansillo, al mismo tiempo que su dueño, desdeñando la presencia del ascensor, se escapaba por la escalera de incendios. Patience perdió tres segundos preciosos chupándose el labio inferior; luego sacudió la cabeza y volvió a entrar en la sala de espera de la oficina. Poco después irrumpió en el despacho de su padre. Sus ojos azules brillaban con la excitación.

El inspector Thumm, todavía confuso, se sentó blandamente en el borde de su mesa, con el gran sobre de manila en una mano y el billete de mil dólares en la otra.

—Pat —dijo con voz ronca—, Pat, ¿has visto eso? ¿Has oído eso? ¿Será un billete falso? ¿Estoy loco, lo está él o qué?

—Vamos, padre —gritó ella—, no seas *bobo.*

Cogió el sobre y lo miró; los ojos le bailaban. Sus dedos lo apretaron y algo crujió dentro.

—Hay otro sobre dentro de éste y no tiene la misma forma. Parece más cuadrado. Padre, me gustaría...

—¡Oh!, no. No lo harás —dijo el inspector precipitadamente quitándole el sobre de la mano—. He aceptado la pasta de ese pájaro, recuérdalo. ¡Pat, es uno de los grandes!

—Creo que eres demasiado modesto —se quejó Patience—. No puedo entender que...

—Escucha, palomita. Esto quiere decir un traje nuevo para ti, *eso es todo.*

El inspector refunfuñó y ocultó el sobre en el rincón más remoto de la caja fuerte de su despacho. Empujó la puerta de acero, la cerró y volvió a sentarse al borde de la mesa secándose la frente.

—Deberías haber dejado que lo echase a puntapiés —murmuró—. Nunca me he metido en un asunto tan loco. Lo habría echado si no me hubieras llamado por el teléfono. ¡Cielos, si se publicara esta entrevista en un libro nadie creería que es auténtica!

Los ojos de Patience eran soñadores.

—Es un caso encantador. ¡Encantador!

—Para un psiquiatra —gruñó el inspector—. Si no fuera por el billete, no...

—¡No! Es... ¡oh! Es estrafalario. ¡*No* es un loco, padre! Nunca pensé que una persona mayor con una mente tan poco enferma pudiera vestirse como alguien sacado de un cuento de hadas y... supongo que la barba te habrá impresionado...

—¡Barba! ¡Más bien dirás lana teñida!

—Una obra de arte, extravagante. ¡Cómo eran esos rizos artificiales! No, decididamente hay algo sospechoso en todo esto —murmuró Patience—. Puedo entender que un hombre necesite ocultarse tras un disfraz...

—¿Así que te diste cuenta de eso también? Era falsa, desde luego —dijo el inspector malhumoradamente—. Pero nunca he visto una barba tan llamativamente falsa.

—Eso es indiscutible. Y la barba, las gafas y la cantidad de ropa, todo parecía indicar que quería ocultar su verdadero aspecto. Pero ¿por qué los colores de la barba, padre?

—Te digo que es un loco. ¡Una barba azul y verde!

—¿Sería posible que quisiera indicar algo?... —Patience suspiró—. Pero eso es absurdo. Sin su disfraz sería un hombre alto y delgado de rasgos angulosos, probablemente de mediana edad, y con una voz vibrante...

—También disimuló la voz —murmuró el inspector—. Pero tienes razón, tenía un tono nasal. Pero no es un yanqui del este, Patty. No es ese tipo de voz...

—Claro que no. ¿Estás seguro de haberte dado cuenta? Es inglés, padre.

El inspector se golpeó el muslo.

—¡Por Dios, Pat, es verdad!

—Eso no lo podía ocultar —dijo Patience ceñuda—. Y algunas de sus expresiones eran británicas también. Su acento era más de Oxford que de Cambridge. Y además se atascó con tus sabrosos sinónimos de dólares, aunque eso pudo ser deliberado —se encogió de hombros—. Creo que no existe la menor duda de que se trata de un hombre cultivado. Tenía incluso aspecto de profesor, ¿no crees?

—De chiflado —gruñó Thumm; se metió un puro en la boca y miró a su hija frunciendo el ceño—. Pero dijo una cosa que me molesta. Dijo que si no llamaba un 20 teníamos que avisar primero al viejo Drury y luego abrir el sobre en su presencia. En nombre del pequeño César, *¿por qué?*

—Sí, ¿por qué? —repitió Patience—. Yo diría que ése es el dato más significativo de la visita de tu cliente.

Se sentaron en silencio mirándose pensativamente el uno al otro. La extraordinaria petición que había hecho el inglés disfrazado al despedirse eclipsaba los demás misterios. El señor Drury Lane, además de ser un personaje pintoresco, era un viejo caballero de lo menos misterioso del mundo. Era un hombre de unos setenta años, retirado de la escena desde hacía más de doce. Llevaba una vida apacible de viejo artista opulento en la parte norte de Westchester, en una extensa propiedad, con su castillo, sus jardines, y su aldea señorial, todos encantadoras reproducciones de la Inglaterra isabelina que él amaba. Hamlet, como llamaba a su propiedad, le iba como un guante. En otros tiempos Drury Lane había sido el mejor actor shakespeariano del mundo. A los sesenta años, en pleno auge de su fulgurante carrera, se quedó completamente sordo. Aceptó la situación filosóficamente, pues era enormemente cuerdo. Se dedicó a aprender a leer el movimiento de los labios —un arte en el que se reveló extremadamente hábil— y se retiró a Hamlet. Vivía de las rentas de su enorme fortuna personal y proporcionaba refugio a los parias de su propia profesión y a los miembros indigentes de otras artes. Hamlet se convirtió en un santuario del aprendizaje; su teatro, en un laboratorio para el drama experimental; y su biblioteca de infolios isabelinos y shakespearianos, en la meca de los estudiosos. El viejo y gran hombre de la escena dedicó además su aguda e inquieta inteligencia a la investigación del crimen, aunque sólo como afición. Estaba practicándola cuando conoció al inspector Thumm, entonces en servicio activo en el Departamento de Policía de Nueva York. Así nació una peculiar amistad. Había cooperado con eficacia en la investigación de varios asesinatos antes y después de que Thumm dejara el Departamento para poner una agencia de detectives privados. Luego se les había unido Patience, la hija de Thumm, que al volver a su tierra natal después de una adolescencia pasada en Europa, se entregó inmediatamente y con singular entusiasmo al trabajo con su padre y el viejo actor.

Los ojos de Thumm vagaban desconcertados. ¿Qué conexión podía existir entre su misterioso y ligeramente equívoco visitante con sus oppenheimerianas alusiones a un secreto que valía millones y su sordo, achacoso (Lane en los últimos años había sucumbido a las enfermedades características de la vejez), honrado, entrañable y brillante amigo?

—¿Le escribo? —murmuró Patience.

El inspector arrojó su puro con disgusto.

—Yo no lo haría, Patty; todo este asunto es disparatado. Nuestra relación con el viejo Drury es bastante conocida, y ese barbudo puede haber usado el nombre de Lane simplemente para impresionarnos. ¡Ese pájaro juega sucio! No tiene sentido que aburramos a Lane con esto por el momento. Esperaremos hasta el 20. Y escucha lo que te digo, niña, el 20 el barbas no llamará, no piensa llamar. Lo que quiere es que abramos el sobre. Algo se está cociendo y no me gusta el guiso... Ya tendremos tiempo de poner a Lane al corriente.

—Como quieras —dijo Patience dócilmente; pero sus ojos interrogaban la puerta cerrada de la caja fuerte, y una arruga profunda apareció entre sus cejas.

Pero las cosas no sucedieron como él esperaba. El inspector se convirtió en un profeta triste y amargado. Hacia el mediodía del 20 de mayo el teléfono de Thumm sonó. El inspector, atónito, oyó una voz ligeramente ronca, con marcado acento inglés, que dijo:

—¿Inspector Thumm?

—Sí.

Patience, que escuchaba por el otro teléfono, sintió que se aceleraban los latidos de su corazón.

—Aquí el hombre de ninguna parte. ¡Millones! —dijo la voz.

Hubo una risa al otro lado del hilo y antes de que el inspector se pudiera recobrar de su desconcierto, hubo un clic y la línea se cortó.

El hombre del sombrero azul

El 28 de mayo, que era martes, la señorita Patience Thumm, cuyas horas de oficina eran elásticas, entró en la sala de espera de la Agencia de Detectives Thumm pocos minutos después de las diez. Sonrió a la triste y bizca señorita Brodie, mecanógrafa oficial de la agencia, y entró sin miramientos en el sancta sanctórum donde su padre escuchaba atentamente la voz triste y grave de un visitante.

—¡Ah! Patty —dijo el inspector—, has llegado en el momento oportuno. Éste es el señor Georges Fisher y tiene una interesante historia que contar. Ésta es mi hija, Fisher, algo así como la guardiana de su padre —se rió—. El cerebro de la agencia somos los dos, así que es mejor que se lo explique a ella también.

El visitante se agarró al respaldo de la silla, se levantó con torpeza y se quedó de pie estrujando su gorra. Era una gorra de visera con el casquete blando; la visera tenía una pequeña placa esmaltada sobre la que se podía leer: «Autobuses Rivoli». Era un joven de aspecto agradable, alto y corpulento cuyo cabello era horrorosamente rojo; su corpulenta figura llevaba con comodidad un aseado uniforme de color gris azulado; una correa negra le cruzaba el pecho desde un hombro hasta el amplio cinturón que le ceñía; y sus robustas pantorrillas estaban forradas de cuero.

—Encantado de conocerla, señorita Thumm —murmuró—. Yo no sé si es un caso...

—Siéntese, señor Fisher —dijo Patience con la sonrisa que reservaba exclusivamente a los clientes jóvenes y guapos—. ¿De qué se trata?

—Bueno, precisamente le estaba explicando al inspector —dijo Fisher mientras sus orejas enrojecían—. Verá usted, yo no sé si realmente es algo. Pero podría serlo. Ese Donaghue es amigo mío, y ya ve, pues...

—Espere —dijo el inspector—. Será mejor que empecemos por el principio, Fisher. Fisher conduce uno de esos autobuses para turistas que aparcan cerca de Times Square, Patty, de la Compañía de Transportes Rivoli. Está preocupado por un amigo. La razón por la que ha venido a vernos es que este amigo, un tipo llamado Donaghue, le ha mencionado mi nombre varias veces. Donaghue es un antiguo policía; me parece recordar que era un gordo simpático, un buen punto del Departamento.

—¿Donaghue también está empleado en su compañía? —preguntó Patience, suspirando para sus adentros ante un comienzo tan prosaico de la historia.

—No, señorita. Se jubiló en la policía hará más o menos cinco años y consiguió un trabajo de guarda especial en ese museo que hace esquina en la Quinta Avenida con la 65, el Británico.

Patience asintió con la cabeza; el Museo Británico era una pequeña pero muy estimada institución dedicada a la conservación y exposición de viejos manuscritos y libros ingleses. Lo había visitado varias veces en compañía del señor Drury Lane, que era uno de los dueños.

—Donaghue y mi viejo estuvieron juntos en la guerra, y lo conozco de toda la vida, señorita.

—¿Y le ha ocurrido algo?

Fisher retorció su gorra.

—Ha... señorita, ¡ha desaparecido!

—¡Ah! —dijo Patience—. Bueno, padre, me parece que esto entra más dentro de *tu* línea. Cuando un caballero establecido y respetable más o menos de mediana edad se desvanece suele tratarse de una mujer, ¿no?

—Oh, no, señorita —dijo el conductor—, Donaghue no.

—¿Lo ha notificado usted al Departamento de Personas Desaparecidas?

—No, señorita, no... no sabía que tenía que hacerlo. El viejo Donaghue se pondría furioso si yo armara un alboroto por nada. Verá usted, señorita Thumm —dijo Fisher gravemente—, puede que no sea nada. No lo sé. Pero a mí me parece condenadamente extraño.

—Y lo es —dijo el inspector—, muy extraño, Pat. Adelante y dígale a la señorita Thumm lo que me ha contado, Fisher.

Fisher contó una extraña historia. Un grupo de maestros de Indianápolis había llegado a Nueva York en una excursión de vacaciones y educativa al mismo tiempo, y había alquilado uno de los autobuses de la Compañía de Transportes Rivoli para que los paseara por la ciudad siguiendo un itinerario establecido por correo antes de su llegada. Fisher era el encargado de recogerlos para el paseo del día previsto. Salieron más o menos a mediodía del punto de partida de la compañía, la calle 44 de Broadway. El último lugar previsto en el itinerario del día había sido el Museo Británico. El museo no figuraba en la ruta turística normal de los autobuses de la compañía por razones obvias: era inequívocamente «un sitio muy serio», como dijo Fisher sin rencor, y la mayor parte de los turistas se contentaban con una vuelta por Chinatown, el Empire State Building, el Museo de Arte Metropolitano (por fuera), Radio City, el East Side y la tumba de Grant. Pero el grupo de maestros no estaba compuesto de turistas corrientes; eran profesores de Bellas Artes e Inglés, y, según la proletaria y poco admirativa frase de Fisher, «eran una panda de serios». La visita al famoso Museo Británico había sido considerada por los recién llegados estetas como lo más notable de su viaje a Nueva York. Al principio creyeron que no podrían cumplir su deseo, pues el museo llevaba varias semanas cerrado. Se estaban llevando a cabo importantes restauraciones y reformas en su arquitectura interior, y la verdad es que no se había pensado en volver a abrirlo al público hasta dos meses más tarde por lo menos. Pero finalmente el conservador y la Junta de Directivos del Británico habían concedido un permiso especial al grupo para que pudiera visitar el museo durante su corta estancia en la ciudad.

—Y aquí viene lo raro, señorita Thumm —dijo Fisher lentamente—. Los conté cuando se subieron en mi autobús... No tenía que hacerlo, porque en casos especiales como éstos el que se encarga de la organización es uno del grupo y lo único que yo tengo que hacer es conducir; pero los conté por costumbre, y había diecinueve, diecinueve, entre hombre y mujeres...

—¿Cuántos hombres y cuántas mujeres? —preguntó Patience con los ojos brillantes.

—No puedo decirle, señorita. Bueno, pues eran diecinueve cuando salimos de nuestra terminal. Y ¿qué cree usted que pasó?

Patience se echó a reír.

—No se me ocurre ninguna idea brillante, señor Fisher. ¿Qué cree *usted* que pasó?

—Algo gordo —dijo el conductor de autobús haciendo una mueca—. Cuando volvimos a la terminal a media tarde (el reglamento de la compañía exige que empecemos y terminemos en la parada de la calle 44), señorita, cuando volvimos y mis pasajeros empezaron a bajar, los volví a contar y ¡Santo Cielo!, ¡sólo había *dieciocho*!

—Ya veo —dijo Patience—. Muy raro, desde luego. Pero ¿qué tiene eso que ver con la desaparición de su amigo Donaghue?

—Lo de su amigo Donaghue —dijo el inspector, arrastrando las palabras—, viene después. Verás cómo se enreda la madeja. Siga, Fisher —y miró por la ventana hacia los grises muros de Times Square.

—¿Quién faltaba? —preguntó Patience—. ¿Se lo preguntó a los del grupo?

—No, señorita. Fue todo muy rápido. Pero al recordarlo más tarde pensé que sabía cuál era el pájaro que no había vuelto conmigo —contestó Fisher abombando su fuerte torso—. Me fijé en él durante el viaje de ida porque tenía un aspecto extraño. Era más o menos de mediana edad y llevaba un bigote muy grande, gris y peludo, como los que se ven en el cine. De ésos en los que se queda toda la sopa. Un tipo alto. Y también el sombrero que llevaba era muy raro, azul, creo. Ahora que me acuerdo, no se lo quitó en todo el día. No parecía amigo de los otros ni les habló. Y luego se perdió, no estaba con nosotros en el viaje de vuelta.

—Curioso, ¿verdad? —dijo el inspector.

—Mucho —dijo Patience—. ¿Y qué tiene que ver con todo esto Donaghue, señor Fisher? No consigo ver la relación.

—Bueno, señorita, a eso iba. Cuando llegamos al Británico le pasé mis pasajeros al doctor Choate...

—¡Ah!, el doctor Choate —dijo Patience con un gesto de entendimiento—. Conozco a ese caballero, es el conservador del museo.

—Eso es, señorita. Los cogió por su cuenta y empezó a enseñarles todo aquello. Mi parte del trabajo estaba hecha hasta que estuvieran de vuelta, así que me quedé en la puerta charlando un rato con Donaghue. No lo había visto desde hacía un par de semanas, y quedamos citados para ir a ver las peleas del Garden ayer por la noche...

—¿Las peleas, señor Fisher?

Fisher pareció confuso.

—Claro, señorita, las peleas, los... los combates de boxeo que se organizan en el Garden. Yo mismo soy bastante hábil manejando los guantes, y me gusta ver una buena pelea de vez en cuando... En fin, le dije a Donaghue que le esperaría ayer por la noche después de cenar. Es soltero, ¿sabe?, y vive en una casa de huéspedes en la parte baja, en Chelsea. Bueno, entonces me fui en busca de mis pasajeros, los seguí un rato por allí, y cuando terminaron me los traje de vuelta a la terminal.

—¿Estaba Donaghue en la puerta cuando salió usted con su grupo? —preguntó pensativamente el inspector.

—No, señor. O al menos yo no me di cuenta. Ayer por la noche, después del trabajo me fui a comer algo; yo también soy soltero, señorita —dijo Fisher ruborizándose—, y llamé a Donaghue a su pensión. Pero no estaba y su patrona me dijo que no había vuelto después de terminar su trabajo. Pensé que quizá algo le había retenido más tiempo, así que estuve paseando por allí más o menos durante una hora. Como Donaghue no aparecía telefoneé a un par de amigos suyos, pero no lo habían visto, ni habían oído nada de él en toda la tarde. Empecé a sentirme inquieto.

—Un muchacho tan grande como usted —murmuró agudamente Patience—. ¿Y?

Fisher tragó saliva de una forma infantil.

—Llamé al Británico. Hablé con el guarda, el vigilante nocturno, señorita, que se llama Burch, y me dijo que había visto irse a Donaghue del museo aquella tarde, antes de que mi grupo se fuera y mientras yo estaba todavía allí; pero Donaghue no había vuelto. No sabía qué hacer, así que me fui al boxeo yo solo.

—Pobre muchacho —dijo Patience compresiva; Fisher le echó una mirada de súbito interés masculino—. Y ¿eso es todo?

Los anchos hombros se encogieron y la mirada de conquistador desapareció de sus ojos.

—Ésta es toda la maldita historia, señorita. Esta mañana, antes de venir, me pasé por su pensión, pero no había vuelto en toda la noche; y llamé al museo y me dijeron que todavía no había ido a trabajar.

—Pero ¿qué tiene que ver —insistió Patience— la desaparición de su amigo Donaghue con el pasajero perdido, señor Fisher? Me temo que estoy un poco torpe esta mañana.

El rostro enérgico de Fisher se endureció.

—Eso es lo que no sé. Pero —hablaba obstinadamente— el pájaro del sombrero azul desaparece, y Donaghue desaparece aproximadamente al mismo tiempo, y no puedo remediarlo, pero tengo la sensación de que hay una relación entre las dos cosas.

Patience asintió pensativa.

—La razón por la que he venido, como dije antes, señorita —continuó Fisher torpemente—, es que si voy a la policía, Donaghue podría enfadarse. Él no es un niño, señorita Thumm; sabe cuidarse. Pero... bueno, maldita sea, estoy preocupado por él y pensé que podría pedirle al inspector, en recuerdo de los viejos tiempos o algo así, que intentase enterarse de qué es lo que le había pasado a ese gordo irlandés.

—Bueno, inspector —murmuró Patience—, ¿puedes resistir semejante halago a tu vanidad?

—Creo que no puedo —dijo su padre haciendo una mueca—. No hay pasta, Fisher, y los tiempos son duros, pero creo que podremos husmear un poquito.

La cara infantil de Fisher se iluminó como por arte de magia.

—¡Estupendo! —gritó—. Eso es estupendo por su parte, inspector.

—Bien, bien —dijo Thumm vigorosamente—, entonces vayamos a los hechos. ¿No había usted visto antes al hombre del sombrero azul, Fisher?

—No, señor. Era un completo extraño para mí. Y lo quees más —dijo el conductor frunciendo el ceño—, estoy casi seguro de que Donaghue tampoco le conocía.

—¿Cómo demonios puede usted saber eso? —preguntó atónita Patience.

—Bueno, cuando llegué al museo con mis diecinueve polluelos, Donaghue los tuvo a la vista durante un buen rato, los pudo mirar uno por uno. No me dijo que conociera a nadie y lo hubiera hecho si hubiese reconocido a alguien.

—No necesariamente —observó el inspector secamente—, pero me imagino que a pesar de todo es cierto. ¿Por qué no me hace una descripción de Donaghue?

—Es muy robusto, más o menos ochenta kilos —contestó Fisher rápidamente—, mide un metro setenta y cinco, aproximadamente, tiene sesenta años, fuerte como un toro, piel rojiza de irlandés y una cicatriz de bala en la mejilla derecha. Tiene que acordarse de eso, inspector; no se puede olvidar si se le ha visto una sola vez; anda echado hacia delante, como...

—¿Buscando camorra? —sugirió Patience.

—¡Eso es! Ahora tiene el pelo gris y unos ojos grises condenadamente vivos.

—Buen chico —dijo el inspector aprobadoramente—. Hubiese sido usted un policía estupendo, Fisher. Ahora me acuerdo. ¿Sigue fumando en aquella hedionda pipa de arcilla que tenía? Era uno de sus peores vicios.

—Desde luego que lo hace —dijo Fisher con una mueca—. Cuando no está de servicio. Se me había olvidado.

—Muy bien —el inspector se levantó bruscamente—. Usted vuelva a su trabajo, Fisher, y déjeme esto a mí. Haré algunas averiguaciones y si encuentro algo sospechoso avisaré a la policía. En realidad es un trabajo para ellos.

—Gracias, inspector, gracias —dijo el conductor de autobús, y saludando con una brusca inclinación a Patience salió del despacho.

Los latidos del corazón de la señorita Brodie se aceleraron cuando pasó ante ella atravesando la sala de espera para salir rápidamente.

—Un chico simpático —murmuró Patience—, aunque un poco patán. ¿Te has fijado en esos hombros, padre?

El inspector Thumm sorbió con fuerza a través de su aplastada nariz, enderezó sus hombros, también anchos, y consultó la lista de teléfonos. Luego marcó un número.

—¡Oiga! ¿Compañía de Transportes Rivoli? Me llamo Thumm, de la Agencia de Detectives Thumm. ¿Usted... el director?... ¡Ah!, es usted mismo. ¿Cuál es su nombre? ¿Qué? ¡Oh! Theofel. Mire, escuche, señor Theofel, ¿tiene usted en su nómina a un conductor que se llama Georges Fisher?

—Sí —dijo una voz ligeramente alarmada—. ¿Ocurre algo?

—No, no —dijo el inspector cordialmente—. Sólo pregunto, eso es todo. ¿Es un chico grande, pelirrojo y con cara de honrado?

—¿Por qué? Sí, sí. Uno de nuestros mejores conductores. Estoy seguro de que no...

—Claro, claro. Sólo quería comprobar algo, eso es todo. Oiga, ayer tuvo que hacerse cargo de un grupo de profesores paletos. ¿Puede usted decirme en dónde se hospedan?

—Desde luego. En el Park Hill, cerca del Plaza. ¿Está usted seguro de que no...?

—Adiós —dijo el inspector y colgó. Se levantó y recogió su abrigo—. Ponte polvos en la nariz, niña. Tenemos una cita con la inte...

—Intelectualidad —suspiró Patience.

Los 17 maestros

La intelectualidad resultó ser un grupo de damas y caballeros de los que ninguno tenía menos de cuarenta años; las mujeres predominaban en un esparcido número de hombres secos y polvorientos; estaban sentados frente a un alegre desayuno en el comedor principal del Park Hill, piando y gorjeando como una bandada de gorriones cuando aparecen las primeras hojas de la primavera.

Era ya tarde y sólo el grupo de maestros ocupaba el comedor vacío. El *maître d'hôtel* indicó el camino hacia las damas y caballeros de la sabática reunión con un pulgar negligente. El inspector Thumm, impávido, se plantó firmemente en la *salle à manger* (el Park Hill tenía pretensiones galas además de cocina francesa) y se abrió paso entre la maleza de mesas vacías y relucientes seguido de una Patience que a duras penas podía contener la risa.

Ante la formidable aproximación del inspector los gorjeos bajaron de tono, se mantuvieron un momento, y finalmente cesaron del todo. Un huésped de ojos asustados giró sobre sus talones para observar a los intrusos. La cara del inspector nunca había inspirado confianza en los corazones de los niños pequeños y asustaba a los adultos mínimamente conscientes; era grande, roja, dura y masivamente huesuda, y su bien aplastada prominencia le añadía un toque ligeramente siniestro.

—¿Son ustedes los maestros de Indiana? —gruñó Thumm.

Un estremecimiento de aprensión recorrió la mesa; las viejas solteronas se llevaron la mano al corazón y los hombres empezaron a humedecerse sus dignos labios.

Un hombre de cara ancha y de unos cincuenta años, penosamente vestido —aparentemente era el Beau Brummell y el orador del grupo– se agarró a la silla y a la mesa y medio se levantó, volviéndose y empuñando el respaldo del asiento. Estaba muy pálido.

—¿Sí? —dijo con voz temblorosa.

—Soy el inspector Thumm —dijo Thumm con el mismo gruñido de salvaje; y por un momento Patience, medio escondida detrás de las anchas espaldas de su padre, pensó que se había producido un síncope femenino general.

—¡La policía! —ladró el orador—. ¡La policía! ¿Qué hemos hecho?

El inspector interrumpió un gesto. Si aquel caballero prefería llegar a la conclusión de que «inspector» era sinónimo de «policía», mejor.

—Eso es lo que he venido a buscar aquí —dijo el inspector ásperamente—. ¿Están aquí todos ustedes?

Los ojos del hombre se pasearon nerviosamente por la mesa; luego, redondos y abiertos como platos, se volvieron hacia la cara severa del inspector.

—Pues sí, desde luego. ¿Por qué?

—¿No falta nadie?

—¿Falta? —fue el eco desconcertado del orador—. Desde luego que no. ¿Por qué había de faltar alguien?

Varias cabezas se movieron hacia delante y hacia atrás; dos señoras demacradas y dignas dejaron escapar ligeras exclamaciones de horror.

—Sólo pregunto —dijo el inspector. Sus fríos ojos recorrían la mesa de un lado a otro, con una mirada tan fulgurante como una guadaña—. ¿Dieron ustedes un divertido paseo ayer por la tarde en uno de los autobuses de la Rivoli?

—Eso sí, señor. Desde luego.

—¿Fueron todos ustedes?

—¡Oh, sí!

—¿Y volvieron todos?

El caballero obeso se dejó caer en su asiento, como abrumado por la violencia con que había estallado la tragedia.

—Creo... creo que sí —murmuró penosamente—. Señor F... Frick, ¿no volvimos todos?

El interpelado era un hombrecillo menudo, con un enorme cuello duro y ojos marrones y acuosos que se aclaró la garganta para hablar, miró a su alrededor buscando consuelo y por fin dijo en voz baja:

—Sí. Sí, señor Onderdonk. Así fue.

—Vamos, vamos —dijo el inspector—. No sean malos chicos, están ustedes protegiendo a alguien. ¿Quién falta?

—Es muy posible —murmuró Patience, interrumpiendo el aterrado y palpitante silencio que se había producido instantáneamente— que esta buena gente esté diciendo la verdad, padre.

Thumm esbozó un gesto de feroz prohibición a su hija, pero ella sonrió dulcemente y siguió:

—Verás, padre, los he estado contando.

—¿Y? —estalló él, volviendo rápidamente sus ojos hacia la mesa.

—Son *diecisiete.*

—Pero ¿qué demonios es esto? —murmuró el inspector olvidando momentáneamente su papel de ogro mientras intentaba comprender—. Fisher dijo *diecinueve...* Oiga, usted —le gritó al orador—, ¿han sido siempre diecisiete?

El señor Onderdonk sólo pudo asentir con la cabeza, aunque aguantó como un valiente.

—¡Eh, mozo! —rugió Thumm al *maître d'hôtel* a través del comedor. El *maître d'hôtel,* alarmado, levantó la vista del menú que estaba estudiando—. ¡Venga aquí!

El *maître d'hôtel* se irguió, miró con desaprobación al inspector y finalmente cruzó la habitación con el paso de un granadero aburrido.

—¿Sí? —dijo con voz musical.

—Échele una mirada a esta banda —el *maître d'hôtel* obedeció con una aburrida inclinación de su elegante cabeza—. ¿Está el grupo completo?

—*Mais oui, m'sieu.*

—Hable usted en cristiano —dijo desagradablemente el inspector—. ¿Son diecisiete?

—Diecisiete es el número exacto, *m'sieu.*

—¿Eran diecisiete cuando se inscribieron?

—¡Ah! —dijo el *maître d'hôtel* alzando sus pulcras cejas—, *un gendarme.* Será mejor que llame al director.

—Conteste a mi pregunta, ¡idiota!

—Diecisiete —dijo el *maître d'hôtel* con firmeza.

Se volvió hacia la mesa que ya no tenía nada de alegre y se dirigió al agitado grupo.

—Tranquilícense, *mesdames.* Les aseguro que es una pequeñez, una nadería; seguramente sólo se trata de una equivocación.

Mesdames y *messieurs* respiraron cautelosamente con alivio. El *maître* se enfrentó con el inspector Thumm con la grave dignidad de un cura molesto, consciente de las responsabilidades de su deber.

—Por favor, sea breve, *m'sieu.* Esto es de lo más humillante. No podemos permitir que nuestros huéspedes...

—¡Escuche, Lafayette! —aulló Thumm con rabia mientras estrujaba la impecable solapa del *maître d'hôtel*—. ¿Desde cuándo está aquí esta gente?

El cuerpo del *maître d'hôtel* sufrió un ultrajante meneo y se heló de horror. Las señoras palidecieron y los caballeros se levantaron con excitación y empezaron a murmurarse algo los unos a los otros. El atrevido semblante de Patience empezó a contorsionarse.

—D... Desde el viernes —dijo el *maître d'hôtel* tragando saliva.

—Eso está mejor —gruñó el inspector, abandonando la destrozada solapa—. Ahora lárguese.

El *maître d'hôtel* se largó.

—Ahora conversemos sobre todo esto —continuó el ogro dejándose caer en la silla vacía del orador—. Coge una silla, Patty; me parece que este trabajo nos va a llevar todo el día. ¡Dios, qué pedazos de adoquín! Bueno, ahora dígame, ¿contó usted a su gente cuando subieron al autobús ayer a mediodía?

El orador, al que se dirigía tan peligrosamente, contestó con precipitación:

—No, señor, no lo hice. Lo siento muchísimo... La verdad es que no pensamos... No entiendo...

—Bueno, bueno —dijo el inspector en un tono menos agresivo—. No le voy a pegar. Sólo busco información. Le diré lo que quiero saber. Ustedes dicen que son diecisiete. Eran diecisiete cuando abandonaron Bohunkus o como se llame el sitio de donde vienen; eran diecisiete cuando llegaron a Nueva York; eran diecisiete cuando se inscribieron en esta pocilga; eran diecisiete en sus paseos por la ciudad. ¿Voy bien hasta ahí?

Todos inclinaron la cabeza afirmativamente con rapidez.

—Eso es —continuó pensativamente Thumm—, hasta el mediodía de ayer. Ustedes habían alquilado un autobús para que los condujera por la ciudad. Fueron ustedes a la calle 44, la terminal en Broadway de la Compañía Rivoli, y subieron al autobús. ¿Eran ustedes diecisiete cuando iban a la terminal?

—N... No lo sé —dijo el orador desesperado—. Realmente no lo sé.

—Sigamos entonces. Pero una cosa es segura. Cuando aquel autobús salió iban en él *diecinueve* personas. ¿Cómo explican eso?

—¡Diecinueve! —exclamó una dama corpulenta y madura que llevaba *pince-nez*—. ¡Claro! Yo me fijé... Me pregunté qué haría allí aquel hombre.

—¿Qué hombre? —gritó bruscamente el inspector; y a Patience se le cayó la cuchara con la que había estado jugando y se quedó muy quieta, observando la mezcla de triunfo y perplejidad que se notaba en la cara de la robusta señora.

—¿Qué hombre, señorita Ruddy? —repitió el orador, frunciendo el ceño.

—Pues el hombre del ridículo sombrero azul. ¿No se fijó nadie en él? Martha, me parece que te lo mencioné antes de que el autobús arrancara. ¿No te acuerdas?

—¡Sí, es verdad! —dijo entrecortadamente la huesuda virgen a la que llamaban Martha.

Patience y el inspector se miraron el uno al otro. Así que era verdad. La historia de Georges Fisher estaba basada en hechos constatables.

—¿Recuerda usted, señorita... hum... Ruddy, algo más de la apariencia de aquel hombre? —preguntó Patience con una sonrisa victoriosa.

El rostro de la señorita Ruddy se iluminó.

—¡Desde luego que sí! Era un hombre maduro, y tenía un *enorme* bigote. Como el de Chester Conklin en las películas —se sonrojó—. Ya sabe, el actor. Sólo que éste era gris.

—Y cuando Lavinia... la señorita Ruddy me lo señaló —añadió la angulosa dama llamada Martha con excitación—, vi también que era alto y delgado.

—¿Nadie más se fijó en él? —preguntó el inspector.

Las miradas se volvieron confusas.

—Y ¿no se les ocurrió, señoras —siguió Thumm con sarcasmo—, que un hombre al que ustedes no conocían no tenía derecho a estar en un autobús que ustedes habían alquilado para su uso privado?

—Pues sí —balbució la señorita Ruddy—, pero no sabía qué hacer. Pensé que quizá tuviera algo que ver con la compañía de autobuses.

—¿Se fijó en si el pájaro iba en el viaje de vuelta?

El inspector miró al techo.

—No —dijo la señorita Ruddy con voz temblorosa—. No, estuve mirando, pero no volvió con nosotros.

—Muy bien. Ya vamos averiguando algo. Pero —dijo el inspector con una fea sonrisa—, eso sólo nos da dieciocho. Y sabemos que ayer había diecinueve personas en aquel autobús. Vamos, amigos, concéntrense. Estoy seguro de que alguno de ustedes se fijó ayer en la persona que nos falta.

—Creo —murmuró Patience— que aquella encantadora señora que está sentada al otro lado de la mesa se acuerda de algo. He visto todo un discurso temblándole en los labios durante los dos últimos minutos.

—Yo... Yo sólo iba a decir —le tembló la voz— que me *había* fijado en alguien que... que no era del grupo. No el hombre del sombrero azul. Otro hombre...

—Un hombre, ¿eh? —dijo rápidamente el inspector—. ¿Qué aspecto tenía, señora?

—Él... Él... —y se paró—. Creo que era alto.

—¡Oh! —emitió una amazona que tenía una verruga en la nariz—. ¡Se *equivoca* usted, señorita Starbruck!

La encantadora señora frunció la nariz.

—Puede ser, pero *yo* lo vi y...

—¡Yo también lo vi! —gritó la amazona—. Y estoy segura de que era bastante rechoncho.

Varios pares de ojos se iluminaron.

—Ahora recuerdo —contribuyó un caballero regordete y calvo—. Sí, desde luego. Y estoy seguro de que era delgado, menudo y... hum... cuarentón.

—¡Absurdo! —dijo la amazona cortante—. Tiene usted una memoria reconocidamente mala, señor Scott. Recuerdo perfectamente...

—Ahora que recuerdo —aventuró tímidamente una viejecita—, creo que yo también lo vi. Era un muchacho alto y joven...

—Por turno, por turno —dijo el inspector reposadamente—. Así no llegaremos nunca a ninguna parte. Es evidente que ninguno de ustedes sabe cuál era el aspecto del número diecinueve. Pero ¿recuerda alguno si volvió en el autobús hasta la terminal con ustedes?

—Yo me acuerdo —dijo la señorita Starbruck inmediatamente—. Estoy *segura* de que volvió con nosotros. Se bajó justo delante de mí. Después no lo volví a ver —y la encantadora señora lanzó una mirada de indignación a la amazona, como desafiándola a que contradijese *aquella* afirmación.

Pero nadie lo hizo. El inspector Thumm se rascó la mandíbula preso de ruidosa meditación.

—Muy bien —dijo—, por lo menos sabemos dónde estamos. Suponga que le encargo... dígame otra vez su nombre...

—Onderdonk. Luther Onderdonk —dijo ansiosamente el orador.

—Quisiera encargarle, señor Onderdonk, que sea usted el intermediario entre su grupo y yo por si surgiera cualquier cosa. Por ejemplo, si alguno de ustedes volviese a ver a uno de los dos hombres que fueron ayer en su autobús que se lo diga al señor Onderdonk y él me llamará a mi despacho —dejó caer su tarjeta sobre el mantel y el orador la recogió con dedos cautelosos—. Mantengan todos ustedes los ojos bien abiertos.

—Han estado actuando como verdaderos detectives —dijo brillantemente Patience—. Estoy segura de que esto resultará la parte más excitante de su estancia en Nueva York.

Los diecisiete maestros de Indiana sonrieron todos como un solo hombre.

—Sí, pero no lo vayan a estropear todo —gruñó el inspector—. Lo único que quiero es que se sienten en silencio y observen. ¿Cuánto tiempo se quedan en la ciudad?

—Habíamos pensado volver a casa el viernes —dijo el señor Onderdonk con un carraspeo apologético.

—Una semana de vacaciones, ¿eh? Bueno, antes de irse, asegúrense de que no ha habido nada nuevo y, en cualquier caso, llámeme.

—Desde luego que lo haré, inspector Thumm, desde luego —dijo estiradamente el señor Onderdonk.

El inspector salió pesadamente de la *salle à manger* del Park Hill seguido mansamente por Patience. En el vestíbulo se cruzaron con el pálido y abatido *maître d'hôtel* al que el inspector lanzó una fiera mirada, atravesando luego el vestíbulo que comunicaba con el Plaza.

La mansedumbre de Patience desapareció.

—Pienso que eres horrible, padre. ¡Mira que asustar a la gente de esa forma! Los pobres estaban muertos de miedo. Son como niños.

El inspector empezó a reírse de pronto. Le guiñó un ojo a un antiguo cochero que dormitaba sobre el lomo de su paciente caballo.

—¡Técnica, pequeña, eso es técnica! Una mujer lo único que tiene que hacer es poner ojos de niña y sonreír. Pero cuando un hombre quiere algo tiene que chillar más y poner caras más terribles que las del tipo con el que discute, si no no obtiene nada. Siempre me han dado pena los hombres bajitos.

—¿Qué me dices de Napoleón? —dijo Patience colgándose del brazo de su padre.

—¡No me digas que no tenía un vozarrón! Mira, guapa, he conseguido que esos pobres maestros comieran en mi mano.

—Cualquier día te van a pegar —predijo lúgubremente Patience.

El inspector enseñó los dientes.

—¡Eh, taxi!

El número diecinueve

El taxi los depositó peligrosamente frente a una barahúnda de autobuses monstruosos aparcados a lo largo de una manzana de la parte sur de la calle 43. Eran unos autobuses enormes caprichosamente pintados de azul y rosa, como niños acromegálicos acicalados por una madre sentimental. Sus niñeras, jóvenes fornidos que vestían unos elegantes uniformes de color gris azulado y botas militares de cuero liso, haraganeaban en la acera alrededor de una pequeña caseta rosa y azul, fumando y charlando.

Patience se quedó esperando en la acera frente a la caseta, mientras el inspector pagaba al chófer del taxi. Era consciente de la franca admiración que expresaban los ojos de los jóvenes uniformados.

Aparentemente a uno de ellos, un gigante rubio, le había gustado considerablemente, porque se llevó una mano a la gorra, se acercó a ella, y dijo agradablemente:

—'la, guapa, ¿comostás?

—Por el momento, incómoda —dijo Patience sonriendo.

La miró con descaro. Un joven y corpulento pelirrojo se abrió paso hasta ella y luego se volvió animosamente contra el gigante rubio.

—¡Largo de aquí, tú! —gruñó—, o te doy una... Esta señora...

—¡Vaya, señor Fisher! —exclamó Patience—. ¡Qué galante! Estoy segura de que su amigo no pretendía ser... irrespetuoso. ¿Verdad que no, gran hijo de Venus? —sus ojos pestañearon.

El gigante se quedó con la boca abierta; al cabo de un momento se sonrojó.

—Claro que no, señora —y desapareció entre los conductores, que se rieron a carcajadas.

Georges Fisher se quitó la gorra.

—No se preocupe por ésos, señorita Thumm. No son más que una panda de gorilas ruidosos... Hola, inspector.

—Hola —dijo escuetamente el inspector. Su mirada aguda repasó rápidamente el conjunto de hombres—. ¿Qué ha pasado aquí, eh, Patty? ¿Alguno de esos muñecos te ha dicho una frescura?

Los jóvenes se callaron.

—No, no —dijo Patience con viveza—. ¡Qué agradable volverle a ver tan pronto, señor Fisher!

—Sí —dijo Fisher burlonamente—. Esperando mi llamada. Yo...

—¡Eh! —dijo el inspector—. ¿Alguna novedad, chico?

—No, señor, nada de nada. He estado llamando a la pensión de Donaghue y al museo incluso después de haber dejado su despacho. Pero ni rastro de ese cabeza dura de Mick, ¡maldita sea!

—Me parece a mí que los del museo deberían sentirse algo preocupados —murmuró el inspector—. ¿Le pareció que lo estaban, Fisher?

—Sólo he hablado con el vigilante —dijo Fisher encogiéndose de hombros.

Thumm asintió con la cabeza. Sacó un puro del bolsillo superior de su americana y mordió distraídamente uno de los extremos. Al hacerlo su mirada se fue clavando en cada uno de los rostros que tenía frente a él. Los conductores seguían manteniendo un discreto silencio; el gigante rubio se había escabullido en las últimas filas del grupo. Tenían todos un aspecto rudo y honrado. Thumm escupió el trozo de tabaco sobre la acera, se volvió directamente hacia la puerta de la caseta rosa y azul, y se encontró con la mirada del hombre que estaba dentro empuñando un teléfono. El hombre desvió la vista rápidamente; tenía el pelo blanco, la tez rojiza y llevaba el mismo uniforme que los demás, aunque en la inscripción de la visera de su gorra ponía: «Compañía Rivoli. Jefe».

—Bueno, quizás averigüemos algo —dijo el inspector con repentina cordialidad—. Véngase, Fisher. Andando, muchachita.

Atravesaron el silencioso grupo y llegaron a la puerta de uno de esos viejos edificios de mala fama que infestaban Times Square y sus alrededores. Entraron y subieron deprisa unas escaleras negras y viejas. En lo alto se toparon con una puerta de cristal en la que había el siguiente letrero:

J. THEOFEL
Director
COMPAÑÍA DE TRANSPORTES RIVOLI

El inspector llamó y una voz de hombre dijo que entraran. Se encontraron en un pequeño despacho polvoriento iluminado por los débiles rayos de sol de Nueva York que entraban a través de una alta ventana con barrotes.

J. Theofel resultó ser un hombre joven con un rostro profundamente surcado de arrugas que le daba un aspecto prematuramente envejecido.

—¿Qué hay? —dijo escuetamente levantando los ojos de un mapa.

Su mirada se detuvo en Patience y luego se volvió hacia el inspector.

—Me llamo Thumm —gruñó el inspector—. Ésta es la señorita Thumm. Soy el tipo que le llamó esta mañana a propósito de Fisher.

—¡Oh! —dijo lentamente Theofel echándose hacia atrás—. Siéntese, señorita Thumm. ¿De qué se trata, inspector? Me temo que no lo entendí muy bien esta mañana cuando hablamos por teléfono.

—Nada importante. Ni siquiera un caso —Thumm lo miró fijamente—. ¿Cómo sabe que soy inspector?

Theofel sonrió brevemente.

—No soy tan joven como parezco. Me acuerdo de los tiempos en que su retrato aparecía en los periódicos casi a diario.

—¡Oh! ¿Quiere un puro? —Theofel movió la cabeza—. Bueno —siguió Thumm sentándose también con un resoplido—, estamos buscando algo que huele un poco mal.

Dígame, señor Theofel, ¿quién se puso en contacto con ustedes para el alquiler de un autobús para ese grupo de maestros de Indiana?

El director pestañeó.

—Creo... sí, aquí —se levantó, revolvió en una voluminosa carpeta y sacó un papel—. Esto es. Un hombre con el nombre de Onderdonk. Parece ser el organizador del grupo. Nos escribió una carta hace un par de semanas y el viernes me llamó desde el hotel Park Hill.

—¿Para concertar una excursión para ayer? —preguntó Patience frunciendo el ceño.

—Pues no del todo, señorita Thumm. Eso sólo era una parte. Quería que le procurásemos un servicio de autobús durante toda la semana que iban a estar en la ciudad.

—¿Así que salieron en autobús el sábado y el domingo también? —preguntó Thumm.

—Desde luego. Y también lo harán hoy y mañana y el resto de la semana. Todo un itinerario. De hecho es algo bastante poco corriente. Les hacemos una tarifa especial, claro.

—¿Eran diecisiete desde el principio, eh?

—¿Diecisiete? Eso es.

—¿No hubo más de diecisiete ni el sábado ni el domingo?

Theofel le miró fijamente. Luego dijo airado:

—Se supone que no debía haber nadie más, si es eso lo que le interesa. Espere un minuto —descolgó uno de los teléfonos que tenía a mano; aparentemente era una línea privada que no pasaba por la centralita—. Barbey. Mándeme aquí arriba a Shalleck y a Brown —luego colgó el auricular lentamente.

—Barbey —dijo el inspector—. El jefe, ¿eh?

—Sí.

—Ya —dijo el inspector, acercando a su puro una cerilla encendida.

La puerta se abrió y entraron dos fortachones uniformados.

—Brown —dijo austeramente Theofel al primero—, usted fue el que condujo a ese grupo de maestros del Park Hill el sábado. ¿Los contó?

—Desde luego. Diecisiete, señor Theofel —dijo Brown mirándolo alarmado.

—¿Y usted, Shalleck?

—Diecisiete, jefe.

—¿Están seguros los dos?

Los dos asintieron confiadamente.

—Está bien, chicos.

Se volvieron para irse.

—Un minuto —dijo cordialmente el inspector—. Me gustaría que me mandaran a ese encargado, Barbey, cuando bajen, muchachos.

El director movió afirmativamente la cabeza ante las inquisitivas mirada de los dos hombres.

—¿Cree usted...? —empezó a decir de mala gana cuando la puerta se cerró.

—Sí —dijo burlonamente el inspector—. Déjemelo a mí, señor Theofel. Es asunto mío.

Se frotó las manos y miró de reojo a Patience, que tenía el ceño fruncido. Thumm nunca había superado del todo el prodigio colosal de su paternidad; ésta se le había mostrado un poco tarde, al volver su hija del extranjero después de una ausencia empezada con trenzas y acabada con la depilación de las cejas. Pero en esta ocasión su muda petición de aprobación fue desatendida; Patience estaba pensando en una multitud de cosas, y la alimentación de la enorme vanidad de su padre no se encontraba entre ellas. El inspector suspiró.

La puerta se abrió dejando aparecer al hombre canoso de la caseta de abajo. Sus labios estaban más apretados de lo que hubieran debido estarlo e ignoró intencionadamente la presencia de los Thumm.

—¿Quería algo, señor Theofel? —dijo un poco de mala gana.

—Escúpelo, Barbey —dijo el inspector en el tono absolutamente tranquilo del policía profesional.

La cabeza del hombre se volvió involuntariamente, parpadeó al mirar a Thumm y luego se desinfló.

—Qué... No le entiendo, señor.

—Inspector —dijo Thumm con los pulgares en la sobaqueras de la chaqueta—. Vamos, Barbey. Sé muy bien de lo que se trata, así que no tiene ningún sentido que te calles.

Barbey miró rápidamente a su alrededor, se humedeció los labios y balbució:

—Debo de ser tonto. ¿De qué se trata? ¿Qué quiere usted decir?

—Soborno —dijo el inspector implacable.

El encargado se quedó blanco al producirse una lenta disminución de sangre facial. Sus fláccidas manos se movieron débilmente.

—¿Cómo... cómo lo ha sabido?

Patience dejó escapar su respiración sin ruido. Un furor creciente animaba el arrugado rostro de Theofel.

El inspector sonrió.

—Es mi trabajo. Ahora escúchame, puedo mandarte a la cárcel ahora mismo o no; pero el señor Theofel... bueno, se inclina a no mantener los cargos que hay contra ti si confiesas.

—Sí —dijo el director roncamente—. Bueno, Barbey, ya ha oído al inspector. ¡No se quede ahí parado como un buey estúpido! ¡Cuéntelo todo!

Barbey empezó a darle vueltas a su gorra.

—Tengo... tengo una familia. Sé que va contra el reglamento de la compañía. Pero la pasta resultaba tentadora. Cuando aquel primer tipo subió le iba a decir que no había nada que hacer...

—¿Un tipo con un filtro para la sopa y un sombrero azul? —cortó Thumm.

—¡Sí, señor! Le dije que no había nada que hacer y me enseñó un billete de diez —tartamudeó Barbey—, y entonces le dije que bueno. Le dejé subir con los demás. Entonces, aproximadamente un minuto más tarde, llegó otro tipo y me hizo la misma proposición que el primero. Quería que lo dejase ir en el autobús de Fisher. Así que, bueno, como había dejado al primero, pensé que tal y como estaban las cosas daba igual y yo me ganaba otro billete. Me lo dio. Así que el segundo tipo también subió, y eso es todo lo que sé.

—¿Estaba Fisher metido en esto? —preguntó Theofel con dureza.

—No, señor Theofel. No sabía nada del asunto.

—¿Qué aspecto tenía el segundo pájaro? —preguntó el inspector.

—Como una bola de grasa, jefe. Tenía cara de rata. Moreno, ojos oscuros, creo. Vestido de sport, como los que van al Palace. Un tipo con un anillo muy raro que le brillaba en la mano izquierda. Era zurdo, jefe, o por lo menos me dio el dinero con la mano izquierda...

—¿Qué quieres decir con eso de raro?

—Llevaba una pequeña herradura donde la gente lleva una piedra —murmuró Barbey—. Parecía como de platino u oro blanco. Y estaba adornado con trocitos de diamante.

—Ya —el inspector se frotó la mandíbula—. Nunca habías visto a ese hombre, me imagino.

—¡No, señor!

—¿Lo reconocerías si lo volvieras a ver?

—¡Sí, señor!

—Volvió con el grupo de maestros, ¿verdad?, pero el pájaro del sombrero azul no vino.

Los ojos de Barbey se ensancharon ante tamaña perspicacia.

—¡Es verdad!

—Muy bien —el inspector se puso de pie y extendió su mano por encima de la mesa—. Muchas gracias, señor Theofel. Y no sea demasiado duro con él.

Le guiñó un ojo al director, palmeó amigablemente la espalda del asombrado encargado, se colgó la enguantada mano de Patience del brazo y se dirigió hacia la puerta.

—La moraleja de esto es —rió ahogadamente mientras bajaban los escalones—: Desconfía siempre de un tipo que te mira y cuando tú lo miras, vuelve la mirada. Supe que tenía algo que ver con esto en el mismo momento en que lo vi en su monada de jaula.

—Padre —se rió Patience—, eres un exhibicionista incorregible. ¿Qué *voy* a hacer contigo? Y ahora...

La cara del inspector mostró una expresión desolada.

—Es verdad —dijo penosamente—, no hemos progresado lo más mínimo en nuestra búsqueda del viejo Donaghue... Está bien, Patty —suspiró—, vamos a hacerle una visita a ese maldito museo.

El joven señor Rowe

El Museo Británico era un edificio de cuatro pisos, alto y estrecho, encajado entre dos casas de apartamentos de aspecto severo en la Quinta Avenida, cerca de la calle 65. Su alta puerta de bronce daba a los árboles de Central Park, y al norte y al sur se extendían los relamidos jardincillos de entrada de las casas de apartamentos.

Los Thumm subieron la sencilla escalera de piedra y se pararon frente a la puerta de bronce. Austeramente decorada con bajorrelieves, el principal adorno de cada panel de la doble puerta era una heroica cabeza de Shakespeare. Resultaba una puerta severamente sólida, nada acogedora. Y ésta no era una impresión equívoca, porque un letrero igualmente acogedor colgaba de un adorno de bronce, y aclaraba sin lugar a dudas que el Museo Británico estaba «cerrado por reparaciones».

Pero el cuerpo del inspector no sólo estaba hecho de grasa. Cerró su mano derecha y con el puño pegó un formidable porrazo contra el bronce.

—¡Padre! —se rió Patience—. ¡Le estás zurrando a Shakespeare!

El inspector hizo una mueca y siguió dándole porrazos a la nariz del Bardo de Avon. Oyeron unos ruidos frenéticos y el chirrido de los cerrojos al descorrerse, y luego apareció la gargólica cabeza con nariz en forma de bulbo de un viejo.

—¡Eh! —chilló la aparición—, ¿no saben leer en inglés?

El portero no se movió; su nariz seguía emergiendo del resquicio como un bulbo de lirio sin flor.

—¿Qué quieren? —preguntó ásperamente.

—¡Queremos entrar, naturalmente!

—Bueno, pues no pueden. Está cerrado al público. Reparaciones —y la rendija empezó a desaparecer.

—¡Eh! —bramó el inspector, esforzándose inútilmente por evitar su total desaparición—. ¡Eh!... ¡Oiga! ¡Somos de la policía!

Se oyó una risa fantasmal detrás de la cabeza de Shakespeare y después el silencio.

—Bueno, ¡que me condenen! —exclamó coléricamente el inspector—. ¡El viejo loco! ¡Echaré esta puerta abajo!

Patience se apoyó contra la puerta, doblada de risa.

—¡Ay, padre! —jadeó—. Eres tan divertido. Eso es por haber puesto tus manos irreverentes en la nariz del inmortal Will... Tengo una idea.

El inspector refunfuñó.

—Y no necesitas mirarme con tanto escepticismo, viejo resentido. ¿No te acuerdas de que tenemos un amigo en el campo enemigo?

—¿Qué quieres decir?

—¡El imperecedero Drury! El señor Lane es uno de los dueños del Museo Británico, ¿no? Estoy segura de que una llamada suya será nuestro ábrete sésamo.

—¡Por Dios, es verdad! Patty, tienes más sesos que tu viejo. Vamos a buscar un teléfono.

Encontraron un cabina telefónica en un *drugstore* de Madison Avenue, en un bloque del este. El inspector pidió una conferencia con Hamlet.

—¡Oiga! Soy Thumm. ¿Con quién hablo?

—Quacey. ¡Hola! —chirrió una voz increíblemente anciana. Quacey era un hombre muy, muy viejo que llevaba más de cuarenta años con Drury Lane; había empezado siendo el encargado de hacerle sus pelucas, ahora era un huésped y un amigo.

—¿Está Lane por ahí?

—El señor Drury está a mi lado, inspector. Dice que es usted un criminal.

—Culpable. Nos sentimos avergonzados de verdad. ¿Cómo se encuentra nuestro viejo? Escúcheme, mala persona, dígale al señor Lane que necesitamos que nos haga un favor.

Hubo un murmullo al otro lado del teléfono. La sordera del viejo actor, que, gracias a su pavorosa habilidad para la lectura de los labios, no le impedía una conversación cara a cara, le había dejado totalmente incapacitado para llevar a cabo una conversación telefónica; y durante años Quacey había sido el oído de su amo.

—Quiere saber si se trata de un caso —dijo Quacey finalmente con voz aflautada.

—Pues sí. Dígale que estamos siguiendo la pista de algo sumamente misterioso y que tenemos que entrar en el Museo Británico. Pero ese chiflado de vigilante no quiere dejarnos. Cerrado por reparaciones. ¿Puede Lane hacer algo por nosotros?

Hubo un silencio, y luego Thumm empezó a oír la voz de Lane en persona deslizándose hasta él. A pesar de su edad, la voz del viejo caballero todavía conservaba la milagrosa suavidad y la rica flexibilidad que la habían convertido, en otros tiempos, en el órgano parlante más famoso del mundo.

—Hola, inspector —dijo Drury Lane—. Tendrá que conformarse con escuchar, para variar —y se rió silenciosamente—. Como de costumbre paso por las agonías del monólogo. Espero que Patience siga bien. No conteste, viejo masai; su respuesta caería literalmente en oídos sordos... Se propone algo con respecto al Museo Británico, ¿eh? No consigo adivinar qué pueda ser, realmente no lo consigo. Es el lugar más pacífico del mundo. Por supuesto voy a telefonear inmediatamente al conservador. El doctor Choate, ya sabe... Alonso Choate, un buen amigo mío. Estoy seguro de que está allí, pero si no está lo localizaré y mientras vuelven al museo... supongo que no están muy lejos de él... habré conseguido que les dejen entrar. El anciano suspiró. Bueno, adiós, inspector. Espero que encuentren tiempo... usted y Patience, ¡la echo mucho de menos!... para hacer una visita a Hamlet lo antes posible.

Hubo una pequeña pausa y finalmente un clic desganado.

—Adiós —dijo con gravedad el inspector Thumm a la línea muerta; y torció el gesto en un desesperado intento de autodefensa para eludir la interrogante mirada de su hija que esperaba fuera de la cabina.

La barba de Shakespeare les pareció menos implacable cuando llegaron a las puertas del Museo Británico; sobre todo porque ahora estaban abiertas. Un hombre les esperaba en el vano. Era alto, mayor y llevaba una elegante perilla *à la mode du sud;* su cara oscura sonreía, y sus dientes brillaban encima de su barba resplandeciente; detrás de él se cernía, como una sombra apologética, el viejo de nariz de bulbo que había defendido la puerta.

—¿El inspector Thumm? —dijo el hombre de la barba extendiendo sus dedos flexibles—. Me llamo Alonso Choate. ¡Y usted es la señorita Thumm! Recuerdo muy bien su última visita a nuestro museo con el señor Lane. ¡Entren, entren! Siento muchísimo la estúpida equivocación de Burch. Me atrevo a decir que no se precipitará tanto la próxima vez, ¿eh, Burch?

El vigilante murmuró una grosería para sus adentros y se hundió en la oscuridad.

—No era culpa suya —dijo el inspector elegantemente—. Órdenes son órdenes. Me imagino que ha sabido usted algo del viejo Drury.

—Sí. Quacey acaba de telefonearme. No se fije mucho en el aspecto del Museo Británico, señorita Thumm —sonrió el doctor Choate—. Me siento como un ama de casa excusándose ante una inesperada visita por el desorden de su cocina. Vamos muy atrasados en el proceso de redecoración, ¿sabe? Limpieza general. Incluyendo a su humilde servidor, el conservador.

Atravesaron un vestíbulo de mármol y entraron en una pequeña sala de recepción. La habitación despedía un fuerte olor a pintura fresca; los muebles habían sido recogidos en el centro y cubiertos con las extrañas y desteñidas telas que emplean los pintores durante el ejercicio de su oficio. Algunos miembros del gremio se arrastraban por los andamios blandiendo brochas húmedas que pasaban por las paredes y el techo. Los bustos engalanados de los grandes literatos ingleses desaparecidos miraban sin ver desde sus nichos. En una de las paredes de la habitación estaba la puerta enrejada de un ascensor.

—No estoy segura, doctor Choate —dijo Patience, frunciendo su pequeña nariz—, de que me guste la idea de... dorar el yeso de esta forma. ¿No hubiera sido más reverente dejar que las figuras de Shakespeare, Johnson y Marlowe se desgastaran tranquilamente?

—Y también mucho más razonable —dijo el conservador—. Personalmente yo no estaba de acuerdo con la idea. Pero nuestra Junta Directiva tiene ideas muy avanzadas. ¡Tuvimos que hacer de todo para quitarles de la cabeza la idea de encargarle a alguien unos murales modernos para la sala de Shakespeare! —rió y echó una mirada oblicua al inspector—. ¿Qué les parece si vamos a mi despacho? Está muy cerca y, gracias a Dios, ninguna brocha lo ha tocado todavía.

Les condujo entre las pegajosas telas hasta una puerta. Sobre el panel de madera había un discreto letrero con su nombre. Los introdujo en una habitación amplia y luminosa de techo alto y cuyos muros estaban agradablemente cubiertos por estanterías de caoba repletas de libros. Un joven que leía absorto en un sillón levantó la mirada cuando entraron.

—¡Ah!, Rowe —dijo el doctor Choate con voz muy fuerte—. Siento molestarle. Quiero que conozca a unos amigos de Drury Lane.

El joven se levantó apresuradamente y permaneció al lado de su asiento sonriendo con cordialidad. Con un gesto lento se quitó unas gafas de concha. Era un hombre alto de rostro agradable, ahora que no llevaba las gafas; sus atléticos hombros desmentían la cansada mirada de estudiante de sus ojos castaños.

—Señorita Thumm, éste es Gordon Rowe, uno de los más devotos neófitos del Museo Británico. El inspector Thumm.

El joven, que no había dejado de mirar a Patience, le dio la mano al inspector.

—¡Hola!, doctor, veo que sabe lo que es bueno para unos ojos enfermos, lo digo en su favor. Thumm..., no, me temo que no apruebo ese apellido. Completamente inapropiado. Déjeme ver... ¡Ah, inspector! Me parece que he oído hablar de usted.

—Gracias —dijo secamente el inspector—. No permita que le molestemos señor no-sé-cuántos. Quizás sería mejor que nos fuéramos a otro lado, doctor Choate, y dejáramos a este joven con su novelucha.

—¡Padre! —gritó Patience—. Por favor, señor Rowe, no haga caso a mi padre. Probablemente se siente ofendido por su observación sobre el apellido Thumm —se sonrojó, y el joven, al que la reflexión del inspector no había conmovido en absoluto, siguió mirándola con tranquila apreciación—. ¿Qué nombre me *pondría* usted, señor Rowe?

—Querida —dijo cálidamente el señor Rowe.

—¿Patience Querida?

—E... sólo querida.

—Oiga... —empezó coléricamente el inspector.

—Siéntese —dijo el doctor Choate con una blanda sonrisa—. Rowe, por amor de Dios, compórtese. Señorita Thumm, por favor.

Patience, que se sentía algo desconcertada por la firme mirada del joven y no entendía por qué inexplicable razón el razonable pulso de sus muñecas enloquecía repentinamente, se sentó; el inspector se sentó, el doctor Choate se sentó, y el joven señor Rowe permaneció de pie mirando.

—Todo esto es muy pesado —dijo apresuradamente el doctor Choate—. Prácticamente acaban de empezar. Los pintores, quiero decir. Todavía no han entrado en los otros pisos.

—Sí —gruñó el inspector Thumm—. Bueno, voy a decirle...

Gordon Rowe se sentó con una vaga sonrisa.

—Si les molesto... —empezó alegremente.

El inspector Thumm lo miró esperanzado. Pero Patience, después de una encantadora mirada a su padre, se dirigió al conservador:

—Me ha parecido entender que estaba usted incluido en la limpieza general de la casa, doctor Choate... Quédese, señor Rowe.

El doctor Choate se hundió en la silla giratoria al otro lado de su larga mesa y paseó la mirada por la habitación. Suspiró.

—En cierto modo. Todavía no ha sido oficialmente anunciado, pero me voy. Me retiro. He pasado quince años de mi vida en este edificio, y me atrevo a decir que ya es hora de que piense en mí mismo —cerró los ojos—. Ya he decidido lo que voy a hacer. Compraré una pequeña casa de campo de estilo inglés, que he visto en Connecticut, me encerraré allí con mis libros, y llevaré una vida de ermitaño...

—Excelente idea —dijo el inspector—. Pero lo que estaba diciendo...

—Encantador —murmuró el señor Rowe, contemplando todavía a Patience.

—Por la forma en que el señor Lane me ha hablado de usted, estoy segura de que se merece ese descanso —dijo Patience rápidamente—. ¿Cuándo se va, doctor?

—No lo he decidido todavía. Verá usted, hemos encontrado otro conservador. Viene de Inglaterra y lo esperamos esta noche, bueno, en realidad, el barco no entrará en el puerto hasta mañana por la mañana. Entonces veremos. Le llevará algún tiempo acostumbrarse y, naturalmente, yo me quedaré hasta que pueda desenvolverse sin mi ayuda.

—¿Es esto una visita social, señorita Querida? —preguntó el joven de pronto.

—Siempre pensé que América tenía ciertas dificultades para conseguir ingleses tanto para libros como para pintura —dijo Patience con cierta confusión—. Supongo que el conservador que esperan es un bibliófilo muy especializado, doctor Choate. ¿Es alguien realmente importante?

El inspector se movió impacientemente en su asiento.

—Bueno, ha conseguido crearse cierta reputación en el extranjero —dijo el doctor Choate moviendo delicadamente una mano—. Yo no diría que es de primera fila. Ha sido director de un pequeño museo londinense durante varios años, el Kensington. Su nombre es Sedlar, Hamnet Sedlar...

—¡Un sólido *roast-beef* británico para usted! —dijo el joven con entusiasmo.

—Personalmente contratado por el presidente de la Junta Directiva, James Wyeth, ya sabe.

Patience, molesta consigo misma al sentirse incapaz, de pronto, de sostener la mirada de admiración del joven, levantó sus finas cejas. Wyeth era un titán entre los poderosos, un Creso frío y culto con una intensa pasión por el conocimiento.

—Además, Sedlar fue calurosamente recomendado, también, por sir John Humphrey-Bond —siguió amablemente el doctor Choate—. Naturalmente el apoyo de sir John tuvo una influencia definitiva. Durante décadas ha sido uno de los más distinguidos coleccionistas isabelinos de Inglaterra, como usted sabrá, inspector.

—Desde luego, desde luego. Pero lo que nosotros... —empezó el inspector después de aclararse la garganta.

—¿De verdad no les importa que me quede? —preguntó el señor Rowe de repente—. He estado temiendo que alguien me echase, ¿saben? —se rió y cerró ruidosamente el enorme infolio que había estado leyendo—. Hoy es mi día de suerte.

—Desde luego que no, señor Rowe —murmuró Patience; su rostro estaba delicadamente teñido de carmesí—. Eh... doctor Choate, he pasado buena parte de mi adolescencia en Inglaterra.

—También Inglaterra tuvo suerte —dijo reverentemente el joven.

—... y siempre tuve la sensación de que los ingleses más cultos nos consideraban como bárbaros bastante curiosos y ligeramente agresivos. Me imagino que la oferta hecha al señor Sedlar sería lo suficientemente importante como para...

La risa del doctor Choate se abrió paso a través de su barba.

—Está usted equivocada, señorita Thumm. Las finanzas del Museo Británico no nos permitían ofrecerle al doctor Sedlar siquiera lo que estaba ganando en Londres. Pero pareció sinceramente entusiasmado por el proyecto de reunirse aquí con nosotros, y aceptó inmediatamente la oferta del señor Wyeth. Supongo que es como el resto de nosotros... poco práctico.

—¡Qué curioso! —sonrió Patience—. No me parece que eso corresponda a la psicología británica propiamente dicha.

El inspector tosió muy fuerte.

—Bueno, Patty —dijo en tono de reprimenda—, el doctor Choate es un hombre muy ocupado y no podemos hacerle perder todo el día chismorreando de cosas que no nos conciernen.

—¡Oh, no, inspector! En realidad...

—Estoy seguro de que para un viejo fósil como Choate —dijo con calor el señor Rowe— la conversación con una criatura tan bella como su hija debe de ser un verdadero placer, inspector...

Una luz desesperada empezó a brillar en los ojos de Thumm.

—A lo que realmente hemos venido, doctor Choate —dijo ignorando al joven—, es a saber algo de Donaghue.

—¿Donaghue? —el conservador pareció desconcertado y echó una mirada a Rowe, que se había inclinado hacia delante con los ojos brillantes—. ¿Qué pasa con Donaghue?

—¿Qué *pasa* con Donaghue? —gruñó el inspector—. ¡Pues que Donaghue ha desaparecido; eso es lo que pasa con él!

La sonrisa del joven se borró.

—¿Desaparecido? —dijo velozmente.

—¿Está usted seguro, inspector? ¿Supongo que se refiere a nuestro guarda especial? —dijo el doctor Choate frunciendo el ceño.

—¡Seguro! Pero, oiga, ¿no sabía que no había venido a trabajar esta mañana?

—Desde luego. Pero no saqué ninguna conclusión especial —el conservador se levantó y empezó a pasearse por detrás de la mesa—. Burch, nuestro vigilante, me dijo algo esta mañana sobre la inasistencia de Donaghue, pero no se me ocurrió... De hecho, ¿recuerda que se lo comenté, Rowe? Verán, aquí le apreciamos y le damos más libertad de lo que lo haríamos en otro caso. Y además, estando el museo cerrado... ¿Qué ha ocurrido? ¿Qué es lo que saben, inspector?

—Bueno, todo lo que hemos podido saber —contestó molesto el inspector— es que salió de aquí ayer por la tarde mientras un grupo de maestros veía el museo, y que no se le ha visto desde entonces. No ha aparecido por su pensión ni acudió a una cita que tenía con un amigo ayer por la noche... borrado del mapa.

—Es bastante extraño, ¿no cree, doctor? —murmuró Patience.

—En efecto, en efecto —dijo el doctor Choate, que parecía alterado—. El grupo de profesores... Parecían gente muy inofensiva, inspector.

—Cuando se ha sido policía tantos años como lo he sido yo —replicó el inspector—, se aprende a no hacer demasiado caso de las apariencias. Creo haber entendido que fue usted quien les enseñó el museo.

—Sí.

—¿Cuántos eran, se acuerda usted?

—La verdad es que no lo sé. Me temo que no los conté, inspector.

—¿No se fijaría usted por casualidad —preguntó Patience suavemente— en un hombre de mediana edad con bigote gris muy espeso y una especie de sombrero azul que estaba en el grupo, doctor?

—Tengo el defecto de la mayor parte de la gente que vive aislada, señorita Thumm; la mayor parte del tiempo no veo lo que pasa a mi alrededor.

—Yo sí me fijé —dijo Rowe haciendo un gesto con la mandíbula—. ¡Pero sólo le eché un vistazo, maldita sea!

—¡Qué pena! —dijo sarcásticamente el inspector—. Así que usted solo les enseñó todo esto, ¿eh, doctor?

—Ése es mi crimen, inspector —contestó el conservador encogiéndose de hombros—. ¿Por qué me preguntó especialmente por ese hombre del sombrero azul, señorita Thumm?

—Porque el hombre del sombrero azul —contestó Patience— no pertenecía al grupo, doctor Choate, y porque tenemos razones para pensar que la desaparición de Donaghue está relacionada con él de alguna manera.

—Curioso —murmuró el joven Rowe—, curioso. ¡Intriga en el museo, doctor! Eso suena a Donaghue y a su imaginación incurablemente romántica.

—¿Quiere usted decir que podría haberse fijado en algo extraño —dijo pensativamente el doctor Choate— referente al hombre del sombrero azul y haberse dejado arrastrar a una investigación privada? Es posible, desde luego. Pero estoy seguro de que nada le ha ocurrido a Donaghue. Tengo bastante confianza en su habilidad para cuidarse.

—Entonces ¿dónde está? —dijo secamente el inspector.

El doctor Choate volvió a encogerse de hombros; era evidente que no le daba mucha importancia al asunto. Dejó de andar y les dirigió una sonrisa agradable.

—Y ahora que esto ha quedado aclarado, ¿le gustaría echar una mirada por aquí, inspector? ¿Y a usted, señorita

Thumm? Ya sé que ha estado usted otras veces en el Museo Británico, pero nuestra última adquisición es una importante donación que estoy seguro de que le interesará. La hemos colocado en la que hemos bautizado la Sala Saxon. Samuel Saxon, ya sabe. Hace poco que ha muerto...

—Pero... —gruñó el inspector.

—Estoy segura de que nos encantará —dijo rápidamente Patience.

El doctor Choate, como Moisés, les abrió camino entre los mares de gruesa tela pintada que invadían la sala de recepción. Luego siguieron un corredor que desembocaba en un amplio salón de lectura cuyos muros repletos de libros estaban cubiertos de tela también. El inspector Thumm caminaba a su lado con dificultad; Patience y el alto joven les seguían. Las mejillas de Patience se habían vuelto a sonrojar ante la tranquila destreza con que se había llevado a cabo esta operación.

—No le importa que la siga por este camino, ¿verdad, querida? —murmuró el joven.

—Nunca he rechazado la compañía de un hombre guapo —dijo estiradamente Patience—, y estoy segura de no empezar ahora, aunque no sea más que para no resquebrajar *su* vanidad, señor Rowe. ¿Le ha dicho alguien alguna vez que es usted un joven extremadamente ofensivo?

—Mi hermano —dijo gravemente Rowe—, una vez. Le había puesto un ojo morado. Querida, no sé cuando he encontrado una chica...

El doctor Choate cruzó el salón de lectura y llegó a una puerta.

—De hecho —dijo volviéndose—, el señor Rowe es casi el más indicado para hacer los honores de la Sala Saxon, señorita Thumm. Ha sido uno de esos niños prodigios sobre los que tanto se habla.

—¡Qué horrible! —dijo Patience alzando airosamente la cabeza.

—No le crea una palabra —dijo al instante Rowe—. ¡Choate, le voy a estrangular! Lo que el estimable doctor quiere decir, señorita Thumm...

—¡Ah! Así que ahora soy señorita Thumm, ¿eh?

El joven se sonrojó.

—Lo siento. Me pasa algunas veces. Lo que el doctor Choate quiere decir es que labré mi fortuna atrayendo la atención del viejo Sam Saxon. Dejó un montón de libros raros al Museo Británico en su testamento; hace sólo unos meses que murió; y como *protegé* suyo estoy aquí más o menos oficialmente para encargarme de la colocación apropiada en su nueva morada.

—Cada vez me lo pone peor, señor Rowe. No me interesan mucho los jóvenes despreocupados sin medios de vida aparentes.

—Ahora está usted siendo cruel —murmuró. Luego sus ojos bailaron—. ¡Si exceptuamos los medios de vida le aseguro que cumplo los requisitos! El hecho es que estoy haciendo una investigación original sobre Shakespeare. El señor Saxon me arropó con sus alas y, ahora que ha muerto y que una buena porción de materia shakespeariana ha sido legada al museo, prosigo aquí mis investigaciones.

Entraron en una habitación larga y estrecha que, por su fresco aspecto, olor a trementina y carencia de paños, proclamaba una pintura reciente. Contenía un millar de volúmenes quizás, la mayor parte de ellos en estanterías abiertas. Unos pocos reposaban en vitrinas de madera sostenidas por finas patas de metal; las tapas de las vitrinas eran de cristal; aparentemente aquéllos eran los ejemplares más valiosos.

—Recién acabado —dijo el doctor Choate—. Hay aquí algunas cosas realmente únicas, ¿eh, Rowe? Naturalmente, el contenido de esta ala todavía no ha sido expuesto al público; la colección ha sido entregada hace solamente unas pocas semanas, después de cerrar.

El inspector se apoyó contra un muro cerca de la puerta y se mostró aburrido.

—Aquí —siguió el doctor Choate con el tono de un conferenciante mientras se acercaba a la vitrina más próxima—, hay un ejemplar...

—¡Oiga! —exclamó abruptamente el inspector—, ¿qué diablos le ha pasado a ese cajón?

El doctor Choate y Gordon Rowe se volvieron como asustados pájaros de paso. Patience sintió que su respiración se aceleraba.

El inspector señalaba una vitrina que se hallaba en el centro de la habitación, aparentemente igual a las demás; pero un rasgo notable la diferenciaba de las otras. Habían hecho añicos su tapa de cristal, y sólo unos pocos fragmentos del vidrio colgaban de su marco.

La vitrina de los Jaggard

La expresión de intensa alarma reflejada en los rostros del conservador y del joven se transformó inmediatamente en alivio.

—¡Uf! —dijo Rowe—. Tenga cuidado con mi corazón, inspector. Por un momento creí que había pasado algo. Es solamente un accidente que tuvimos ayer, eso es todo.

Patience y el inspector intercambiaron una mirada rápida e iluminada.

—Un accidente, ¿eh? —dijo el inspector—. Bien, bien. Me alegro de haberle dejado que me empapase un poco con su cultura, doctor. ¿Qué entiende usted por «accidente», Rowe?

—Le aseguro que sólo fue un accidente —dijo el conservador—. No hay nada sospechoso en él. El señor Rowe les dará más detalles. Ayer por la tarde estaba trabajando en el salón de lectura que hay al lado de esta habitación y tuvo que venir aquí para consultar uno de los libros de Saxon. Fue él quien descubrió la ruptura de la tapa de cristal.

—Verá —explicó Rowe—, los obreros no acabaron el trabajo en esta habitación hasta ayer por la mañana, y no me cabe la menor duda de que alguno rompió el cristal, sin querer, al volver a buscar alguna herramienta olvidada o algo así. No hay por qué ponerse nervioso.

—¿En qué momento del día descubrió usted esto, señor Rowe? —preguntó lentamente Patience. Y esta vez no hubo nada personal en su mirada.

—Pues, creo que hacia las cinco y media.

—¿Y a qué hora dijo usted que se marchó la delegación de Indiana, doctor Choate? —prosiguió. Su sonrisa se había desvanecido por completo.

El doctor Choate pareció irritado.

—¡Pero le aseguro que no es nada! Además, yo no dije ninguna hora, señorita Thumm. Creo que los maestros se fueron a las cinco.

—¿Y el cristal estaba roto a las cinco y media, señor Rowe?

El joven la miró con asombro.

—¡Señorita Sherlocka! En realidad no lo sé. ¿Es usted una detective?

—Basta de comedias, jovencito —dijo el inspector adelantándose; pero lo dijo sin rencor y parecía haber recobrado su buen humor—. Tiene que haber oído el ruido del cristal al romperse.

Rowe sacudió tristemente la cabeza.

—Pues no lo oí, inspector. La puerta que comunica la Sala Saxon y el salón de lectura estaba cerrada, y además suelo concentrarme tanto en lo que estoy haciendo que no pestañearía aunque me pusieran una bomba debajo del asiento. El accidente puede haber ocurrido en cualquier momento de la tarde de ayer.

—Ya —dijo el inspector. Se acercó a la caja rota y estuvo mirándola por dentro—. ¿No robaron nada?

El doctor Choate se rió con ganas.

—¡Vamos, inspector! No somos niños, ¿sabe? Naturalmente lo primero que se nos ocurrió fue que alguien podía haberse introducido aquí, como puede ver hay otra puerta en esa pared que da al corredor principal, lo que hace que esta sala sea fácilmente accesible. Ese alguien podía haberse llevado uno de los tres valiosísimos volúmenes de la caja. Pero ya ve que siguen ahí.

Los Thumm miraron dentro de la vitrina rota. El fondo estaba forrado de terciopelo negro, así como los tres grandes huecos artísticamente distribuidos en él; en cada uno de los huecos reposaba un libro. Eran grandes volúmenes encuadernados con cuero viejo, descolorido y manchado. El libro de la derecha era rojo marchito, y el del centro azul.

—Esta tarde vendrá un cristalero a poner un cristal nuevo —siguió diciendo el conservador—. Y ahora...

—Dice usted que los obreros dejaron esta habitación ayer por la mañana. ¿No había ningún vigilante aquí por la tarde?

—No, inspector. Prescindimos de nuestro personal cuando cerramos el museo por reparaciones. Sólo dejamos a Donaghue y a Burch. Esa gente de Indiana han sido los primeros visitantes a los que se les ha permitido entrar desde que cerramos. Pero no pensamos que fuera necesario...

—Bueno —dijo el inspector con voz sorda—, creo que puedo decirles lo que pasó, y no es tan condenadamente inocente como lo presentan.

Los ojos de Patience brillaron. Gordon Rowe parecía confuso.

—¿Qué quiere usted decir? —preguntó rápidamente el doctor Choate.

—Quiero decir —dijo tajantemente el inspector— que su suposición, doctor, de que Donaghue vio algo sospechoso en el hombre del sombrero azul era acertada. ¿Por qué siguió a Sombrero Azul? Porque Sombrero Azul rompió esta vitrina, y porque Donaghue vio que lo hacía, ¡por eso!

—Entonces, ¿por qué no falta nada? —objetó el conservador.

—Quizás Donaghue lo asustó antes de que pudiese coger uno de estos libros. Dice usted que son valiosos. Lo bastante como... para intentar robarlos.

Patience se mordía los labios pensativamente y miraba la vitrina rota.

—¿Y por qué no dio la alarma Donaghue, inspector? —murmuró Rowe—. ¿Por qué nadie vio correr al tipo del sombrero azul, si Donaghue intentaba darle alcance?

—Y lo más importante de todo —dijo Patience en voz baja—, ¿dónde está Donaghue? ¿Por qué no ha vuelto?

—No lo sé —replicó el inspector—, pero les digo que esto fue lo que ocurrió.

—Mucho me temo —dijo Patience con una voz extrañamente tensa— que lo que ha pasado es algo terrible. ¡Y no le pasó al hombre del sombrero azul, padre, sino al pobre viejo Donaghue!

Los hombres permanecieron silenciosos. El inspector empezó a mirar el suelo enlosado.

Patience suspiró y volvió a inclinarse sobre la vitrina. Una tarjeta triangular había sido colocada detrás de cada uno de los tres libros de la vitrina. Un cartel más grande en primer término llevaba esta inscripción:

Ejemplares raros
del Taller de
William Jaggard, impresor

—¿Isabelinos? —preguntó Patience.

El doctor Choate asintió con aire ausente.

—Sí. Ejemplares muy interesantes, señorita Thumm. Jaggard era el famoso impresor de Londres que publicó el primer infolio de Shakespeare, ya sabe. Estas cosas provienen de la colección de Samuel Saxon. ¡Sólo Dios sabe cómo las obtuvo! Era una especie de atracador.

—Yo no diría eso exactamente —observó Gordon Rowe con un destello en sus ojos castaños.

—¡Oh!, solamente en un sentido bibliográfico —añadió rápidamente el doctor Choate.

—Vamos —dijo el inspector de mal humor—. Quiero encontrar algo.

Pero no se pudo encontrar literalmente nada, a pesar de lo mucho que había que encontrar. Con la ayuda del doctor Choate, el inspector Thumm reunió a todos los trabajadores —decoradores, pintores, albañiles y carpinteros— del Museo Británico y los interrogó exhaustivamente sobre los acontecimientos del día anterior. Ni uno solo recordaba haber visto al hombre del sombrero azul entrar o salir de la Sala Saxon, ni nadie podía dar cuenta de los movimientos exactos del perdido Donaghue.

Patience, que había permanecido en la Sala Saxon cautivada por la conversación del joven señor Rowe, entró apresuradamente en el salón de lectura donde el inspector había llevado a cabo el infructuoso interrogatorio de los trabajadores, con la cara encendida.

—¡Padre! Hay algo... ¿Te importaría mucho si no volviera al despacho contigo?

Forzosamente relegado a su condición de padre, el inspector asumió un aire severo.

—¿Adónde vas?

—A comer —dijo alegremente Patience, mientras echaba una mirada a su perfil en el espejo del bolso.

—¡Ah! —dijo el inspector—. ¿A comer, eh? —y pareció ponerse triste.

—Apostaría que con el joven Rowe —se burló el doctor Choate—. A pesar de ser estudiante de un tema tan serio como la literatura, este muchacho es uno de los casquivanos más incorregibles que he conocido. ¡Aquí está! —dijo al entrar Rowe con su sombrero y un bastón—. ¿Volverá esta tarde, Rowe?

—Si puedo partirme en dos, sí —dijo sonriendo el joven—. Shakespeare ha estado esperando durante trescientos años, así que supongo que puede esperar un poco más. ¿No le importa, inspector?

—¿Importar? ¿Importar? —gruñó Thumm—. ¿Por qué diablos me iba a importar? —y besó a Patience en la frente con fiereza.

Los dos jóvenes salieron apresuradamente de la habitación, absorbidos por una conversación que parecía haber empezado en la Antigüedad y que probablemente seguiría durante toda la eternidad. Hubo un pequeño silencio.

—Bien —suspiró el inspector—, supongo que ya es hora de que me vaya yo también. Esté alerta, ¿quiere? Y si supiera usted lo que sea de o sobre Donaghue, deme un telefonazo —le dejó su tarjeta al conservador, le dio la mano y salió pesadamente del salón de lectura.

El doctor Choate se quedó mirando fijamente la ancha espalda simiesca. Luego golpeó sus labios con el canto de la tarjeta, silbó suavemente y volvió a la Sala Saxon.

Una llamada de socorro

—Siempre creí —dijo Patience por encima de su pomelo— que los estudiantes de literatura eran como los investigadores de química, jóvenes flacos y encorvados con una luz fanática en la mirada y una ausencia total de atractivo. ¿Es usted la excepción a la regla o es que me he estado perdiendo algo?

—Yo me he estado perdiendo algo —afirmó el señor Rowe, tragándose enérgicamente una cucharada de fruta.

—¡Veo que esa carencia espiritual no ha afectado en nada a su apetito!

—¿Quién dijo que era espiritual?

El camarero les retiró las cáscaras vacías y les sirvió unas tazas de consomé.

—¡Qué hermoso día! —dijo apresuradamente Patience, tragando atropelladamente un sorbo de caldo—. Cuénteme algo sobre usted, joven. ¿Me pasa las galletas? Quiero decir... Haga su propia biografía.

—Preferiría un cóctel. Mire a George. George me conoce, e incluso si no me conoce, eso no tiene la menor importancia. George, un par de martinis. Secos como el infierno.

—¡Shakespeare y martinis! —murmuró Patience riéndose nerviosa—. ¡Qué refrescante! Empiezo a ver claro. Por eso parece usted todavía un ser humano a pesar de ser estudiante. Supongo que salpica usted la página polvorienta con alcohol y, a veces, incluso arde, ¿no es así?

—Como el mismísimo diablo —dijo el señor Rowe burlonamente—. Dicho de paso, cada vez demuestra usted una mayor ignorancia. Estoy asqueado de comer con mujeres inteligentes.

—¡Vaya, ésta sí que es buena! —tartamudeó Patience—. ¿Quién se cree usted que es, Baco insolente? ¡Soy licenciada en Arte y me gustaría que supiese que escribí una tesis muy brillante sobre *La poesía de Thomas Hardy*!

—¿Hardy? ¿Hardy? —preguntó el joven, arrugando su nariz firme y recta—. ¡Oh, el versificador!

—¿Y qué quiso decir con esa ordinariez? ¿Sobre qué cosa exactamente estoy mostrando mi ignorancia?

—Sobre el espíritu del viejo Will. Mi querida niña, si tuviera usted un conocimiento realmente profundo de Shakespeare, sabría que su poesía no necesita estimulantes externos. Arde con fuego propio.

—Vaya, vaya —murmuró Patience—. Gracias, señor. No olvidaré jamás esta pequeña lección de estética —sus mejillas estaban muy rojas y partió una galleta por la mitad.

Él echó la cabeza hacia atrás y empezó a reírse a carcajadas, alarmando a George, que se acercaba con una bandeja en la que traía dos vasos llenos de un líquido ambarino y helado.

—¡Dios mío! —jadeó—. ¡No puede encajarlo! Creo que nos hemos enfadado un poco... ¡Ah!, George. Póngalos aquí, muchacho... ¿Bajamos las armas, señorita Thumm?

—¿Señorita Thumm?

—¡Querida!

—Patience para usted, señor Rowe.

—Muy bien, Patience —bebieron gravemente; sus ojos se encontraron por encima del borde de sus vasos y los dos se echaron a reír atragantándose con las bebidas—. Y ahora vayamos a la autobiografía. Mi nombre es Gordon Rowe. Cumpliré veintiocho años en la próxima fiesta de San Miguel, soy huérfano, tengo unos ingresos ruinosamente pequeños, pienso que los Yankees tienen un equipo desastroso este año y que los de Harvard han fichado un defensa estupendo, y si sigo mirándola mucho tiempo sentiré la tentación de besarla.

—Es usted un joven extraño —dijo Patience violentamente ruborizada—. No, no, no estoy aceptando, así que haría mejor en soltarme la mano; esas dos señoras de la mesa de al lado le están mirando con desaprobación...

¡Cielos, qué mortificación! ¡Sonrojándome como una colegiala inexperta ante la sola mención de un beso! ¿Es usted siempre tan frívolo? Hubiera preferido encontrarme con una absorbente discusión sobre el uso del infinitivo con un adverbio como pieza central en la obra de John Milton, o los problemas domésticos de Lepidoptera.

La miró fijamente y la mueca burlona desapareció.

—Es usted terriblemente simpática —dijo, y arremetió furiosamente contra su chuleta.

Durante un momento permanecieron en silencio. Cuando levantaban la vista se examinaban el uno al otro con escrutadora seriedad, pero era Patience la que desviaba la mirada.

—Para ser franco, Pat —me alegra poder llamarte así—, esta clase de vulgaridad pueril es mi válvula de escape. No resulta muy brillante, ya lo sé, y nunca me he sentido capaz de desenvolverme socialmente hablando. He pasado los mejores años de mi infancia y adolescencia tratando de obtener una educación, y estos pocos últimos años intentando hacer algo en materia de investigación literaria que deslumbrase al mundo. Soy terriblemente ambicioso, ¿sabes?

—La ambición nunca ha arruinado a un hombre joven —dijo Patience con suavidad.

—Gracias por esas amables palabras, joven dama. Sin embargo, no tengo una mente creadora. La investigación me fascina. Supongo que debería haber optado por la bioquímica o por la astrofísica.

Patience se dedicó púdicamente a su ensalada. Jugó durante un momento con una hoja de berro color esmeralda.

—Estoy realmente... ¡oh!, es una estupidez.

Él se inclinó hacia delante y tomó su mano.

—Por favor, dime, Pat.

—Señor Rowe, ¡están mirando! —dijo Patience, pero no retiró la suya.

—Gordon, por favor.

—Gordon... me has herido —dijo trágicamente Patience—. ¡Oh!, ya sé que te estabas burlando, y todo eso, pero el hecho es, señor Rowe... está bien, Gordon, que detesto a la mayor parte de las mujeres, precisamente por sus cabezas de buñuelo.

—Lo siento —dijo él contrito—. Era una triste gracia.

—No, es más que eso, Gordon. Yo también he estado gastando bromas estúpidas. Nunca he encontrado nada que *realmente* quisiera hacer, mientras que tú... —sonrió—. Naturalmente, parece ridículo. Pero lo único que nos diferencia de los animales es el poder de razonar, y no veo por qué, por la simple razón de ser la mujer biológicamente distinta al hombre, tiene que privarse de cultivar su inteligencia.

—Está de moda sentir horror ante la sola idea —dijo el joven con una mueca.

—Ya lo sé, y detesto la moda. No creo haber llegado a sentir con tanta fuerza todas las posibilidades de la inteligencia hasta que conocí a Drury Lane. Él es... bueno, le levanta a una la moral, provoca el *deseo* de pensar, de saber. Y eso no le impide ser un viejo caballero encantador... Pero nos hemos apartado del tema principal —retiró su mano con suavidad y lo miró con ojos serios—. Háblame de tu trabajo y de ti, Gordon. Me interesa, de verdad.

—Hay tan poco que contar —dijo él con un movimiento de sus anchos hombros—. Trabajo, como, hago gimnasia y duermo. El trabajo es lo más importante, desde luego. Hay algo en Shakespeare que me llama la atención. No ha habido un genio como él. Es algo que, desde mi punto de vista, va más allá de la redondez de una frase, la aguda filosofía de Hamlet o los conceptos de Lear. Es el hombre mismo. ¿Qué le hizo ser lo que era? ¿Cuál era su secreto? ¿En qué fuentes se inspiró? ¿O vino la inspiración de su propio fuego? Quiero saberlo.

—He estado en Stratford —dijo Patience en voz baja—. Hay algo allí. Es en la vieja capilla Lane, la iglesia de Stratford, el aire...

—Pasé un año y medio en Inglaterra —murmuró Rowe—. Fue un trabajo diabólico. Seguía una pista tan débil que parecía imaginaria. Pero, por Dios...

—¿Sí? —susurró Patience con los ojos brillantes.

Él apoyó la barbilla en las manos.

—El período más importante de la vida de un artista lo constituyen sus años de formación. Es cuando vive sus pasiones más intensas. Sus sentidos están en pleno vigor... Y ¿qué sabemos de la primavera de la vida del poeta más grande que ha tenido el mundo? Nada. Hay un vacío en la historia de Shakespeare que debe ser llenado si queremos llegar a tener una visión sensible e inteligente del artista —calló un momento y una luz casi de temor apareció en sus cansados ojos castaños—. Pat, creo que voy por buen camino. Creo...

Se paró y empezó a hurgar en sus bolsillos en busca de su pitillera. Patience permaneció muy callada. Gordon volvió a meterse la pitillera en uno de los bolsillos de la americana sin haberla abierto.

—No —murmuró—, es demasiado pronto. Todavía no estoy seguro —luego sonrió—. Pat, hablemos de otra cosa.

Ella suspiró con cuidado, sin quitarle los ojos de encima. Luego le devolvió la sonrisa.

—Desde luego, Gordon. Háblame de los Saxon.

—Bueno —dijo él revolviéndose infantilmente en su asiento—, tampoco hay mucho que decir. Conseguí que el viejo Sam Saxon se interesara por mí... llamémosle mis estudios. Supongo que me tomó cariño; no había tenido hijos. Y a pesar de algunos defectos de su carácter, era realmente un amante apasionado de la literatura inglesa. Un viejo gruñón, pero que insistió en financiar mis investigaciones aprobando el camino emprendido... me protegió, me hizo vivir en su propia casa... Luego murió. Y sigo trabajando.

—¿Y la señora Saxon?

—¡La incomparable Lydia! —frunció el ceño—. Una vieja latosa, y es una opinión generosa. Supongo que no debería herir la mano que me alimenta, pero a veces es un poco difícil de soportar. No sabe absolutamente nada de literatura y todavía menos que eso de la colección de libros raros de su marido. No hablemos de ella. Es una mujer desagradable.

—¡Sólo porque no sabe discutir de octavas rimas contigo! —dijo Patience echándose a reír—. ¿Quién se encarga del cuidado de la colección de Saxon? ¿Tú?

—No, hay que zambullirse en una historia más antigua —dijo Rowe riéndose—. La de un fósil que responde al nombre de Crabbe. ¡Hay una justicia poética para ti! ¿Yo? ¡Mi querida niña! Yo le llamo Viejo Ojo de Águila, y lo es. Ha sido el bibliotecario del señor Saxon durante veintitrés años, y creo que es más celoso de los libros que están a su cuidado que el propio viejo Sam cuando vivía —su rostro se oscureció—. Pero es absolutamente avaro. El señor Saxon se ocupó en su testamento de que Crabbe siguiera siendo el conservador de la colección. Ahora será más inaccesible que nunca.

—¿Pero no estabas trabajando en la biblioteca de Saxon?

—¡Bajo una vigilancia de lo más estricta, te lo aseguro! Crabbe se encargaba de ello, y sigue haciéndolo. No conozco ni la cuarta parte de las cosas que hay allí. Durante los últimos meses he estado catalogando y revisando los ejemplares legados al Museo Británico; esto ha interrumpido mi trabajo, pero el señor Saxon me pedía que lo hiciera en su testamento y era lo menos... Ya está bien, Patience, te he aburrido sin compasión. Por favor, háblame de... ti.

—¿Yo? No hay nada que decir —dijo ligeramente Patience.

—En serio, Pat. Pienso... Pienso que eres la más... ¡Oh, está bien! Pero dime.

—Si insistes —hurgó en los rincones de su bolso buscando su espejo—. Mi carrera puede ser resumida en una sola frase: soy una especie de Virgen Vestal moderna.

—Eso suena a algo formidable —dijo el joven sonriendo—. Creo que no lo entiendo del todo.

—He... he dedicado mi vida a... algo —se arregló el pelo mirándose en el pequeño espejo.

—¿A cultivar tu mente? —dijo él dirigiéndole una mirada penetrante.

Ella dejó el espejo a un lado, y suspiró.

—¡Oh, Gordon! En realidad no me conozco a mí misma. Soy... soy un poco confusa a veces.

—¿Sabes cuál es tu destino, joven mujer? —dijo Rowe.

—¡Dime!

—Estás destinada a llevar una vida muy prosaica, querida.

—Quieres decir... ¿matrimonio, niños?

—Algo parecido —dijo él en voz baja.

—¡Qué horrible! —Patience se levantó, el rosa de sus mejillas se volvió fastidiosamente rojo. Era consciente de ello, pues le ardían tanto que le parecía que de sus mejillas sólo quedaban dos agujeros.

—¿Nos vamos, Gordon?

El inspector Thumm llegó a su despacho echando espuma por la boca. Saludó a la señorita Brodie con un gruñido, entró en su despacho, lanzó su sombrero sobre la caja fuerte a través de la habitación, y se hundió en su silla giratoria con un gesto agrio.

Puso sus grandes pies sobre la mesa, y después de un momento los puso en el suelo. Revolvió sus bolsillos en busca de un puro y, al no encontrar ninguno, removió en las profundidades de un cajón hasta dar con una vieja pipa roída. La llenó de un tabaco de aspecto diabólico, la encendió y tiró de ella con irritación. Ojeó su agenda. Se levantó y empezó a martirizar el suelo con sus pesados pasos. Luego se volvió a sentar, maldijo espirando el humo, y pulsó un botón que había bajo la tabla de su mesa.

La señorita Brodie acudió sin aliento.

—¿No ha habido llamadas?

—No, inspector.

—¿Correo?

—Pues no, inspector.

—¡Por amor de Dios! ¿No me ha mandado Tuttle ningún informe sobre el caso Durkin?

—No, inspector.

—¡Valiente fisgón!... ¡Está bien, está bien, señorita Brodie!

La señorita Brodie bizqueó angustiosamente. Tragó saliva:

—Sí, inspector —dijo, y desapareció.

Permaneció durante un rato mirando fijamente a través de la ventana que daba a Times Square. La pipa echaba humo con horrenda abundancia.

De pronto se volvió hacia su mesa, se abalanzó sobre el teléfono y marcó el 7-3100.

—¡Oiga! —gruñó—, póngame con el inspector Geoghan. ¡Sí, sí, Geoghan! Mire, no sea estúpido y no discuta, me llamo Thumm —luego se rió burlonamente del rugido de asombró del operador—. ¿Cómo va la familia, John? Apuesto a que el mayor es lo bastante grande como para ir al cuartel... Estupendo, estupendo. Ponme con Geoghan, viejo bandido... Oig,a ¿Butch? Aquí Thumm.

El inspector Geoghan blasfemó abundantemente.

—Bienvenido a casa —dijo Thumm con un gruñido—. ¡Vaya un recibimiento! Mira, Butch, ninguna de tus groserías de la Décima Avenida... Sí, sí, estoy desbordante de salud. Ya sé que *estás* bien, porque he visto esa maldita cara de gorila tuya en los periódicos... ¡Sí! Oye, ¿qué recuerdas de un policía llamado Donaghue que dejó el cuerpo hace unos cinco o seis años? Me parece que estuvo en el cuartel general bajo tus órdenes cuando eras capitán... ¡donde deberías haberte quedado, monigote del comisario!

El inspector Geoghan rió ahogadamente.

—El agradable viejo Thumm de siempre. ¿Cómo demonios quieres que me acuerde de un policía después de tanto tiempo?

—¡Pues te salvó la vida en una ocasión, granuja desagradecido!

—¡Oh! *Donaghue.* ¿Por qué diablos no lo dijiste antes? Naturalmente que lo recuerdo. ¿Qué quieres saber?

—Descríbemelo. ¿Algún punto negro en su expediente? ¿Qué clase de hoja de servicios era la suya, Butch?

—Corriente. No era demasiado listo, creo, pero tan honrado que no hubiera podido mentir ni para gastar una broma. No intentó ninguna jugada, lo que le impidió conseguir sus galones.

—Las manos limpias, ¿eh? —murmuró el inspector.

—Como un recién nacido. Me parece que sentí que se fuera. Un romántico irlandés, el tal Donaghue. Sólo que equivocado... le ponía romántico el deber. ¡Ja, ja!

—Veo que sigues con los malolientes chistes de siempre —gruñó Thumm—. Butch, viviré para ver el día en que seas comisario. Adiós, y pásate alguna vez por mi despacho.

Colgó tiernamente el teléfono y miró ceñudamente su agenda. Al cabo de un momento volvió a descolgar el teléfono, repitió su llamada al Cuartel General de Policía y pidió que le pusieran con el Departamento de Personas Desaparecidas.

El capitán Grayson, jefe del Departamento, era un viejo amigo. Thumm relató concisamente la historia de Donaghue, las especiales circunstancias de su desaparición, su descripción y sus costumbres. Grayson, cuyo trabajo consistía en investigar todos los casos de personas desaparecidas en la jurisdicción del Departamento de Policía de Nueva York, prometió llevar a cabo una encuesta rigurosa. Luego el inspector volvió a llamar al inspector Geoghan.

—Escucha, Butch, soy yo otra vez. ¿Puedes averiguar algo sobre un bribón cuya especialidad es el robo de libros raros? El tipo llevaba un extraño sombrero azul... Aunque puede que no lo lleve siempre.

—Un ladrón de libros, ¿eh? —dijo pensativamente Geoghan—. Sombrero azul... Así de pronto no se me ocurre nadie que responda a esa descripción, pero buscaré y te llamaré.

—Gracias, estaré esperando.

Media hora más tarde telefoneó Geoghan. En los expedientes criminales del Servicio de Identificación no se había encontrado nada que pudiera relacionarse con un hombre especializado en el robo de libros raros o con la costumbre de llevar un sombrero azul o azulado.

El inspector siguió mirando melancólicamente a través de su ventana. El mundo le parecía muy triste en aquel momento. Finalmente suspiró, sacó papel de escribir del cajón de su mesa, desenroscó el capuchón de su estilográfica y empezó escribir laboriosamente:

Querido Lane:

Aquí ocurre algo que sé que le interesará. Se trata de ese pequeño misterio del que hablé con Quacey esta mañana. Para ser sinceros, Patty y yo estamos atascados y querríamos sus consejos.

Parece ser que un ex policía llamado Donaghue...

El peregrino apasionado

La señorita Brodie se precipitó hacia el despacho de su jefe con la insulsa expresión de su joven rostro algo alterada.

—¡Inspector! Es... ¡es el señor Lane!

—¿Qué dice? —preguntó el inspector con aire ausente. Era miércoles y se había olvidado completamente de haber escrito a Lane el día anterior.

—Vamos, vamos, Brodie —dijo amablemente Patience—, conténgase un poco. ¿Qué le pasa al señor Lane?

La señorita Brodie hizo esfuerzos espartanos. Tragó saliva, señaló con un dedo tembloroso la puerta, y dijo:

—Está ahí fuera.

—¡Por amor de Dios! —aulló el inspector, corriendo hacia la puerta—. ¿Por qué no lo dijo antes?

Abrió la puerta de un tirón; un hombre alto y viejo cuya cabellera era de un blanco muy puro estaba sentado en el banco de la sala de espera sonriéndoles a él y a Patience, que se hallaba a su lado. La señorita Brodie permaneció detrás chupándose un pulgar con nerviosismo.

—¡Lane! ¡Qué alegría volverle a ver! ¿Qué demonios le trae a usted a la ciudad?

El señor Drury Lane se levantó, recogió su abrigo con un brazo, y apretó la mano que le tendía el inspector con un vigor sorprendente para ser un septuagenario.

—Su fascinante carta, por supuesto. ¡Patience! Encantadora como de costumbre. Bien, bien, inspector. ¿No me va a pedir que entre?

La señorita Brodie salió deslizándose como un agitado fantasma al que hiciera vacilar una presencia más elevada. El señor Drury Lane le sonrió al pasar y ella suspiró desmayadamente. Luego los tres se retiraron al despacho del inspector.

El anciano miró a su alrededor con ojos afectuosos.

—Ya ha pasado algún tiempo, ¿no es cierto? Veo que el viejo agujero sigue estando tan poco ventilado como antes. Supongo que es un sistema moderno para ir enseñando las condiciones de la cárcel. ¿Cómo están los dos?

—Físicamente de primera —dijo Patience—, pero no tanto mentalmente... por el momento. Pero ¿qué tal está usted, señor Lane? La última vez...

—La última vez, querida —dijo solamente el anciano—, me deslizaba hacia mi tumba por una tierra resbaladiza. Hoy, como puedes ver, me siento mejor de lo que me he sentido durante años.

—Desde luego me reconforta verle sentado ahí —gruñó el inspector.

Lane hablaba trasladando su mirada de los labios de Patience a los de Thumm; aunque de una forma práctica y fluida sus ojos nunca permanecían quietos.

—La verdad es que su carta me ha hecho revivir, inspector. ¡Un caso! Y especialmente un caso relacionado con mi pequeño y monótono museo. Parece demasiado bueno para ser verdad.

—Ésa es la diferencia entre usted y mi padre —dijo Patience riéndose—. A él los misterios le irritan y a usted le estimulan.

—¿Y qué provocan en ti, querida?

—Yo soy la Balsamea —dijo ella encogiéndose de hombros.

—El Museo Británico —murmuró Lane—. Patience, ¿has conocido al joven Gordon Rowe?

Ella se sonrojó inmediatamente y lágrimas de exasperación asomaron a sus ojos. El inspector refunfuñó para sí agriamente. El anciano los observó con una sonrisa.

—¡Oh!... ¡Oh!, sí, lo he conocido —dijo Patience.

—Eso supuse —dijo secamente Lane—. Un joven estupendo, ¿eh?

—Desde luego, desde luego.

El inspector se removió inquieto.

—La cuestión es, Lane, que estamos metidos en algo absurdo. No voy a ganar ningún dinero, es la historia más loca que haya oído, y tengo que hacer algo al respecto por aquello de los viejos tiempos.

—Una posición poco envidiable —dijo el anciano riéndose burlonamente—. Sugiero que nos vayamos de una vez al museo. Hay algo en su descripción de la vitrina rota de la Sala Saxon, inspector, que ha provocado en mí un intenso deseo de examinarla.

—¡Oh! —gritó Patience—, ¿algo en lo que no me fijé?

—Es sólo una conjetura —dijo el señor Drury Lane pensativamente—. Me atrevería a decir que no es nada. ¿Vamos? Dromio está abajo con el coche.

Encontraron al doctor Alonso Choate en su despacho conversando con un hombre alto y delgado cuyo aspecto era marcadamente extranjero. Tenía la propensión física de algunos ingleses a los rasgos afilados. Sus ojos eran penetrantes y exhibía, perfectamente encajado bajo la ceja de su ojo derecho, un monóculo sin cerco del que colgaba un fino cordón de seda negra que le rodeaba el cuello. Su huesudo rostro pulcramente afeitado recordaba fuertemente los retratos de estudiantes del Renacimiento. Cuando habló lo hizo con completa confianza y con el encantador acento de los ingleses cultivados. Tendría unos cincuenta años, quizás. El doctor Choate le presentó como el nuevo conservador, cuyo barco de Inglaterra había entrado en el puerto esa mañana.

—¡Señor Lane! —exclamó—. Éste es un verdadero placer, señor. Le vi representar *Otelo* en Londres hace veinte años, y desde entonces he querido conocerlo. Y luego sus interesantes artículos sobre Shakespeare con el *Colophon*...

—Muy amable por su parte, se lo aseguro —dijo apresuradamente el anciano—. No soy más que un diletante de la literatura. Me imagino que el doctor Choate le habrá hablado del pequeño misterio que ha precedido a su llegada, ¿no?

El doctor Sedlar se quedó desconcertado.

—¿Cómo dice?

—¡Bah! Una nadería —rugió el doctor Choate manoseando su perilla—. Me asombra que se haya usted tomado en serio ese incidente, señor Lane.

—Los hechos presentan una apariencia superficial bastante extraña, doctor —murmuró Drury Lane—. Verá usted, doctor Sedlar, un anciano caballero, obviamente disfrazado, consiguió introducirse en el museo el lunes (hace dos días) y, aparentemente, rompió una vitrina de una de las salas nuevas.

—¿Ah, sí? —dijo el doctor Sedlar.

—No fue nada —dijo el conservador impacientemente—. No se llevó nada y eso es lo que importa.

—Desde luego —asintió el inglés con una sonrisa.

Si me permiten ustedes interrumpir esta discusión académica —dijo el anciano—, me gustaría sugerir que examináramos la evidencia misma. O quizás ustedes, caballeros, prefieran...

El doctor Choate sacudió la cabeza afirmativamente, pero el inglés dijo:

—Creo que el doctor Choate y yo ya nos hemos puesto al corriente sobre casi todo. Por el momento nada me gustaría tanto como ver esa vitrina rota —se rió por lo bajo—. Después de todo, ya que voy a dirigir los destinos del Museo Británico mejor será que aprenda algo sobre los métodos de los ladrones de arte americanos, ¿eh, doctor?

—Pues... sí —dijo el conservador frunciendo el ceño—. Como usted quiera, naturalmente.

Atravesaron el salón principal de lectura, que estaba vacío —como notó Patience llevándose una ligera desilusión; ¿dónde estaba Gordon Rowe?— y entraron en la Sala Saxon.

La vitrina cuyo cristal estaba roto el día antes había sido reparada. Ningún detalle distinguía su vidrio frío y resplandeciente de los que cubrían las demás vitrinas.

—El cristalero estuvo poniéndolo ayer por la tarde —dijo el doctor Choate, dirigiéndose un poco estiradamente al inspector—. Y le aseguro que no lo dejamos solo ni un instante. Yo mismo estuve cerca de él hasta que terminó su trabajo.

El inspector dejó escapar un gruñido.

El señor Drury Lane y el doctor Hamnet Sedlar escudriñaron a través del cristal. Un brillo de apreciación apareció en la mirada de los dos.

—Jaggards —dijo el doctor Sedlar muy suavemente—. Enormemente interesante, señor Lane. ¿No me ha dicho usted, doctor, que esta sala era nueva y que estos ejemplares formaban parte de un legado reciente?

—Sí. Todo lo que contiene esta ala fue legado al Museo Británico por Samuel Saxon, el coleccionista, en su testamento. Naturalmente, en cuanto el museo vuelva a abrirse, serán mostrados al público.

—¡Ah, sí! Creo que hace un mes, el señor Wyeth mencionó algo de esto en Londres. Me he preguntado muchas veces qué es lo que su americano señor Saxon tenía en su biblioteca. Un hombre misterioso, ¿no es así? Estos Jaggards... ¡Qué exquisitez!

—Doctor Choate —interrumpió secamente Drury Lane, abandonando la inspección que había llevado a cabo a través del cristal sin el más leve parpadeo—, ¿tiene usted la llave de esta vitrina?

—Desde luego.

—¿Querría abrirla, por favor?

El conservador abrió los ojos asombrado. Durante un momento pareció ligeramente incómodo y luego obedeció. Todos se amontonaron alrededor del anciano mientras éste levantaba la tapa sosteniéndola por detrás. Los tres volúmenes yacían claramente expuestos sobre el suave terciopelo negro. Bajo la cruda luz de una lámpara que colgaba del techo sus marchitos colores dañaban la vista. Cuidadosamente Lane cogió uno por uno los volúmenes de cuero, inspeccionó detenidamente la encuadernación y los abrió... Una de las veces incluso se detuvo a examinar el texto. Después de colocar de nuevo los tres volúmenes en su sitio, se enderezó. Patience, que no había perdido de vista sus rasgos, que parecían salidos de un cincel, vio que se crispaban.

—Qué extraño —murmuró—, apenas puedo creerlo —parecía hipnotizado por la vitrina abierta.

—Pero ¿qué ocurre? —gritó a duras penas el doctor Choate.

—Ocurre, mi querido Choate —dijo el anciano con calma—, que uno de los volúmenes que estaba en esta vitrina *ha sido robado.*

—¡Robado! —gritaron todos simultáneamente; el doctor Choate dio un paso hacia atrás y luego se paró en seco.

—Eso es imposible —dijo con voz aguda—. Examiné yo mismo esos Jaggards cuando el joven Rowe descubrió la vitrina rota.

—¿Los examinó por dentro también? —murmuró Lane.

El conservador palideció.

—No creí... no. Pero un rápido examen...

—Me temo que engañó incluso su mirada de experto, doctor. Como he dicho, ésta es una de las cosas más extrañas que me han ocurrido —sus cejas blancas y sedosas se juntaron—. Mire aquí.

Con un dedo largo y fino señaló el cartel triangular colocado detrás del libro del centro, el volumen encuadernado en cuero azul. En él se podía leer:

EL PEREGRINO APASIONADO
por William Shakespeare
(*Jaggard,* 1599)

Volumen único y extraordinario de la biblioteca de Samuel Saxon. Una de las tres copias conocidas existentes de esta rara primera edición. Publicada por el impresor isabelino William Jaggard en 1599, fue fraudulentamente asignada por el famoso Jaggard a Shakespeare, aunque sólo contenía cinco poemas de la pluma del bardo de los veinte que tiene el volumen. El resto fue escrito por Richard Barnfield, Bartholomew Griffin y otros poetas contemporáneos.

—Bien —dijo lentamente el doctor Choate—, ¿de qué se trata?

Hamnet Sedlar contemplaba el volumen del centro a través de su monóculo como si quisiera traspasarlo; apenas si parecía haber leído el cartel que se hallaba detrás.

—¿Es... es una falsificación, una imitación? —preguntó Patience sin aliento.

—No, Patience querida. No pretendo ser un experto, pero creo saber lo bastante de estas cosas como para atreverme a asegurar que el volumen que está viendo forma parte de una edición auténtica de Jaggard de *El peregrino apasionado*.

El doctor Choate se enfadó.

—Entonces no veo... —cogió el libro azul y volvió la portada. Su mandíbula se desencajó escandalosamente. El doctor Sedlar se acercó y echó una mirada por encima de su hombro. Y también él mostró una sorpresa tan intensa como pasajera.

Lane se paseaba impacientemente por detrás de la vitrina con la cabeza inclinada.

—Bueno, pero... —empezó el inspector aturdidamente. Luego cruzó las manos detrás de la espalda y dejó escapar toda clase de anatemas.

—Pero si es un Jaggard auténtico —gritó Patience—, ¿qué...?

—Totalmente, completamente imposible. Imposible —murmuraba el doctor Choate una y otra vez.

—Es una locura —dijo el inglés con voz temerosa.

Los dos volvieron a inclinarse sobre el volumen buscando febrilmente entre sus páginas. Se miraron el uno al otro y asintieron con la cabeza con una especie de reverencia. Luego volvieron su atención a la portada. Patience, asomando la cabeza por encima de sus hombros, leyó:

> El peregrino apasionado, o Ciertos sonetos amorosos entre Venus y Adonis. Por W. Shakespeare. Segunda Edición. Impreso por W. Jaggard. 1606.

—Entiendo —dijo Patience lentamente—. Éste no es el Jaggard de 1599, que pertenecía a la primera edición, sino un ejemplar de la de 1606, es decir, la segunda edición. Obviamente es un volumen menos valioso...

—Mi querida señorita Thumm —dijo cortante el doctor Choate por encima de su hombro—, nunca ha estado usted en un mayor error.

—¿Quiere decir que es *más* valioso?

El inspector empezó a mostrar señales de despierto interés. Lane continuaba paseando por la habitación, profundamente sumido en sus pensamientos.

No hubo respuesta, y Patience, sonrojándose, se batió en retirada.

—Patience —dijo el anciano de repente. Ella se le acercó agradecida, y él pasó uno de sus largos brazos por los hombros—, Patience, querida, ¿sabes qué es lo que hace que este incidente sea tan asombroso?

—No tengo ni la más mínima idea, señor.

Él apretó sus hombros cariñosamente.

—William Jaggard era un mecenas bienintencionado. Aparentemente estaba metido en el centro de los acontecimientos en Londres durante el período en que Shakespeare, Johnson, Fletcher, Marlowe, y otros ilustres dejaban que el oro gotease de sus plumas. Probablemente existía una gran competencia entre los editores. William Jaggard buscó nombres, al igual que lo hacen hoy en día muchos de nuestros empresarios de teatro y editores de libros. Y consiguió convertirse en alguien de una forma bastante irregular. Imprimió *El peregrino apasionado*. En esta impresión incluyó dos sonetos de Shakespeare que no habían sido publicados y tres poemas extraídos de la obra de teatro, ya publicada, *Trabajos de amor perdidos*. El resto de los poemas sólo era paja. Con un descaro colosal, él se los asignó todos a Shakespeare. Estoy seguro de que se vendieron bien; y en cuanto a Shakespeare, parece haber sido un dramaturgo curiosamente indiferente en lo que concernía a publicaciones —Lane suspiró—. Te cuento todo esto para que puedas tener una cierta noción de los antecedentes de toda esta historia. Estoy seguro de que se vendieron bien porque después de la primera edición de 1599, volvió a hacer otra en 1606, y otra en 1612. Ahora bien, lo extraño de la situación que nos preocupa en este momento es lo siguiente: existen tres copias de la edición de 1599. Hay dos de la edición de 1612. Pero ¡hasta hace sólo unos momentos todo el mundo bibliográfico estaba convencido de que no existía ningún ejemplar de la edición de 1606!

—Entonces, ¿este libro no tiene precio?

—¿Precio? —repitió como un eco el doctor Choate con aire ausente.

—Dije —contestó el anciano caballero con voz melodiosa— que éste era un caso extraño, querida. Inspector, no puedo reprocharle que se sienta confundido; aunque no viera usted las complicaciones de este rompecabezas con claridad. Patience, hija mía, la situación se está volviendo ligeramente absurda. Aparentemente, el hombre del sombrero azul se preocupó, corriendo graves riesgos personales, de introducirse en un grupo cerrado, visitar sin derecho alguno el museo, separarse del grupo mientras el doctor Choate les ponderaba las glorias de ese mismo museo, abrirse camino hasta la Sala Saxon y romper el cristal de la vitrina de los Jaggard... Por todo esto y durante todo este tiempo, este extraño ladrón corrió el riesgo enorme de ser arrestado por robo y vandalismo. ¿Todo por qué? —Lane levantó la voz—: ¡Para robar un libro raro y valioso, y dejar en su lugar un libro más raro aún y mucho más valioso que el que robó!

—¿A qué viene este alboroto? —preguntó una voz jovial.

El joven Gordon Rowe se asomó a la Sala Saxon desde el corredor. Sonrió a Patience y se acercó a ella, como un clavo de hierro atraído por un imán.

—¡Ah!, Rowe —dijo el conservador apresuradamente—. ¡No puede imaginarse qué cosa tan extraña ha ocurrido!

—Por lo visto estamos convirtiéndonos en maravillas tan atractivas como las del espectáculo de monstruos del señor Barnum —dijo el joven Rowe guiñándole un ojo a Patience—. ¡Señor Lane! ¡Qué alegría verle, señor! ¡Dios, qué grupo tan solemne! Y veo que ya ha iniciado usted al doctor Sedlar en nuestras pequeñas dificultades domésticas, doctor Choate. Hola, inspector. ¿De qué se trata, doctor?

El doctor Choate movió en el aire el volumen azul sin decir una palabra. La sonrisa de Rowe se borró al instante.

—¿No...? —miró a su alrededor y vio que todos tenían el rostro serio. Luego cogió el libro que le tendía el conservador y lo abrió lentamente. Una expresión de intenso asombro se dibujo en su rostro. Volvió a mirar a su alrededor lleno de confusión—. No es... ¡Bueno, esto es un Jaggard de 1606! —gritó—. Creía que no había ninguno...

—Pues parece que sí hay uno —dijo secamente el anciano caballero—. Hermoso ejemplar, ¿no es cierto, Gordon? Lo van a gritar por las calles cuando salgan los periódicos.

—Desde luego —murmuró Rowe—, pero..., en nombre de Dios, ¿de dónde sale esto? ¿Quién lo ha encontrado? ¿No lo habrá traído usted de Londres, doctor Sedlar?

—¡Claro que no! —dijo el inglés arrastrando las palabras.

—No lo va a creer —dijo el doctor Choate con un penoso encogimiento de hombros—. Pero *sí* tuvimos un ladrón aquí el lunes. ¡Alguien que dejó esto en la vitrina de los Jaggard y se llevó el libro de 1599!

—¡Oh! —dijo el joven—, yo... —y echando la cabeza hacia atrás empezó a reírse a carcajadas—. ¡Señor, es tan divertido! —jadeó enjugándose los ojos—. Esperen a que la divina Lydia oiga esto. Y Crabbe... ¡Oh, es demasiado! —tragó saliva y consiguió recuperar un poco su compostura—. Les ruego que me perdonen. No lo he podido evitar... ya saben. Le tenía que tocar a la señora Saxon la suerte de que le roben un libro raro y le dejen otro aún más raro en su lugar. ¡Es una demencia, eso es lo que es!

—Creo —dijo el conservador tirándose nerviosamente de la barba— que lo mejor sería que trajera usted aquí a la señora Saxon cuanto antes, Rowe. Después de todo...

—Desde luego —el joven acarició el Jaggard de 1606 con ternura, se lo devolvió al doctor Choate, le apretó el brazo a Patience y salió elegantemente de la habitación.

—Terriblemente ruidoso, ese joven —observó el doctor Sedlar—. Me temo que no comparto su ligereza. No podemos aceptar de esta forma el valor de este... este extraordinario volumen. Tendrá que ser examinado más concienzudamente. Puede que sea difícil establecer su autenticidad...

El brillo de la caza apareció en los ojos del doctor Choate.

—Por supuesto, por supuesto —dijo, y empezó a frotarse las manos. No parecía molestarle que el volumen robado permaneciese en manos del ladrón mientras éste no volviera y no pidiera el ejemplar único que había dejado en la vitrina—. Sugiero que nos pongamos a trabajar ahora mismo. Debemos ir con cuidado, Sedlar. No queremos que nada de esto salga de aquí. Podríamos llamar al viejo Gaspari del Metropolitano y hacerle jurar que nos guardará el secreto...

El doctor Sedlar estaba extrañamente pálido. Permanecía frente a la vitrina robada como hipnotizado.

—O al profesor Crowninshiel del Folger —murmuró.

Patience suspiró.

—Parece que todos hemos dado por hecho que el Jaggard de 1599 ha sido robado por el hombre del sombrero azul. Pero en realidad no tenemos la menor prueba. También podía haberlo hecho el segundo intruso que iba en el autobús, o uno de los diecisiete profesores.

El inspector dejó caer los brazos y puso mala cara. Era evidente que todo aquel asunto le superaba.

—Lo dudo, Patience —murmuró Drury Lane—. En el autobús iban diecinueve personas, de las cuales todas, aparentemente, entraron en el museo. Dieciocho personas volvieron a la terminal del autobús después de su visita, y entre ellas el misterioso segundo intruso, como tú misma lo has bautizado tan encantadoramente. En otras palabras, nuestro amigo, el hombre del sombrero azul, desapareció del museo. Y Donaghue también. El eslabón es demasiado evidente como para haber sido forjado por una coincidencia. Me parece extremadamente probable que el hombre del sombrero azul robase el Jaggard de 1599, dejase el de 1606 en su lugar, y que Donaghue desapareciese al seguirlo.

—Bien, bien —dijo animadamente el conservador—, no me cabe la menor duda de que todo acabará por aclararse. Mientras tanto, doctor Sedlar, si me permite, tengo que registrar el museo inmediatamente.

—¿Para qué? —preguntó agriamente el inspector.

—Hay una remota posibilidad de que el Jaggard de 1599 no haya salido del edificio.

—Si usted lo dice —gruñó Thumm.

—Excelente idea, doctor —dijo enérgicamente el doctor Sedlar—. Yo... yo me quedaré. Pero cuando llegue la señora Saxon... —aparentemente el doctor Sedlar había oído hablar de las enérgicas maneras de la señora Saxon y se mostraba moderadamente atemorizado.

—No tardaré nada —dijo alegremente el doctor Choate. Depositó el libro azul en la vitrina con cuidado y salió apresuradamente de la habitación.

El inglés rondaba alrededor de la vitrina como una cigüeña nerviosa alrededor de su nido.

—Una lástima —murmuró—. Una lástima. Realmente me hubiera gustado mucho poder ver ese 1599.

Drury Lane lo miró fijamente; luego buscó una silla y se sentó. Se cubrió los ojos con una mano blanca y venosa.

—Parece usted terriblemente decepcionado, doctor Sedlar —dijo Patience.

—¿Eh? Perdone... Sí, sí, lo estoy.

—Pero ¿por qué? ¿No había visto usted nunca el 1599? Yo creía que los libros raros eran propiedad común entre los bibliófilos.

—Deberían serlo —contestó el inglés con una fea sonrisa—, pero éste no lo era. Pertenecía a Samuel Saxon, lo que significa que era prácticamente inaccesible.

—Creo que el señor Rowe y el doctor Choate dijeron algo a propósito de la tendencia del señor Saxon a ocultar algunas cosas.

La excitación del doctor Sedlar aumentó, y su monóculo se movió y luego cayó, y se quedó colgando de su cordón.

—¡Tendencia a ocultar algunas cosas! —explotó—. El hombre era un bibliomaníaco. Se pasó la mitad de sus últimos años en Inglaterra sobrepujando en las subastas y llevándose fuera toda clase de cosas preciosas... Lo siento. Pero se trataba de ejemplares que no eran universalmente conocidos. Sólo Dios sabe dónde los consiguió. Este Jaggard de 1599, esta edición de *El peregrino apasionado,* era uno de los desconocidos. Hasta hace muy poco tiempo sólo se conocía la existencia de dos ejemplares de esta primera edición; entonces Saxon desenterró el tercero en algún sitio, pero nunca dejó que los eruditos le echasen una ojeada siquiera. Lo metió en su biblioteca como forraje en un granero.

—Resulta bastante trágico, desde luego —dijo desagradablemente el inspector.

—¡Oh!, sí —dijo lentamente el inglés—. Le aseguro que lo es. Me hubiera gustado tanto examinarlo... Cuando el señor Wyeth me habló del legado de Saxon...

—¿Le mencionó que el Jaggard de 1599 estaba incluido en el legado?

—Sí, desde luego —el doctor Sedlar suspiró y se volvió a inclinar sobre la vitrina. Se ajustó de nuevo el monóculo—. Precioso, precioso. Apenas puedo esperar... ¿Qué es esto? —sus finos labios se separaron con excitación mientras se adueñaba del tercero de los volúmenes que había en la vitrina y estudiaba sus contraportadas.

—¿Qué pasa ahora? —preguntó Lane rápidamente, levantándose y acercándose a la vitrina.

El doctor Sedlar dejó escapar su respiración con un largo silbido.

—Por un momento pensé... Estaba equivocado. Examiné este ejemplar de *Enrique V* en Londres hace algunos años, antes de que Saxon lo consiguiera. Lleva la fecha de 1608... lo que ha quedado perfectamente establecido como un caso de anticipación de fecha deliberada por parte de Jaggard, que lo imprimió en 1619. Recordaba el rojo del cuero más oscuro. Aparentemente se ha descolorido un poco con los tiernos cuidados de Saxon.

—Ya veo —dijo el anciano caballero—. ¡Me ha hecho saltar de la silla, doctor! ¿Qué tal encuentra el *Sir John Oldcastle*?

El nuevo conservador pasó sus dedos con cariño por encima del primer volumen.

—¡Oh!, éste está perfectamente —dijo con seriedad—. No ha cambiado ni un ápice desde que lo vi en Sotheby en 1913 cuando consiguió una bonita suma en una subasta... ¡El mismo marrón dorado! Conste que no estoy acusando a Saxon de vandalismo, por favor comprenda...

El doctor Choate entró precipitadamente en la sala.

—Me temo que estaba en un error —dijo brillantemente—. Ni rastro del Jaggard robado. Aunque seguiremos buscando, desde luego.

La señora Lydia Saxon irrumpió en la Sala Saxon con la espantosa irresistibilidad de una elefanta rabiosa. Estaba hecha a una escala muy alta... una mujer enorme de flancos montañosos, una popa de Zepelin, el pecho de una vaca marina, y el porte de una fragata. Había en sus ojos grises y acuosos un brillo feroz que presagiaba toda clase de males a criaturas tan desafortunadas como estudiantes, conservadores y toda la desgraciada tribu de beneficiarios. La seguía Gordon Rowe, sonriendo alegremente, y un viejo atenuado y sinuoso que llevaba un abrigo raído. Esta criatura tenía algo de la calidad de un viejo papiro: una piel seca y áspera, casi un crujido de frágiles huesos cuando andaba, y los rasgos pálidos del ave de rapiña, propios de los señores italianos, piratas españoles y anticuarios. Este viejo caballero, que sólo podía ser el bibliotecario principal de la Colección Saxon, Crabbe, ignorando a los que allí se reunían, deslizó su zarpa en la vitrina de los Jaggard, tomó entre sus garras el curioso regalo del ladrón y empezó a examinarlo con penetrantes ojos de buitre.

—¡Doctor Choate! —gritó la señora Saxon con un desagradable tono de soprano—. ¿Qué es todo eso de un robo? ¿Qué locura es ésa?

—¡Ah!... señora Saxon —murmuró el conservador sonriendo con dificultad—. Sí. Una desgracia. Pero ha sido también un extraño golpe de suerte.

—¡Tonterías! El señor Rowe me ha hablado del otro libro. Le aseguro que eso no me impresiona lo más mínimo. El hecho es que uno de los ejemplares más valiosos del legado de mi marido ha sido robado en sus propias narices. Le exijo...

—Antes de que entremos en otros detalles —dijo rápidamente el doctor Choate—, permítame que le presente a la señorita Patience Thumm. El doctor Hamnet Sedlar, que va a ser nuestro nuevo conservador. El señor Drury Lane...

—¡Ah! —dijo la señora Saxon volviendo sus acuosos ojos hacia el anciano caballero—, el señor Lane. ¡Cómo está usted, señor Lane! ¿Y el nuevo conservador, ha dicho usted? —contempló la estirada figura del inglés con fría curiosidad, y resopló como una monstruosa gata gorda.

—Y el inspector Thumm...

—¿De la policía? Inspector, ¡le exijo que encuentre a ese ladrón inmediatamente!

—Desde luego —refunfuñó el inspector—. ¿Y qué es lo que se supone que debo hacer? ¿Sacarlo del bolsillo de mi chaqueta?

Ella boqueó y su rostro se volvió rojo cereza.

Crabbe, que había vuelto a colocar el libro azul en su sitio con un suspiro, le dio unas palmaditas en el brazo.

—Su tensión, querida señora Saxon —susurró con una sonrisa. Luego enderezó su encorvado y viejo cuerpo e inspeccionó penetrantemente los rostros que le rodeaban—.

Este robo me parece muy extraño —había una intención tan ofensiva en su tono que el doctor Choate se sintió obligado a estirar su alta figura con dignidad—. Lo encuentro... —y Crabbe se calló tan repentinamente como había empezado a hablar. Sus ojillos inquietos se habían iluminado al detenerse en el rostro del doctor Sedlar. Su mirada siguió moviéndose y luego volvió atrás como si hubiera recibido una sorpresa—. ¿Quién es éste? —chilló, señalando con un pulgar viejo y agrietado al inglés.

—¿Usted perdone? —dijo fríamente el doctor Sedlar.

—El doctor Sedlar, nuestro nuevo conservador —murmuró el joven Rowe.

—Vamos, vamos, Crabbe, no sea brusco. El señor Crabbe, el bibliotecario de la Saxon, doctor.

—Conque Sedlar, ¿eh? —gruñó Crabbe—. Sedlar, ¿eh? Bien, bien —y ladeó su delgada cabeza mirando al inglés con una sonrisa vagamente maliciosa.

El doctor Sedlar se echó hacia atrás, ofendido y aparentemente confundido. Luego se encogió de hombros.

—Si me permite que le explique, señora Saxon —dijo con una sonrisa encantadora, adelantándose—, ésta ha sido la...

Se movieron todos hacia un lado y el doctor Sedlar siguió hablando rápidamente en voz baja. La señora Saxon escuchaba con el gesto desinteresado y hostil de un juez que ha condenado a su prisionero de antemano.

Drury Lane se volvió tranquilamente a una silla que había en un rincón de la habitación. Cerró los ojos y estiró sus largos brazos. Patience suspiró y se volvió hacia Gordon Rowe, quien se le acercó y empezó a murmurarle enérgicamente al oído.

Crabbe y el doctor Choate empezaron una fría pero formal discusión sobre la completa estructura del Jaggard de 1606. El inspector Thumm, rondando como un alma en pena perdida en un purgatorio especial, refunfuñaba aburrido. De vez en cuando cazaba algunos retazos de la conversación de los bibliófilos.

—La inscripción de la contraportada...

—Halliwell-Philips dice...

—... inclusión de los sonetos robados...

—¿Pero es en cuarta o en octava...?

—El ejemplar bodleiano...

—... demuestra definitivamente que dos de los poemas que no son de Shakespeare, Jaggard los robó de *Troya británica* de Heywood que apareció en 1612...

—El formato...

—Antes de 1608 Jaggard solamente era el editor, recuerde. Hasta esa fecha no consiguió la prensa de James Robert. Eso significaría que el ejemplar de 1606...

El inspector rugió una vez más y coceó por toda la sala transportado en un éxtasis de rabia.

El doctor Choate y el saturnino Crabbe se interrumpieron, concendiéndose, radiantes, una tregua momentánea.

—Damas y caballeros —anunció el conservador, retorciéndose la barba—, el señor Crabbe y yo, después de una minuciosa observación, hemos llegado a la conclusión de que este Jaggard de 1606 es auténtico.

—Qué bien, qué bien —dijo tétricamente el inspector.

—¿Está usted completamente seguro? —se volvió a preguntar el doctor Sedlar, que estaba hablando con la señora Saxon.

—¡No me importa! —chilló la señora Saxon—. Sigue pareciéndome una manera muy extraña de recompensar la generosidad del señor Saxon...

—Te dije que era una fémina desagradable —dijo el joven Rowe con voz clara.

—¡Calla, joven idiota temerario! —susurró Patience fieramente—. ¡Esa Gorgona acabará por oírte!

—Hay que dejarla —dijo el joven sonriendo burlonamente—, es una vieja ballena dominante.

—La verdad es que nunca pensé que se tratara de un fraude —dijo Drury Lane tranquilamente desde su rincón.

En aquel momento el vigilante con nariz en forma de bulbo entró en la sala arrastrando los pies y se dirigió al doctor Choate.

—¿Qué hay, Burch? —dijo el conservador, distraído—. Estoy seguro de que es algo que puede esperar...

—Me viene de perilla —dijo Burch lapidariamente, y se volvió lentamente para marcharse.

—Un momento —dijo Drury Lane. Se había levantado y miraba intensamente el paquete que Burch se llevaba. Una corriente de inteligencia atravesó sus rasgos afilados—. Si yo fuera usted, doctor Choate, le echaría un vistazo a ese paquete. Si este asunto es tan demencial como parece, existe la increíble posibilidad...

Todos le miraron con aturdimiento volviéndose luego hacia el vigilante.

—¿Usted cree...? —empezó a decir el doctor Choate humedeciéndose los labios—. Muy bien, Burch, déjelo aquí.

Como dos fieles guardianes, el doctor Sedlar por un lado y Crabbe por el otro, se acercaron vivamente a los costados del conservador.

Era un paquete plano hecho con papel corriente de envolver y atado con una cuerda roja. Habían pegado una etiqueta sobre el papel, y en ella habían escrito con tinta azul y letra de imprenta muy clara, el nombre del doctor Choate y la dirección del museo.

—¿Quién ha traído esto, Burch? —preguntó el doctor Choate.

—Un recadero o algo así —dijo Burch con voz áspera.

—Ya —y el doctor Choate empezó a deshacer el nudo de la cuerda.

—¡Deme eso!, no sea loco —rugió de repente el inspector adelantándose y arrebatándole el paquete con precipitados pero cautelosos dedos—. Ya han ocurrido demasiadas cosas raras por aquí... ¡Podría ser una bomba!

Los hombres palidecieron, y el pecho de la señora Saxon se elevó como un mar agitado, dejando escapar un grito penetrante. Lane sonrió tristemente a Thumm.

El inspector apretó contra el papel marrón una enorme oreja roja en forma de coliflor y escuchó intensamente. Luego dio la vuelta al paquete y escuchó por el otro lado. No satisfecho del todo, lo golpeó ligeramente, muy ligeramente, desde luego.

—Bueno, parece normal —gruñó y lo devolvió a las asustadas manos del conservador.

—Quizás sería mejor que lo abriera usted —dijo el doctor Choate con voz temblorosa.

—Estoy seguro de que no hay nada que temer, doctor —dijo el anciano caballero con una sonrisa tranquilizadora.

A pesar de todo, los dedos del conservador retiraron la cuerda sin mucho entusiasmo y lentamente, muy lentamente fueron desplegando el papel marrón. La señora Saxon se acercó furtivamente a la puerta y Gordon Rowe empujó rudamente a Patience detrás de él.

Por fin el papel fue puesto a un lado.

Nada ocurrió.

Pero si el paquete hubiera contenido una bomba, si hubiera explotado repentinamente en sus manos, el doctor Choate no hubiera podido mostrar una mayor estupefacción. Su boca se abrió, los ojos parecieron querer salírsele de las órbitas, y sus dedos empezaron a manosear el paquete en busca de algo.

—Pero... ¡Santo Cielo! —gritó con voz ahogada—. *Es el Jaggard de 1599 que robaron el lunes.*

Una historia contada por un sabio

Nadie habló durante un rato. Se miraban los unos a los otros, demasiado aturdidos por el asombro como para decir una sola palabra. ¡El extraño ladrón había devuelto su botín!

—Teniendo en cuenta la cantidad de detalles absurdos que hay alrededor de todo este asunto —murmuró Drury Lane levantándose y acercándose—, sospeché que podía ocurrir algo parecido —su rostro de camafeo estaba lleno de curiosidad—. Estamos compitiendo con un antagonista inteligente y con sentido del humor. ¡Extraño, muy extraño! ¿Está usted seguro de que ése es el ejemplar robado, doctor Choate?

—No me cabe la menor duda —contestó el conservador todavía trastornado—. Éste es el Jaggard de Saxon. ¿Quieren examinarlo, caballeros?

Colocó el volumen de cuero azul sobre el cristal de la vitrina de los Jaggard; y Crabbe se sumió en el examen del libro. Patience, que se había apretujado contra el joven Rowe, echó una mirada al rostro del doctor Sedlar, que observaba a Crabbe, y estuvo a punto de dejar escapar una exclamación de sorpresa. El hombre se había estado cubriendo con una máscara de educación, pero ahora la máscara había caído. Su expresión reflejaba una rabia especial y una frustración exasperada; su rostro era feroz, y esta ferocidad parecía realzada por el frío cristal sin cerco que se sostenía en su ojo derecho. Luego, mediante un esfuerzo, la máscara volvió a su sitio, y se mostró interesado de nuevo... Patience volvió la cabeza y miró a Gordon Rowe; los dos se comunicaron sus pensamientos con la mirada; él también se había dado cuenta de aquella extraña expresión, y desde ese momento se dedicó a observar al doctor Sedlar con resuelta aplicación.

—Éste es el Jaggard de Saxon —dijo Crabbe con voz cortante.

—¡Cielos, qué estúpido he sido! —gritó el inspector Thumm de repente, sobresaltándolos a todos.

Y sin otra explicación salió corriendo atropelladamente de la Sala Saxon. Durante un momento se oyó el ruido de sus grandes pies que machacaban el suelo del corredor.

—Su padre, señorita Thumm —observó el doctor Sedlar con una ligera sonrisa—, parece un caballero muy precipitado.

—Mi padre, doctor Sedlar —replicó Patience—, es a veces un caballero muy agudo. Un hombre que piensa en cosas prácticas, ¿comprende? No tengo la menor duda de que se ha marchado para intentar alcanzar al botones, cosa que a ninguno de los que estamos aquí se nos había ocurrido hacer.

La señora Saxon miró fijamente a Patience como si estuviera viendo a aquella furiosa joven por primera vez. El joven Rowe se rió por lo bajo.

—Vamos, vamos, Patience —dijo Drury Lane dulcemente—, no estamos poniendo en duda la perspicacia del inspector, aunque me atrevería a decir que esta vez será inútil. El caso es, caballeros, que su Jaggard de 1599 no ha sido devuelto en el mismo estado de antes. Por favor, examinen la parte de atrás.

Su penetrante mirada se había fijado en que algo estaba mal. El doctor Choate levantó el volumen y lo volvió. Vieron inmediatamente lo que era. Habían introducido una cuchilla en el canto inferior de la contratapa del libro, rajando la piel y las finas hojas de la encuadernación que daban cuerpo a la tapa. Todo el canto había sido rajado de aquella manera. El fino canto de un trozo de papel duro asomaba por la hendidura.

El doctor Choate tiró de él cautelosamente. Era un billete de cien dólares. Llevaba prendido con un alfiler corriente un pedazo de papel del mismo tipo que el papel marrón que había servido para empaquetar el libro. Escritas con la misma tinta azul e idéntica letra de imprenta, había seis palabras:

PARA CUBRIR LOS GASTOS DE REPARACIÓN.

No había firma.

—¡Qué tipo más descarado! —dijo la señora Saxon con un gruñido—. Destrozando mi libro y...

El inspector entró, murmurando y secándose la frente.

—Demasiado tarde —refunfuñó—, el muchacho se había largado... ¿Qué es esto? —examinó la raja de la contratapa del libro y leyó la nota con asombro. Luego sacudió la cabeza como diciendo: «¡Esto es demasiado para *mí*!» y volvió su atención hacia el papel del paquete y la cuerda—. Manila barato. Una cuerda corriente. Esto no nos proporciona ninguna pista. ¡Ah, infiernos! Estoy hasta la coronilla de toda esta historia.

Crabbe acarició el billete de cien dólares y soltó una risita.

—Un ladrón muy atento el suyo, Choate. Roba un libro, lo devuelve pagando los gastos y, por si fuera poco, ¡le hace un regalo que no tiene precio!

—Telefoneen a los periódicos —dijo cansadamente el inspector—, cuéntenles todo esto. Le darán una excusa al ladrón para que vuelva.

—¿Por qué crees eso, padre?

—Patty, un ladrón es un ladrón aunque esté chiflado. Dejó aquí ese maldito 1606 o como lo llamen.

Lane sonrió.

—No es tan ingenuo. No, además ha encontrado...

La señora Saxon, que se había ablandado considerablemente con la inesperada recuperación del Jaggard de 1599, se sobresaltó y dejó escapar una exclamación que sonó como la sirena de un *ferry-boat:*

—¡Crabbe, esto es *realmente* muy raro! Me acabo de acordar. ¿Sabe, señor Lane, que no hace mucho tiempo hemos sufrido una experiencia muy parecida a ésta?

—¿Cómo, señora Saxon? —preguntó bruscamente el anciano caballero—. ¿Qué tipo de experiencia?

Su triple papada tembló de excitación.

—¡Alguien robó un libro de mi biblioteca, señor Lane! ¡Y luego me lo devolvió!

Crabbe le dirigió una curiosa mirada.

—Yo también lo recuerdo —dijo ásperamente. Y miró largamente al doctor Sedlar sin razón aparente—. *Es* muy extraño.

—¡Crabbe! —exclamó Rowe—. ¡Dios, qué idiotas somos! ¡Claro, tiene que ser la misma persona!

El señor Drury Lane agarró el brazo del bibliotecario de Saxon, y éste pegó un respingo.

—Vamos, vamos, hombre, díganos lo que ocurrió... inmediatamente. Puede ser de la mayor importancia.

Crabbe dirigió una mirada astuta a su alrededor.

—Con la excitación lo había olvidado... Hace más o menos seis semanas me tuve que quedar a trabajar por la noche en la biblioteca. La biblioteca de Saxon, naturalmente, en casa de la señora Saxon. Estaba volviendo a hacer catálogos de la colección después de haber apartado el legado del Museo Británico. Entonces oí un ruido peculiar que venía de una de las alas y fui a mirar. Sorprendí a un hombre que estaba saqueando uno de los anaqueles.

—Bien, ya vamos consiguiendo algo —dijo el inspector—. ¿Cómo era?

Crabbe extendió sus huesudas manos, como si quisiera calentárselas.

—*¿Quién sabe?* Estaba oscuro y él iba enmascarado y enfundado en un abrigo. Sólo pude echarle una ojeada. Me oyó y, saliendo por una de las ventanas francesas, se escapó.

—Fue espantoso —dijo la señora Saxon haciendo una mueca—. Nunca olvidaré lo trastornados que estábamos todos —luego se rió—. El señor Crabbe corría por todos lados como un viejo degollado...

—Es verdad —dijo Crabbe agriamente—, y la señora Saxon, si no recuerdo mal, apareció envuelta en un *peignoir* rojo vivo... —se miraron el uno al otro. Patience, al imaginarse aquella femenina montaña de carne cubierta con una bata holgada y flotante, tuvo que morderse fuertemente los labios—. En cualquier caso di la alarma y el joven Rowe apareció en traje de Adán.

—No del todo —dijo rápidamente Rowe—. ¡Crabbe!

—Lo de siempre, el señor Rowe jugó al brillante caballero y persiguió al ladrón, y el ladrón se escapó sin mayor dificultad.

—Era un pijama —dijo el señor Rowe con dignidad—, y además, ni siquiera pude ver al tipo cuando salí en su busca.

—¿Dice usted que robó un libro? —preguntó lentamente Drury Lane. Crabbe guiñó los ojos astutamente.

—No lo van a creer.

—¿Bien?

—*Robó un ejemplar de la edición de Jaggard de 1599.*

Los ojos del doctor Sedlar estaban fijos en Crabbe; el doctor Choate parecía mareado; y el inspector soltó un grito de desesperación.

—¡Por el amor de Dios! —gritó—, ¿cuántos ejemplares hay de ese condenado libro?

—¿Quiere usted decir —dijo Lane frunciendo el ceño— que el ladrón robó este ejemplar de 1599, antes de que lo entregaran al Museo Británico, y luego se lo devolvió? Eso no tiene ningún sentido, señor Crabbe.

—No —Crabbe exhibió una mueca desdentada—. Robó una imitación del Jaggard de 1599.

—¿Una imitación? —murmuró el doctor Sedlar—. Yo no sabía...

—Una cosita de nada que el señor Saxon descubrió hace unos veinte años —explicó el bibliotecario con la misma sonrisa de malicia—. Era claramente una imitación. La compramos como curiosidad. Y eso es lo que el ladrón se llevó del anaquel abierto.

—Extraño —murmuró Lane—. De todas las cosas que han estado ocurriendo, ésta es la más extraña. No consigo entenderlo... ¿Todavía tenían ustedes el ejemplar auténtico en la biblioteca, señor Crabbe? ¿No dijo usted que todavía no habían entregado el legado al Museo Británico?

—Sí, todavía teníamos el Jaggard auténtico, señor Lane. Pero estaba en nuestra biblioteca particular, en casa —dijo Crabbe riéndose burlonamente— con la mayor parte de los otros ejemplares raros. No nos habíamos preocupado de la imitación, que carecía de valor y que no era más que un capricho de coleccionista. Como ya he dicho, dos días más tarde nos devolvieron la imitación por correo sin ninguna explicación.

—¡Ah! —gritó Lane—. ¿Y también habían cortado el libro como lo han hecho con el ejemplar auténtico?

—No. Estaba absolutamente intacto.

—¿Qué tipo de papel y cuerda usaron? —gruñó el inspector.

—Muy parecidos a éstos.

Lane miró pensativamente la vitrina de los Jaggard. Luego tomó el Jaggard de 1599 que acababan de devolver y examinó minuciosamente su mutilada encuadernación. Al menos la mitad del interior de la contratapa estaba ligeramente separada del resto.

—Aquí hay algo muy curioso —dijo el anciano caballero, y se volvió a enseñar la especie de lengüeta que había formado el corte del ladrón. La levantó ligeramente, quedando al descubierto una depresión rectangular. Era evidente que debajo de la parte interior de la contratapa, alguien había recortado una cavidad del espesor de una capa de cartón. La infinitesimal depresión que aquello había producido no medía más de siete centímetros de ancho y diez de largo.

—¿También cortó eso? —preguntó con voz escandalizada el doctor Choate.

—Creo que no. Patience, querida, tú eres muy observadora. ¿Cuándo dirías tú que han hecho este extraño hueco rectangular en el cartón?

Patience se adelantó obediente. Después de un momento dijo:

—Hace mucho. Los bordes dejados por el corte han sido suavizados por el tiempo.

—Esto contesta a su pregunta, doctor Choate —sonrió Lane—. ¿Y por qué razón, hija mía, crees que recortaron este rectángulo de la encuadernación?

—Obviamente para esconder alguna cosa —dijo Patience dirigiéndole una sonrisa fulgurante.

—¡Un escondite! —gritó el conservador—. ¡Esto es ridículo!

—Doctor, doctor —murmuró con tristeza el actor—, ¿por qué ustedes, los ratones de biblioteca, son tan despectivos con una ciencia tan exacta como la lógica? Lo que la señorita Thumm ha dicho es absolutamente correcto. Algo muy fino y ligero... Fino a causa de la poca profundidad del hueco, ligero porque un peso apreciable no hubiese pasado desapercibido a los expertos durante todos estos siglos... Repito que algo muy fino y ligero estaba escondido hasta hace muy poco tiempo en la contratapa de uno de los libros con los que William Jaggard hizo su atrevida entrada dentro del mundo de las publicaciones piratas. No se me ocurre *otra cosa que un trozo de papel.*

Entra William Shakespeare

No quedaba nada más por hacer en el Museo Británico. El inspector sentía una febril impaciencia por salir de allí. Se despidieron y salieron.

Gordon Rowe los acompañó hasta la puerta. Dio con sus nudillos en la barba de bronce de Shakespeare.

—El viejo está sonriendo en estos momentos. ¡Y no es para menos! Es la primera vez desde hace siglos que ocurre algo humano en un museo, Pat.

—Algo exasperante —dijo Patience con fiereza—. ¡Caballero, mi mano! Tengo un padre muy celoso, y tiene ojos en el cogote... Adiós, Gordon.

—¡Ah! —dijo el joven—, esto es muy agradable. ¿Cuándo puedo volver a verte?

—Lo pensaré —dijo Patience apresuradamente, y se volvió para seguir al inspector y a Lane.

Él la volvió a coger de la mano.

—¡Pat! Déjame acompañarte ahora.

—¿Ahora?

—Sí, a la oficina de tu padre. ¿No es allí adonde vais?

—S... Sí.

—¿Puedo ir yo también?

—¡Cielos, eres un hombre muy tenaz! —dijo Patience, detestándose una vez más por los colores que aparecían en sus mejillas—. Muy bien, si a mi padre no le importa.

—No le importará —dijo alegremente Rowe, y cerró la puerta tras él con un gran portazo.

Cogió a Patience por un brazo y la condujo vivamente por la acera hacia los demás. Dromio, el chófer pelirrojo de Lane, permanecía sonriente al lado de un Lincoln negro aparcado al lado de la acera.

—Inspector —dijo ansiosamente el joven—, ¿le importa que vaya con ustedes? No, no le importa. Lo veo en su cara.

Thumm le dirigió una mirada glacial.

—Oiga...

El señor Drury Lane intervino apaciguadoramente.

—Vamos, vamos, inspector, es una idea espléndida. Sugiero que me dejen llevarlos a todos. Tengo mi coche aquí, y necesito un momento de descanso. No puedo pensar rodeado de tantas influencias molestas. Es obvio que la situación exige un consejo de guerra, y Gordon es un muchacho muy despierto. Vamos, inspector, ¿o está usted demasiado ocupado para que le molestemos?

—Eso —dijo el joven Rowe— es un amigo.

—Tal y como van las cosas estos días —dijo lúgubremente el inspector—, podría tomarme un mes de vacaciones sin que mi estúpida secretaria se diera cuenta de que me he ido —lanzó una dura mirada al joven y luego a Patience, que estaba canturreando nerviosamente y tratando de parecer indiferente—. Está bien, jovenzuelo. Y tú, Pat, sube ya. Éste es un paseo gratis.

En el despacho de Thumm el viejo actor se dejó caer en un viejo sillón de cuero con un suspiro. Patience se sentó muy formal y Rowe se apoyó contra la puerta con los ojos brillantes.

—Por lo visto se ha tomado usted en serio la admonición del salmo 122, inspector. «La paz sea entre tus muros». Esto es estupendo.

—Sí, pero no «la prosperidad dentro de tus palacios» —dijo Patience riéndose y tirando su pequeño sombrero a través de la habitación sobre la parte superior de la caja fuerte—. Como los negocios sigan de esta forma, me temo que me tendré que poner a trabajar.

—Las mujeres —dijo con fervor el señor Rowe— nunca deberían trabajar.

—Patty, cállate —dijo el inspector, irritado.

—Si puedo ayudar en algo... —empezó a decir el anciano caballero.

—Muchas gracias, viejo bribón, pero la verdad es que no lo necesitamos. ¡Patty, mereces una azotaina! Bien, Lane, ¿qué piensa de todo esto?

Lane cruzó sus delgadas piernas después de sufrir el escrutinio de sus compañeros durante un rato.

—Mis ideas a veces son algo irracionales, inspector. Debo decirle que no recuerdo un caso tan notable como éste en mi experiencia, y ésta cubre un campo bastante vasto dentro de la criminología. Pero usted es el policía práctico. ¿Qué piensa *usted* de todo esto?

—Lo tengo todo enredado —dijo el inspector con una mueca desagradable—. ¡Al infierno! ¡Es la primera vez que oigo que un ladrón devuelva lo que ha robado, y con dinero además! A mí me parece que lo más lógico sería tratar de averiguar quiénes son esos dos pájaros. El tipo del sombrero azul y el otro, el de la extraña sortija en forma de herradura, del que nos habló el encargado de la compañía de autobuses. Volveré a hablar con los diecisiete profesores, pero tengo la sensación de que son inocentes.

—¿Y tú, querida? —murmuró el anciano caballero, volviéndose hacia Patience, cuyos pensamientos estaban muy lejos de allí—. Siempre contribuyes con algo.

—A mí me parece —dijo Patience— que estamos haciendo una tempestad en un vaso de agua. Ha habido un robo, y el botín ha sido devuelto con intereses. Por lo que sabemos, ni siquiera se ha cometido un verdadero crimen.

—Sólo un problema interesante, ¿eh?... ¿Nada más vital?

Ella se encogió de hombros.

—Siento no estar más brillante hoy, pero es todo lo que se me ocurre.

—Nada de crimen, ¿eh? —dijo sarcásticamente el inspector.

—¡Ah! —murmuró Lane con una débil sonrisa—, ¿usted cree que *ha habido* un crimen, inspector?

—¡Desde luego! ¿Qué le pasó al pobre viejo Donaghue?

El anciano caballero cerró los ojos un instante.

—El vigilante perdido. Habría que asegurar. Estoy de acuerdo en que todo parece indicar que haya sido víctima de algún tipo de violencia. Pero eso, después de todo, es asunto de la policía. No, hay otra cosa.

El alto joven apoyado contra la puerta miraba a uno y a otro con sus ojos cansados. Patience frunció las cejas y todos se callaron durante un rato. Luego, encogiéndose de hombros, Thumm cogió el teléfono.

—Asunto de la policía o no, es lo único que me interesa realmente. Prometí encontrar al pobre Mick, y haré lo que pueda por dar con él.

Habló con el capitán Grayson del Departamento de Personas Desaparecidas; luego llamó a su amigo el inspector Geoghan y mantuvo con él una breve conversación.

—Nada nuevo sobre Donaghue. Ha desaparecido como si se lo hubiera tragado la tierra. He dado a Geoghan el número de serie del billete de cien dólares que encontramos en el libro devuelto. Quizás eso le dé una pista.

—Es posible —dijo Lane—. Bien, Patience, veo que arrugas tu bonita nariz. ¿Has descubierto mi «otra cosa»?

—Lo intento —dijo ella con exasperación.

—Encuadernación —dijo el joven señor Rowe lacónicamente.

—¡Oh, Gor... señor Rowe, claro! —gritó Patience sonrojándose—. El objeto que el tipo del sombrero azul ha sacado de la contratapa del Jaggard de 1599.

El anciano caballero se rió suavemente.

—Ustedes los jóvenes parecen pensar juntos. Maravilloso, ¿no es cierto, inspector?... y deje de poner mala cara; les dije que Gordon era un diablo inapreciable. Eso es precisamente lo que quería decir, Patience. La conducta superficialmente errónea del ladrón se aclara cuando se empieza a trabajar a partir del objeto fino y ligero que debe de haber estado escondido en el bolsillo secreto de la encuadernación del libro. Hace seis semanas alguien entró en la biblioteca de Saxon y robó un ejemplar, presumiblemente de la edición de Jaggard de 1599. No hay que ser muy listo para comprender que este robo anterior fue llevado a cabo por el mismo hombre, nuestra fantástica criatura del sombrero azul. Pero el libro era una imitación; fue devuelto intacto. ¡Por lo tanto el hombre del sombrero azul estaba buscando un ejemplar *autén-*

tico! Ahora bien, ¿cuántos ejemplares auténticos de la primera edición de *El peregrino apasionado* se sabe que existen? Tres, de los cuales el ejemplar de Saxon es el tercero, el último que se ha encontrado. Así que es probable que haya buscado los otros dos ejemplares. Después de haber robado el ejemplar de Saxon y haberse dado cuenta de que era una imitación, debe de haber sabido que todavía quedaba el ejemplar auténtico. Luego Saxon dejó su legado al Museo Británico; en ese legado se encontraba el Jaggard auténtico. Cuando se lo llevó, dejó un ejemplar aún más valioso en su lugar. Dos días después devolvió el Jaggard. Dime, Patience, ¿qué nuevas conclusiones puedes sacar de estos hechos?

—Sí —dijo Patience chupándose el labio inferior—, resulta mucho más claro puesto de esa manera. El hecho de que devolviera el Jaggard auténtico al museo, pero cortara la contratapa, la abriera y sacara algo de su escondrijo, demuestra que nunca le ha interesado el Jaggard de 1599 *en sí mismo,* y sólo el objeto fino y ligero que contenía. Después de haber sacado el objeto, no tenía mayor interés en el libro y lo devolvió como un caballero.

—¡Bravo! —gritó Lane—. Una deducción magistral, querida.

—Brillante —murmuró cálidamente el señor Rowe.

—Bueno —dijo Patience ruborizándose un poco—, esto nos conduce a otro detalle extraño. El Jaggard de 1599 es valioso. Si fuera un ladrón corriente se hubiera quedado con él, aun cuando lo que le interesara principalmente fuera lo que el libro contenía. Pero dejó un billete de cien dólares para reparar los daños hechos a la encuadernación de piel. Y además, anteriormente, había dejado un ejemplar inmensamente valioso en lugar del que había robado, aparentemente porque se parecía mucho al de 1599, o quizás por honestidad. Todas estas cosas señalan a una persona esencialmente honrada, señor Lane, que se ve forzada a cometer un acto no honrado pero que intenta enmendarlo de antemano.

El anciano caballero se había inclinado hacia delante con los ojos relucientes. Se echó hacia atrás cuando Patience terminó y sacudió un largo dedo en dirección al inspector.

—Bueno, viejo fanfarrón, ¿qué piensa usted de esto?

El inspector tosió.

—No está mal. No está mal.

—Vamos, vamos, inspector, ése es un elogio muy mezquino. ¡Perfecto, querida! Eres un tónico para estos huesos viejos. Sí, es verdad. Estamos tratando con un honrado, aunque concienzudo ladrón. Una anomalía sin precedentes, estoy seguro, en la historia del robo. ¡Un verdadero Villon! ¿Nada más?

—Me parece que todavía queda bastante —dijo el joven de repente—. El hecho de que devolviera el falso Jaggard sin ni siquiera haber rajado la piel de la encuadernación demuestra que está muy familiarizado con los libros raros. Yo he visto el libro, y puedo decirles que la imitación no era tan basta como para que un profano en la materia pudiera notarla. Examinó el volumen, vio inmediatamente que no era el auténtico y, como lo que buscaba solamente lo podía encontrar en un auténtico Jaggard de 1599, devolvió el libro sin pérdida de tiempo.

—Eso querría decir que es un bibliófilo o algo parecido, ¿no es así? —murmuró Patience.

—En efecto, querida. Gordon, ése es un excelente razonamiento —el anciano se levantó y empezó a pasear por la habitación—. Hemos conseguido una imagen bastante reveladora. Un estudioso, un anticuario, un bibliófilo, esencialmente honrado, que llega hasta cometer un robo por la posesión de... creo que no cabe la menor duda al respecto... un trozo de papel escondido en la contratapa de un ejemplar perteneciente a un coleccionista extremadamente viejo. Interesante, ¿eh?

—Me pregunto qué diablos será —murmuró Thumm.

—La abertura o, mejor dicho, el hueco —dijo pensativamente Rowe— mide más o menos diez centímetros de largo por siete de ancho. Si es un trozo de papel, entonces, probablemente estaba doblado. Y probablemente es muy viejo también.

—Eso creo —dijo Lane entre dientes—, aunque lo último no es necesariamente cierto. Sí, la situación se ha aclarado considerablemente. Me pregunto ahora... —su magnífica voz fue desvaneciéndose poco a poco, y durante un rato anduvo en silencio con las cejas fruncidas—. Creo que voy a empezar una pequeña investigación por mi cuenta —dijo finalmente.

—¿Sobre Donaghue? —preguntó Thumm esperanzado.

Lane sonrió.

—No, eso se lo dejaré a usted; es infinitamente mejor en ese tipo de cosas que yo. Tengo la intención —siguió diciendo con el ceño fruncido— de hacer una pequeña indagación. Ya saben que tengo una pequeña biblioteca bastante respetable...

—Es un paraíso de estudiantes —dijo soñadoramente Rowe.

—¿Qué tipo de indagación? —preguntó Patience.

Verás, querida, creo que nos conviene averiguar, aunque no nos sirva de mucho por el momento, si la actual encuadernación de piel del Jaggard estropeado es la original. Si conseguimos saber en qué momento se hizo, quizás podamos establecer también en qué momento se escondió el objeto, que por la forma del escondrijo, como ha dicho Gordon, lo más probable es que sea un documento plegado o algo parecido.

—Creo que podría prestarle alguna ayuda en ese terreno, señor —dijo animadamente el joven.

—¡Ah! —dijo el anciano caballero—. Es una idea, Gordon. Trabaje por su cuenta en ese sentido y luego compararemos nuestras notas.

—He pensado también —dijo Patience que por alguna razón inexplicable se mostraba muy complacida— que si un documento de este tipo ha sido escondido en un libro tan viejo, es muy posible que eso esté indicado en algún sitio. Después de todo, ¿cómo supo el ladrón que existía? ¿Cómo supo dónde encontrarlo?

—Sí, yo también estaba pensando en eso. Voy a buscar todos los datos conocidos de la primera edición de *El peregrino apasionado.* Incluso es posible que haya documentos fechados. Jaggard metió baza en muchas publicaciones, y su nombre surge continuamente en centenares de conexiones literarias. Sí, sí, indudablemente esto es lo más lógico. ¿Qué le parece a usted, Gordon?

—También le ayudaré en eso —dijo Gordon tranquilamente.

—¡Estupendo! Y ¿usted intentará dar con Donaghue, inspector?

—Lo más que pueda. Le he encargado a Grayson, de Personas Desaparecidas, la mayor parte del trabajo.

—Sí, él es más indicado. No creo, inspector, que vaya usted a sacar nada de esto en el terreno económico.

—¡Tiene usted razón, maldita sea! —gruñó Thumm—. Pero no me gustan las cosas que me sacan de quicio de esta forma. Le dedicaré algún tiempo.

—Tan obstinado como siempre —dijo el viejo riéndose suavemente—. Bueno, pues déjeme hacerle una sugerencia. Si el caso sólo le interesa como un desafío, ¿por qué no trata de saber algo del doctor Hamnet Sedlar?

El inspector lo miró con un sobresalto, y Patience, que se inclinaba hacia Rowe para que le encendiese un cigarrillo, interrumpió su gesto bruscamente.

—¿Ese pato? ¿Por qué?

—Llámelo una corazonada —murmuró Lane—. ¿No notó usted la mirada tan curiosa que le lanzó nuestro amigo Crabbe al doctor Sedlar?

—¡Santo Cielo, sí! —gritó Patience—. Gordon, tú también te fijaste.

—¿Gordon? —rugió el inspector.

—Es sólo un desliz —dijo apresuradamente el señor Rowe—. La señorita Thumm está excitada. Señorita Thumm, por favor, llámeme señor Rowe... Sí, Pat, me fijé, y no he dejado de preguntarme a qué se debería.

—¿Qué es esto? —gritó el inspector—. ¿Qué asunto es éste de Gordon-Pat?

—Vamos, inspector —dijo Drury Lane—, haga el favor de no personalizar esta discusión. ¿Se da cuenta de que se está convirtiendo en un viejo tirano fosilizado? Los jóvenes de hoy no son como antes.

—Padre —dijo Patience con el rostro escarlata.

—En sus tiempos, inspector... —empezó Rowe desamparadamente.

—Una presentación, un medirse con la mirada, un beso en un rincón oscuro... —siguió diciendo Lane sonriente—, vamos, inspector, debe usted hacerse a la idea. Como iba diciendo, Crabbe pertenece a una clase de personas acostumbradas al disimulo, y supo defenderse admirablemente, pero hay algo que no me gusta y creo que merece una investigación.

—A pesar de todo —murmuró el inspector—, no me gusta... ¿eh? No me di cuenta de nada. Pero si es así, me gustaría hacerle unas cuantas preguntas a nuestro amigo Crabbe.

Patience estudió la punta de su cigarrillo.

—Padre —dijo en voz baja—, se me acaba de ocurrir que quizá sería mejor no molestar al señor Crabbe por el momento. ¿Por qué no empiezas a seguir la pista del doctor Sedlar desde el principio?

—¿Quieres decir Inglaterra, Patty?

—Seamos modestos. ¿Qué te parece empezar por la compañía naviera?

—¿La compañía naviera? ¿Para qué diablos?

—Nunca se sabe —murmuró Patience.

Cuarenta y cinco minutos más tarde el inspector colgaba el teléfono secándose la frente con un pañuelo que agitaba violentamente.

—Bueno —suspiró finalmente—, es... es disparatado... Adivinen lo que me ha contado el sobrecargo del *Lancastria*.

—¡Oh, padre —dijo Patience—, eres *irritante*! ¿Qué te dijo, por el amor de Dios?

—Que no figura ningún Hamnet Sedlar en la lista de pasajeros.

Se miraron unos a otros. Luego Gordon Rowe apagó su cigarrillo en el cenicero del inspector.

—Así que era eso —murmuró—. El famoso doctor Sedlar...

—Esto me gusta —murmuró Patience—. Me gusta muchísimo.

—¡Es un impostor! —bramó Thumm—. Escuche, jovenzuelo, esconda eso dentro de su sombrero. ¡Ni una palabra! Ya verá qué...

—Calma, calma, inspector —dijo dulcemente Lane; estaba profundamente hundido en el sillón de cuero, y un centenar de surcos muy finos se marcaban en su pulida frente—, no tan deprisa. Una buena escena no significa que la obra sea buena, ni tampoco una circunstancia sospechosa que un hombre sea culpable. He visto que le daba usted al sobrecargo una descripción de Sedlar. ¿Para qué?

—Pues —bufó Thumm—, cuando miró la lista y no encontró nada que se pareciera al nombre de ese pájaro, le describí a Sedlar y le pedí que preguntara a los camareros. El barco ha atracado en el muelle esta mañana y el personal todavía no ha desembarcado. Se ocupó de ello inmediatamente. Y, por Dios, no sólo el nombre de Sedlar no aparecía en la lista, sino que en el barco no iba nadie que respondiera a su descripción —los miró echando fuego por los ojos—. ¿Qué piensan de esto?

—Esto empieza a oler mal —dijo pensativamente Rowe.

—Admito que el olor a culpabilidad se hace más fuerte —murmuró el anciano caballero—. Extraño, muy extraño...

—¿Pero no se dan cuenta de lo que esto significa? —gritó Patience—. ¡Eso quiere decir que el doctor Sedlar está aquí por lo menos desde hace cuatro días!

—¿Cómo lo sabes, Patty? —preguntó su padre.

—No ha venido volando por encima del Atlántico, ¿verdad? Recuerda que el miércoles pasado llamé a la mensajería para que me dijeran cuándo llegaba el próximo barco de Inglaterra... Sally Bostwick me había escrito que venía, pero no me había dicho cuándo. Bueno, pues me dijeron que llegaba un barco el sábado, y que no habría otro hasta hoy. Hoy es viernes, así que ese hombre lleva por lo menos cuatro días en Nueva York, por lo menos desde el sábado pasado.

—Quizá incluso más tiempo —sugirió Rowe frunciendo el ceño—. ¡Sedlar! Es increíble.

—Podrían comprobar si llegó en el barco del sábado —dijo Lane con aire ausente.

El inspector alcanzó el teléfono. Luego se volvió a sentar.

—Haré algo mejor que eso. Así obtendremos más datos de un solo golpe.

Apretó un botón y la bizca señorita Brodie apareció en el despacho como por arte de magia.

—¿Ha traído usted su libreta? Muy bien. Tome un cable para Scotland Yard.

—¿Para... para dónde, inspector? —tartamudeó la señorita Brodie, intimidada por la presencia del atlético joven que se apoyaba en el quicio de la puerta.

—Scotland Yard. ¡Les voy a enseñar a esos blandos ingleses cómo hacemos las cosas aquí! —la cara del inspector estaba muy colorada—. Ya sabe usted dónde está Scotland Yard, ¿no? Londres, Inglaterra.

—S... Sí, señor —dijo apresuradamente la señorita Brodie.

—Dirigido al inspector jefe Trench. T-r-e-n-c-h. «Deseo historial completo de Hamnet Sedlar, ex director del Museo Kensington, Londres, recién llegado a la ciudad de Nueva York. Transmítame fecha de su salida de Inglaterra, descripción física, filiaciones, reputación, detalles especiales si existen. Confidencial. Saludos». Envíelo inmediatamente.

La señorita Brodie tropezó con el señor Rowe.

—Espere un momento. ¿Cómo deletrea usted el apellido Sedlar?

—S-e-d-d-l-e-r —susurró la señorita Brodie pálida de emoción.

—Vamos, vamos, Brodie —dijo el inspector sonriendo suavemente—, no se desmaye. Todo va bien. Pero ¡por el amor de Dios! ¿No sabe usted deletrear? Es S-e-d-l-a-r.

—¡Oh!, sí, señor —dijo la señorita Brodie y desapareció.

—Pobre Brodie —dijo Patience con una risita—. Padre, siempre la tratas como a una niña pequeña. O quizás la nueva presencia masculina... Pero ¿qué ocurre, señor Lane? —gritó alarmada.

El rostro del anciano caballero parecía completamente trastornado. Miraba fijamente a Thumm como si no lo hubiera visto en su vida; y en verdad parecía que tampoco en aquel momento lo veía. Luego se levantó de un salto.

—¡Santo Cielo! —gritó—. ¡Así que era *eso*! —y empezó a pasear furiosamente por la habitación hablando consigo mismo.

—¿Qué pasa? —preguntó el inspector.

—¡El apellido, el apellido! Hamnet Sedlar... Es... ¡Es increíble! No habría justicia si esto fuera una coincidencia.

—¿El apellido? —Patience arrugó la frente—. ¿Qué pasa con el apellido, señor Lane? A mí me parece un apellido muy inglés, aunque un poco singular.

Gordon Rowe se había quedado con la boca abierta. Toda malicia había desaparecido de su mirada, en la que sólo brillaba una inteligencia asombrada.

Lane dejó de pasearse por la habitación, se frotó la barbilla, y finalmente dejó escapar una risa suave y baja.

—Sí, sí, un apellido muy inglés, Patience; tienes el talento de dar siempre en el clavo. Eso es precisamente lo que es. Es inglés y pertenece a la historia. Ah, Gordon, veo que la luz ha descendido sobre usted también —de repente dejó de reír y se sentó. Su voz se hizo grave—. Sabía que ese apellido me recordaba algo. Es algo que me ha estado molestando desde que conocí al caballero que lo llevaba. Al deletrearlo... Inspector, Patience, ¿no les dice nada el nombre de Hamnet Sedlar?

—Nada de nada —dijo el inspector con aspecto confuso.

—Patience, con todos los respetos debidos a tu estimado padre, tú gozas de una educación superior. ¿No has estudiado literatura inglesa?

—Pues, claro.

—¿Recuerdas bien el período isabelino?

—Es... es todo muy remoto —dijo Patience sonrojándose.

—He aquí los resultados de una educación moderna —dijo el anciano caballero sacudiendo tristemente la cabeza—. Así que nunca has oído hablar de Hamnet Sedlar. ¡Qué raro! Gordon, dígales quién fue Hamnet Sedlar.

—*Hamnet Sedlar* —dijo el joven señor Rowe con voz ronca y ofuscada— *era uno de los amigos más íntimos de William Shakespeare.*

—¡Shakespeare! —gritó Thumm—. ¿Es eso verdad, Lane? ¿Se han vuelto locos? ¿Qué tiene que ver el viejo Shake con todo esto?

—Empiezo a pensar que mucho —murmuró el señor Drury Lane—. Sí, Gordon tiene razón —dijo pensativamente y sacudiendo la cabeza—. Sedlar... ¡Señor!

—Me temo que no entiendo nada —se quejó Patience—. Por una vez estoy de acuerdo con mi padre. Seguramente...

—¿Pretende usted convencerme de que ese Sedlar es el Judío Errante? —dijo burlonamente el inspector—. ¡Qué diablos, no puede tener trescientos años! —y soltó una carcajada.

—Precisamente —dijo el señor Rowe con un profundo suspiro.

—No estoy sugiriendo que nuestro amigo sea Matusalén —dijo Lane sonriendo—. Por el momento las cosas todavía no son tan absurdas. Lo que sugiero es que el actual doctor Hamnet Sedlar, ex conservador del Museo Kensington de Londres, futuro conservador del Museo Británico de Nueva York, súbdito británico, culto, bibliófilo... Sí, es muy posible que este doctor Sedlar sea un descendiente directo del hombre que la historia nos ha dado a conocer por el simple hecho de que Shakespeare lo llamase su amigo.

—¿Una familia de Stratford? —preguntó Patience pensativamente.

—Apenas si se sabe nada de ellos —dijo el anciano encogiéndose de hombros.

—Creo —murmuró Rowe— que los Sedlar provienen de Gloucestershire.

—Pero aunque el doctor Sedlar sea un descendiente del amigo de Shakespeare, eso no explica qué relación puede haber entre la vieja familia Sedlar y este *peregrino apasionado* de la edición de Jaggard de 1599 que nos trae de cabeza —dijo Patience.

—Ésa, querida —replicó tranquilamente el señor Drury Lane—, es precisamente la cuestión. Me parece que ha tenido usted una verdadera inspiración en lo de enviar un cable a su amigo inglés de Scotland Yard, inspector. Puede que consigamos enterarnos... ¿Quién sabe? *El peregrino apasionado* en sí mismo puede que no... Pero entonces...

El anciano se calló. El inspector miraba descorazonado a su amigo y a su hija. El joven Gordon Rowe miraba fijamente a Lane, y Patience miraba a Rowe.

De pronto Lane se puso de pie y cogió su bastón negro. Los miró en silencio.

—¡Qué curioso! —dijo—. ¡Qué curioso! —y con una sonrisa un poco distraída abandonó el despacho del inspector.

3HS wM

Dromio maldijo alegremente a un guardia de tráfico y sacando el Lincoln negro de la Quinta Avenida se metió por una de las calles adyacentes. Después de sortear el laberíntico tráfico consiguió llegar hasta una esquina de la Sexta Avenida, y allí se paró frente a un semáforo en rojo.

El señor Drury Lane, silenciosamente sentado en la parte trasera del coche, se golpeaba ligeramente los labios con el fino canto de un delgado papel amarillo. Por décima vez leyó el mensaje que contenía y frunció el ceño. Era un telegrama y en él podían leerse el día y la hora de su expedición: «21 de junio - 12.06». El mensaje había sido entregado en Hamlet a primera hora de la mañana.

«Encuentro muy raro que Thumm me haya mandado un telegrama a esa hora —pensó el anciano—. ¡Medianoche! Nunca había hecho nada semejante... Puede que se trate de algo urgente. Pero no es posible que...».

Dromio tocó el claxon. Un coche le cerraba el paso a otro en la esquina; se estuvieron empujando el uno al otro como dos toros mientras detrás de ellos se iban formando dos largas colas de automóviles. Lane echó una mirada hacia atrás y vio el increíble embotellamiento que se estaba formando en la Quinta Avenida. Luego se inclinó hacia delante y golpeó ligeramente la espalda de Dromio.

—Me parece que prefiero hacer el resto a pie —dijo—. Sólo es una manzana. Espérame cerca de la oficina del inspector Thumm.

Salió del coche con el telegrama en la mano. Luego lo guardó cuidadosamente en el bolsillo de su elegante camisa de seda cruda y se dirigió a zancadas hacia Broadway.

Al entrar en la Agencia de Detectives Thumm, se dio cuenta de que reinaba una extraordinaria agitación. La señorita Brodie parecía haber sucumbido a la epidemia: estaba sentada en la sala de espera y parecía estar a punto de sufrir un ataque de histeria. Con lúgubre inquietud miraba a Patience, que recorría la habitación con la energía de un sargento de caballería furioso, mordiéndose los labios y lanzando apasionadas miradas al reloj de la pared de la sala de espera.

Al oír el ruido de la puerta que se abría pegó un salto y la señorita Brodie dejó escapar un gemido.

—¡Así que ha venido! —gritó Patience, agarrándose a su brazo como si quisiera retorcérselo—. Creí que no iba a llegar nunca. ¡Es usted un encanto! —y echándole sus suaves brazos al cuello, lo besó vigorosamente en las mejillas.

—¡Mi querida niña, estás temblando! —protestó Lane—. ¿Qué es lo que ocurre? El telegrama del inspector parecía dar a entender que se habían producido toda clase de portentos, pero no explica nada en absoluto. ¿Supongo que está bien?

—Todo lo bien que se puede estar en determinadas circunstancias —contestó Patience haciendo una mueca. Luego sus ojos centellearon y, arreglándose un rizo del pelo, dijo—: Y ahora, veamos el... el cadáver.

Abrió la puerta del despacho del inspector, que, pálido y con los ojos enrojecidos, parecía haber envejecido. Sentado rígidamente en el borde de su silla giratoria, miraba fijamente un objeto que había sobre la mesa con la determinación de una boa.

—¡Eureka! —gritó, poniéndose en pie de un salto—. Es usted la puntualidad en persona. ¡Te dije que podíamos confiar en este viejo bribón, Patty! Siéntese, Lane, siéntese. Es estupendo que haya venido.

—¡Cielos, qué recibimiento! —dijo Lane hundiéndose en el sillón de cuero—. Tengo la sensación de ser el hijo pródigo que vuelve a casa. Y ahora cuéntemelo todo. Me muero de curiosidad.

—¿Ve usted esto? —dijo Thumm estrujando el objeto que había sobre la mesa.

—Tengo una vista excelente, como usted sabe. Sí, lo veo.

—Bueno, pues vamos a abrirlo —dijo riéndose el inspector.

Lane miró a Thumm y a Patience sin comprender.

—Pero... Bueno, hágalo de todas formas. ¿Me ha llamado usted por esto, inspector?

—Lo hemos llamado —dijo rápidamente Patience— porque un demente insistió en que estuviera usted presente cuando lo abriéramos. Padre, *por favor*. ¡Me voy a volver loca si no lo abres inmediatamente!

Lo que el inspector tenía en la mano era el largo sobre de manila marrón que el curioso caballero de barba abigarrada y gafas azules había dejado en la caja fuerte del inspector siete semanas antes.

Lane cogió el sobre que le tendía Thumm y lo tanteó con ligereza y habilidad. Sus ojos se estrecharon al sentir el contorno del sobre cuadrado que había dentro.

—Este misterio exige una explicación. Primero querría conocer los hechos... No, no, querida, ya te he dicho muchas veces que debes cultivar tu... ¡ja, ja!... paciencia. Le escucho, inspector.

Thumm relató sucintamente la visita que le había hecho el inglés disfrazado aquella mañana del 6 de mayo. Interrumpido de vez en cuando por Patience, le expuso los hechos y le hizo una minuciosa descripción del visitante. Cuando el inspector hubo terminado, Lane contempló el sobre con una mirada pensativa.

—¿Pero por qué no me contaron antes todo esto? Eso no es propio de usted, inspector.

—No creí que fuera necesario. ¡Bueno, vamos a abrirlo!

—Un momento. Hoy estamos a 21. ¿Quiere esto decir que su misterioso cliente no le telefoneó ayer como estaba previsto?

—No. Pero llamó el 20 de mayo —dijo el inspector.

—Permanecimos aquí todo el día de ayer hasta medianoche —exclamó Patience—. Pero no dio señales de vida. Y ahora...

—¿No transcribieron ustedes la conversación del hombre? —preguntó Lane distraídamente—. Sé que tienen un magnetófono aquí.

Thumm apretó un botón:

—Señorita Brodie, traiga usted el expediente del caso del sobre.

Permanecieron sentados consumidos por la impaciencia mientras el anciano leía el informe palabra por palabra con toda deliberación.

—¡Vaya! —dijo, apartando el informe—. ¡Qué raro! Desde luego, no cabe la menor duda de que el hombre iba disfrazado. Pero muy groseramente, ¿no creen? No parece haber hecho el menor esfuerzo por que no se notara el disfraz... —sacudió la cabeza—. Muy bien, inspector, creo que ya podemos empezar. Haga usted los honores.

Se levantó, depositó el sobre en la mesa de Thumm y se sentó en una silla que había al lado, inclinándose ansiosamente hacia delante. Patience se acercó rápidamente y permaneció de pie detrás de la silla de su padre; respiraba con dificultad y su rostro, normalmente sereno, estaba pálido y agitado. Con dedos temblorosos Thumm corrió una carpeta hacia el lado de la mesa próximo a Lane, colocó el sobre encima, y se hundió en su silla giratoria. Sudaba copiosamente. Luego alzó la mirada hacia Lane —durante un momento los dos se encararon por encima del cartón— y sonrió débilmente.

—Bueno, vamos —dijo burlonamente—. Y espero que lo que sea no me salte a la cara con un letrerito que ponga «Inocente» o algo por el estilo.

Detrás de él Patience suspiró como si le faltara el aliento.

El inspector cogió un abridor de cartas, dudó, y luego introdujo la hoja por la parte superior del sobre. Rajó el papel con rapidez, dejó el cuchillo, cogió el sobre por los lados y miró lo que había dentro.

—Bueno, ¿qué es? —gritó Patience.

—Tenías razón, Patty —murmuró—. Hay otro sobre dentro.

Y sacó un pequeño sobre cuadrado de color gris que estaba también cerrado. No habían escrito nada sobre la parte delantera.

—¿Qué es lo que hay por detrás? —preguntó el anciano caballero con voz aguda.

El inspector volvió el sobre y su cara se puso tan gris como el papel.

Patience, que estaba mirando por encima de su hombro, se quedó sin respiración.

Thumm se humedeció los labios.

—Pone —dijo roncamente—, pone... ¡Cielos!... pone: ¡BIBLIOTECA SAXON!

Aquel era el primer indicio que tenían de que la visita del hombre misterioso pudiera tener alguna relación con los extraños acontecimientos del Museo Británico.

—Biblioteca Saxon —murmuró Lane—. Qué curioso.

—¡Así que se trata de eso! —gritó Thumm—. ¡Santo cielo! ¿Qué lío es éste?

—Aparentemente —dijo el anciano hablando con dificultad—, sólo se trata de una coincidencia, inspector. A veces ocurre. Con la suficiente frecuencia como para que uno se pregunte...

Su frase quedó en suspenso, pero no despegó los ojos de la boca del inspector. Sin embargo, no veían nada. Era como si un velo hubiera caído sobre ellos, un velo para enmascarar la cegadora comprensión de lo que habían captado.

—Pero no entiendo... —empezó a decir Patience, confusamente.

Lane se estremeció y el velo desapareció.

—Ábralo, inspector —dijo, inclinando la barbilla hacia delante y apoyándola en las manos—. Por favor.

Thumm volvió a coger el abridor de cartas. Introdujo la hoja tras la solapa y ejerció una ligera presión. El papel era duro y opuso una cierta resistencia antes de ceder.

Ni Lane ni Patience pestañearon.

Los anchos dedos de Thumm hurgaron dentro del sobre y sacaron una hoja de papel de cartas del mismo color gris y cuidadosamente doblada. La desdobló. En la parte inferior de la hoja había algo impreso. El inspector hizo girar el papel; lo impreso en la parte superior de la hoja decía sencillamente: BIBLIOTECA SAXON, grabado con una tinta de un gris más oscuro. Alisó el papel sobre el cartón colocado entre él y Lane y lo miró con atención. Todos miraron, y un profundo silencio reinó en el despacho.

Y es que, si bien el inglés disfrazado era un personaje misterioso, el mensaje que había dejado al cuidado del inspector lo era mucho más. Más que misterioso, era críptico. No parecía tener el menor sentido.

En la parte superior de la hoja estaba el membrete de la Biblioteca Saxon. El resto, si exceptuamos una sencilla inscripción o signo, estaba tan virgen como el día en que salió de la imprenta. Toscamente escrito en el centro de la hoja, bajo el membrete, aparecía lo siguiente:

3HS wM

Y eso era todo. No había ningún mensaje inteligible, firma ni cualquier otra cosa escrita con pluma o lápiz.

A duras penas pudo contener Lane el furioso arrebato que le invadió. Se dejó caer en el sillón sin poder apartar los ojos del signo. Los dedos del inspector sufrieron un repentino ataque de parálisis; el papel escapó de su mano inerte. Patience no se movió. Durante un rato nadie se movió. Luego el anciano separó lentamente los ojos de la hoja y miró a Thumm. Sus ojos mostraban una expresión de extraño triunfo, casi exultante. Abrió la boca para hablar. Pero fue interrumpido antes de hacerlo.

—3HS wM —murmuró desconcertado el inspector, deletreando cuidadosamente cada sílaba como si quisiera extraer de su sonido su oculto significado.

BIBLIOTECA SAXON

3HS wM

Una ligera perplejidad se dibujó en el rostro de Lane. Dirigió una rápida mirada a Patience.

—3HS wM —dijo ella con el tono de un niño que repite palabras de un idioma que no conoce.

El anciano se cubrió el rostro con las manos, y permaneció sentado de esta forma sin moverse.

—¡Bueno! —dijo finalmente el inspector con un suspiro—, me rindo. ¡Maldita sea, me rindo! Cuando un tipo aparece vestido como para ir a un baile de máscaras y suelta una sarta de mentiras, estupideces y locuras, y luego asegura que todo eso forma parte de «un secreto que vale millones...». Les digo que me rindo. Es una broma. Ésta es la idea que alguien tiene de lo que es una broma.

Y dejando caer los brazos, sorbió por las narices malhumorado.

Patience rodeó rápidamente la silla de su padre y cogió el papel. Frunció sus finas cejas concentrándose en el jeroglífico. El inspector se levantó apoyándose en el respaldo de su silla y se acercó a la ventana, donde permaneció cavilando con la mirada perdida en Times Square.

De pronto Drury Lane alzó la cabeza.

—¿Me dejas eso un momento, Patience? —preguntó tranquilamente.

Patience se volvió, desconcertada, y el anciano recogió la hoja de sus manos y estudió la enigmática inscripción.

El símbolo había sido escrito rápidamente con una pluma de punta gruesa, tanto que los trazos parecían haber sido hechos con un pincel. La tinta era negra. La rapidez y seguridad de los trazos indicaban una absoluta ausencia de vacilación. Aparentemente, el autor había sabido exactamente lo que quería escribir, y lo había escrito con mano firme.

Lane dejó la hoja de papel y cogió el sobre gris. Durante un momento lo examinó por uno y otro lado; la inscripción BIBLIOTECA SAXON de la solapa parecía fascinarle. Pasó los dedos por encima; los caracteres impresos de las dos palabras, su color negro, cosquilleaban los nervios de sus yemas.

Dejó el sobre en su sitio, cerrando los ojos y echándose hacia atrás.

—No, inspector —murmuró—, no es una broma. Y abrió los ojos.

Thumm se dio la vuelta.

—Entonces ¿qué demonios quiere decir? Si no es un engaño, tiene que significar *algo*... ¡Cielos! Él dijo que sólo era una «clave», y tenía razón. La clave menos clara que he visto en mi vida. Nos lo puso difícil a propósito. ¡Qué bien! —y se volvió otra vez a la ventana.

—No puede ser tan difícil —dijo Patience frunciendo el ceño—. Por muy críptico que deseara que fuera, seguramente también quiso que fuera lo bastante simple como para que supiéramos algo después de estudiarlo concienzudamente. Veamos... Naturalmente, podría tratarse de una especie de taquigrafía que encerrara un mensaje.

El inspector gruñó sin volverse.

—O —siguió Patience— podría ser un símbolo químico. H es el símbolo del hidrógeno, ¿no?... y S el del azufre. Hidrógeno... hidrógeno sulfídrico. ¡Eso es!

—No —dijo Lane en voz baja—. Eso sería H_2S, me parece. No creo que HS sea químicamente posible. No, no tiene nada que ver con la química, Patience.

—Y además —dijo Patience desesperada—, la w minúscula y la M mayúscula... ¡Oh, Señor!, esto no tiene solución. Me gustaría que Gordon estuviera aquí. Sabe tantas cosas *útiles*.

El inspector giró lentamente.

—Esto no tiene sentido —dijo con voz extraña— para nosotros, Patty. Ni para tu alegre señor Rowe tampoco. Pero no olvides que el misterioso pájaro quería que Lane estuviera al tanto. Por lo tanto debió de pensar que Lane entendería su significado..., ¿eh, Lane?

Ante aquella deducción lógica, Lane permaneció muy callado. Luego unas arrugas se dibujaron alrededor de sus ojos.

—¿Sospechas? —dijo—. Puede que sepa algo, viejo romano, puede que sí.

—Bueno, pues entonces, ¿qué diablos quiere decir? —preguntó el inspector, adelantándose.

Lane agitó una mano fina y blanca. Luego se quedó mirando fijamente la hoja que tenía delante.

—Una de las cosas raras de este asunto —murmuró— es que él pensó que usted también sabría lo que significaba.

El inspector se sonrojó, se enderezó, y fue hacia la puerta.

—¡Señorita Brodie! Traiga usted su cuaderno.

La señorita Brodie apareció rápidamente con el lápiz en ristre.

—Le voy a dictar una carta para el doctor Leo Schilling. Departamento de Medicina Forense. «Querido doctor: Ocúpese de esto enseguida. Es confidencial. ¿Le dice algo este estúpido garabato?». Ponga debajo: «3, H mayúscula, S mayúscula, espacio, w minúscula y M mayúscula». ¿Lo ha entendido?

La señorita Brodie lo miró confundida.

—Sí, señor —dijo.

—Envíe otra carta igual al teniente Rupert Schiff, Servicio Secreto, Departamento de Cifrado, Washington, D. C. Lárguese.

La señorita Brodie se largó.

—Esto —dijo salvajemente el inspector— tiene que dar algún resultado.

Se deslizó en su silla, encendió un puro, estiró sus enormes piernas, y lanzó al techo una nube de humo.

—Lo primero que hay que hacer —dijo— es ocuparse del membrete del papel. Ese tipo vino, nos soltó una patraña, y nos dejó esto. No quería que supiéramos que esto estaba relacionado con Saxon; por eso guardó el sobre pequeño en el de manila, que no tenía ninguna inscripción que lo identificase. Pero sí quería que abriéramos el sobre si algo le ocurría. Por lo tanto quiso que leyéramos «Biblioteca Saxon» y trabajáramos con ese dato. Hasta aquí todo me parece claro.

—Estoy totalmente de acuerdo —asintió Lane.

—Lo que no pensó es que George Fisher vendría aquí y nos hablaría de Donaghue, y que esto nos llevaría al Museo Británico y al asunto de los libros robados. ¿Adónde conduce todo esto? ¡Que me cuelguen si lo sé! Quizá lo del papel de Saxon sólo sea una coincidencia.

—No, padre —dijo Patience—, estoy segura de que no lo es. Estoy convencida de que el hombre de la barba postiza y los extraños acontecimientos del Museo Británico están relacionados. Y que este símbolo escrito en una hoja del papel de cartas de la Biblioteca Saxon es el eslabón que los une. Me pregunto...

—¿Qué? —preguntó Thumm dirigiendo una mirada penetrante a su hija.

—Es una idea absurda —dijo Patience riéndose—. Pero toda esta historia es absurda... Me pregunto si el tipo de la barba postiza no podría... no podría ser alguien de la casa Saxon disfrazado.

—No está mal —murmuró el inspector con exagerada indiferencia—. Se me estaba ocurriendo algo parecido, Patty. Por ejemplo, ese chico... Rowe...

—¡Absurdo! —le interrumpió Patience.

Los dos hombres se miraron fugazmente.

—No... no puede ser Gordon —dijo.

Y se sonrojó.

—¿Por qué no? —preguntó Thumm—. A mí me parece que estaba enormemente ansioso por introducirse en nuestra confabulación el otro día. Estaba empeñado en venirse con nosotros cuando nos fuimos del museo.

—Te aseguro —dijo Patience tiesamente—, que su... ansiedad no tenía nada que ver con esto. ¿No podía tratarse de algo personal? No soy precisamente una vieja, padre.

—¡Que me aspen si noté algo personal! —dijo violentamente Thumm.

—¡Padre! Algunas veces me sacas de quicio. ¿Qué tienes contra Gordon? Es un muchacho muy simpático, y tan franco y honrado como... como un niño. Además, sus muñecas son muy fuertes, y las del hombre que vino aquí el seis de mayo no.

—Pero es uno de esos... ¿cómo se dice?... bibliófilos, ¿no? —preguntó Thumm con agresividad.

Patience se mordió los labios.

—¡Oh, cállate! —dijo.

—A primera vista —siguió el inspector, rascándose la punta de su torcida nariz—, no puede haber sido la señora Saxon, aunque entonces se me ocurrió que podía ser una mujer. Pero la señora Saxon es un caballo percherón, y aquel pájaro era delgado. Así que quizás pudiera ser Crabbe. ¡Pero no creas que por eso elimino a Rowe!

—Eso es diferente —dijo Patience sacudiendo la cabeza—. Crabbe reúne todos los requisitos.

El señor Drury Lane, que había escuchado aquella conversación silenciosamente divertido, le echó una mano.

—Si se me permite interrumpir esta profunda discusión —dijo arrastrando las palabras—, me gustaría hacer una posible objeción a esa teoría. Su visitante insistió mucho, y no veo razón para dudarlo, que si no telefoneaba un 20 eso querría decir que algo irreparable le habría ocurrido. Si el joven Rowe, lo que me parece absurdo, inspector, o Crabbe hubiesen sido su visitante del 6 de mayo, algo tendría que haberles pasado. Entonces ¿por qué ninguno de ellos ha desaparecido, ni muerto, ni sufrido cualquier otra clase de incapacidad?

—Eso también es verdad —dijo Patience vivamente—. ¡Claro! Ahí tienes, padre. Ayer comí con Gordon, y esta mañana hablé con él por teléfono, y no... no dijo ni una palabra de que le pasara nada. Estoy segura...

—Escucha, Patty —dijo el inspector con una voz ronca y alarmada—. Escucha a tu viejo por una vez. Patty, ¿te has enamorado de ese joven idiota? ¿Te ha estado cortejando? Le retorceré el cuello...

—¡Padre! —dijo Patience levantándose furiosa.

—Vamos, vamos, inspector —murmuró el anciano caballero—, no estamos en la Edad Media. Gordon Rowe es un muchacho excelente, y es tan inteligente como Patience, que no es poco.

—¡Pero les digo que no estoy enamorada de él! —gritó Patience—. Padre, te has portado como un bruto. ¿Es que no puedo ser amable con un chico sin que...?

El inspector adoptó un aire trágico.

—Dejen de discutir —dijo el señor Drury Lane levantándose—. Inspector, es usted un niño. Guarde cuidadosamente esta hoja de papel y los sobres en su caja fuerte. Debemos ir a casa de Saxon inmediatamente.

Un cable

El tráfico era denso, y Dromio se había puesto de mal humor ante la necesidad de conducir el Lincoln a través de la Quinta Avenida. Pero el señor Drury Lane no parecía tener prisa. Miraba tranquilamente a Thumm y a Patience. En un momento determinado dejó escapar una risa.

—Son ustedes un par de chiquillos quisquillosos. ¡Sonrían! —dijo.

Ellos sonrieron con dificultad.

—Un caso notable —continuó—. Me parece que ninguno de los dos se ha dado cuenta de lo notable que es.

—Me ha dado jaqueca —gruñó el inspector.

—Creo —dijo Patience contemplando fijamente la nuca de Dromio— que el símbolo significa más para usted que para nosotros.

El anciano caballero sufrió un sobresalto. Se echó bruscamente hacia delante y escudriñó su rostro suave y joven.

—Quizás —dijo—. Todo a su tiempo. Inspector, ¿no se ha producido ningún nuevo acontecimiento con respecto a lo demás? Han pasado tantas cosas esta mañana que no he tenido la oportunidad de preguntarle.

—Un montón —dijo el inspector mostrando cansancio—. Se lo dicté a Brodie esta mañana. Estaba seguro de que querría conocer los detalles.

Tendió a Lane un informe mecanografiado.

DONAGHUE: Sigue sin aparecer. Ninguna pista.

LOS 17 MAESTROS: Volvieron a Indiana. Comprobamos sus identidades. Investigación minuciosa. Fotografías, descripciones, direcciones, apellidos. Todo en orden.

BILLETE DE 100 DÓLARES: Del Jaggard de 1599 devuelto. Los intentos de obtener una pista por el número de serie no dieron resultado.

HOMBRE DEL SOMBRERO AZUL: Todavía no ha sido hallado.

EL PASAJERO NÚMERO DIECINUEVE DEL AUTOBÚS: Todavía no ha sido hallado.

—¿Eso es todo, inspector? —dijo Lane devolviendo la hoja; parecía contrariado—. Pensé que había enviado un cable a Scotland Yard.

—Nunca se olvida de nada, ¿eh, viejo zorro? —dijo Thumm haciendo una mueca—. O, más bien, debería decir, viejo elefante. Sí, Trench me ha contestado. El cable llegó ayer bastante tarde. Échele una ojeada.

Tendió a Lane varias hojas y el anciano las recogió con avidez. Observaron su rostro. A medida que iba leyendo su expresión se hacía más seria.

El cable iba dirigido al inspector y decía:

REFERENCIA HAMNET SEDLAR DESCENDIENTE DE VIEJA FAMILIA INGLESA DE TIEMPOS DE LA SEGUNDA CRUZADA UN HAMNET SEDLAR FUE FAMOSO POR AMISTAD CON W SHAKESPEARE ACTUAL H S UN METRO NOVENTA DE ESTATURA OCHENTA KILOS DE PESO ROSTRO ANGULOSO OJOS AZULES CABELLO RUFO SEÑALES DE IDENTIFICACIÓN NO SE CONOCEN EDAD CINCUENTA Y UNO VIDA PRIVADA POCO CONOCIDA HA LLEVADO VIDA RETIRADA EN LONDRES DURANTE ÚLTIMOS DOCE AÑOS ORIGINARIO DE TEWKESBURY GLOUCESTERSHIRE NO LEJOS DE STRATFORD ON AVON ES DE PROFESIÓN ANTICUARIO ESPECIALIZADO EN BIBLIOFILIA BUENA REPUTACIÓN EN BIBLIOLOGÍA ÚLTIMOS DOCE AÑOS CONSERVADOR MUSEO DE KENSINGTON LONDRES RECIENTEMENTE ACEPTÓ OFERTA DE JAMES WYETH FINANCIERO AMERICANO Y COLECCIONISTA PARA HACERSE CARGO DE LA CONSERVACIÓN DEL MUSEO BRITÁNICO DE NUEVA YORK ACEPTACIÓN SORPRENDIÓ A ASOCIADOS PUES SEDLAR SE HA MOSTRADO A MENUDO ANTIAMERICANO ABANDONÓ OFICIALMENTE CAR-

GO ACTIVO EN MUSEO KENSINGTON 7 DE MAYO EN BANQUETE EN SU HONOR EN LONDRES OFRECIDO POR DIRECTORES HAMNET NO TIENE PARIENTES SALVO UN HERMANO WILLIAM CUYO PARADERO ES DESCONOCIDO WILLIAM NO HA ESTADO EN INGLATERRA DESDE HACE VARIOS AÑOS NADA OSCURO EN ANTECEDENTES DE LOS SEDLAR APARENTEMENTE HAN LLEVADO AUSTERAS VIDAS DE ESTUDIOS HAMNET SE FUE DE INGLATERRA EN EL BARCO CYRINTHIA VIERNES 17 DE MAYO ATRACÓ EN NUEVA YORK EL MIÉRCOLES 22 DE MAYO PRUEBA DEFINITIVA DE PRESENCIA DE H S EN EL BARCO OBTENIDA DEL INFORME DEL SOBRECARGO A SU SERVICIO SI LO NECESITA SALUDOS CORDIALMENTE .

TRENCH

—¿Qué le parece? —dijo triunfalmente el inspector.

—Extraordinario —murmuró Lane devolviéndole el cable.

Su frente estaba surcada de arrugas y sus ojos ausentes.

—Ahora está claro que Sedlar pasó en Nueva York —dijo Patience—, una semana entera antes de aparecer. ¡Siete días! ¿Qué hizo en Nueva York, si es que permaneció aquí, durante esa semana? Y, sobre todo, ¿por qué mintió? ¡No me gusta ese «honrado» caballero.

—Le pasé una nota a Geoghan —dijo Thumm—, para que intentase averiguar sus movimientos entre el 22 y el 29. Es el mismo sujeto, de acuerdo. La descripción encaja perfectamente. Pero algo anda mal, y a mí tampoco me gusta el tipo.

—¿Qué es lo que sospecha usted? —preguntó Lane.

—Bueno, una cosa está clara —dijo el inspector encogiéndose de hombros—. Él no pudo ser el extraño pájaro de la barba postiza que me dejó el papel. De acuerdo con la información de Trench, Sedlar no dejó Inglaterra hasta el 17, y mi hombre vino a visitarme aquí en Nueva York el 6.

Hizo una mueca expresiva y continuó:

—Pero podría haber sido otra persona, y apostaría dólares contra buñuelos a que lo era.

—Ah, ¿sí? —dijo el anciano caballero—. ¿Y quién cree usted que era?

—¡Ese tipo loco del sombrero azul que va dejando libros raros y billetes de cien dólares por ahí! —exclamó Thumm—. Ese espécimen surgió de la oscuridad el 27 de mayo. ¡Cinco días después de que Sedlar llegase a Nueva York!

—Ése es un razonamiento apenas sostenible, inspector —sonrió Lane—. Según eso cualquier persona, de los varios millones cuyos movimientos del 27 de mayo no pudieran ser comprobados, podría ser el hombre del sombrero azul.

El inspector se tragó la observación y, aparentemente, por la expresión de su terco rostro, no le gustó el sabor.

—Sí, ya lo sé, pero...

—¡Santo Dios! —gritó Patience de repente, pegando un salto y dando con la cabeza en el techo del coche—. ¡Ay! ¡Qué estúpida he sido! ¿Cómo no se me ocurrió antes?

—¿Ocurrírsete, qué? —preguntó Lane suavemente.

—¡El símbolo, el símbolo! ¡Qué ciega he estado!

Lane la miró con firmeza.

—¿Qué pasa con el símbolo, hija mía?

Patience empezó a buscar un pañuelo y se sonó vigorosamente.

—Está muy claro —dijo.

Guardó el pañuelo y se enderezó con los ojos brillantes.

—3HS wM. ¿No lo ven?

—*Yo* no veo más ahora de lo que vi antes —gruñó Thumm.

—¡Padre, la H y la S deben ser las iniciales de *Hamnet Sedlar*!

Los dos hombres la miraron y luego se echaron a reír. Patience dio unos golpecitos en el suelo con la punta del zapato. Parecía indignada.

—Son ustedes unos maleducados —dijo con aire ofendido—. ¿Qué tiene de malo mi teoría?

—Pero ¿qué significan los otros elementos del símbolo, querida? —preguntó dulcemente el anciano caballero—. Siento haber sido descortés, pero la risa de tu padre es muy contagiosa. ¿Cómo explicas el 3 y la w minúscula y la M mayúscula?

Ella se dedicó a contemplar la sólida nuca roja de Dromio... y dubitativa.

—¡Ay, Patty, Patty! —jadeó el inspector, que se doblaba de risa—. Me vas a matar. Yo te diré lo que significa: «¡Tres porciones de Hamnet Sedlar con Mostaza!».

—¡Qué divertido! —dijo fríamente Patience—. Creo que hemos llegado.

La epopeya del doctor Ales

Un mayordomo inglés con maravillosas patillas los hizo pasar a un soberbio salón Luis XV. No, la señora Saxon no estaba en casa. No, no tenía ni la menor idea de cuándo volvería. No, no había dejado ningún recado. No, no...

—¡Oiga usted! —dijo el inspector Thumm con un gruñido, pues detestaba el servilismo—, ¿está Crabbe aquí?

—¿El señor Crabbe? Voy a ver, señor —contestó altaneramente Patillas—. ¿A quién anuncio, señor?

—¡Dígale lo que más asco le dé, pero tráigalo!

Con una ceja levantada, Patillas retrocedió ligeramente y salió.

Patience lanzó un suspiro.

—Padre, ¿no te han dicho nunca que tienes una forma de comportarte atroz? ¡Tratar groseramente al servicio!

—No me gustan esos ingleses —gruñó el inspector, un poco avergonzado—. Ninguno excepto Trench. Él es el único inglés humano que he conocido. Uno creería que ha nacido en el distrito número cinco... Bien, bien, aquí llega el pequeño lord Fauntleroy...

Gordon Rowe, que pasaba por el vestíbulo con un libro debajo del brazo y el sombrero en la mano, se paró, sonrió y entró en el salón.

—¡Adelante! ¿Cómo? ¡Visitantes! Encantado de verles aquí. Señor Lane, inspector... ¡Pat! No me dijiste nada por teléfono...

—No lo sabía —dijo Patience con dignidad.

—Divina ignorancia.

—¿Una pista? —dijo en voz baja.

—Gordon —dijo Patience bruscamente—, ¿a qué te suena 3HS wM?

—¡Patty, por el amor de Dios! —gritó el inspector—. No queremos...

—Por favor, inspector —dijo tranquilamente Lane—. No hay ninguna razón para que Gordon no lo sepa.

El joven miró a Patience, y luego a los dos hombres.

—Para mí es un abracadabra —dijo—. ¿De qué se trata?

Patience se lo dijo.

—La Biblioteca Saxon —murmuró—. Ésa es la cosa más extraña... ¡Esto *es* un problema! Creo... Ahí viene Crabbe.

El antiguo bibliotecario entró en el salón arrastrando los pies, llevando un par de gafas con cerco de oro en una mano y mirando inquisitivamente a sus visitantes. Se acercó a ellos enseguida. Patience hubiera jurado que sus huesos crujían mientras lo hacía.

—¡Ah, el señor Lane! —dijo Crabbe con una sonrisa apergaminada—. Y la señorita Thumm. Y el inspector Thumm. ¡Toda una delegación! Rowe, creía que había salido. ¿O quizás la presencia de la señorita...? La señora Saxon no se encuentra bien. Ya saben, jaqueca. Esto es espantoso, si se tiene en cuenta su circunferencia.

Hizo una mueca de *enfant terrible* y añadió:

—¿Y bien?...

—Por de pronto —sonrió Lane, antes de que el inspector pudiese emitir algo de lo que ya estaba rugiendo en las profundidades de su garganta—, nos gustaría ver la famosa Biblioteca Saxon.

—Ya veo —Crabbe permaneció quieto, con uno de sus escuálidos hombros más inclinado que el otro, la cabeza echada hacia un lado, observando con notable atención a sus visitantes—. Sólo una visita amistosa, ¿eh?

Cacareó, enseñando sus decrépitas encías y pasándose la lengua por ellas.

—¿Por qué no? —dijo con asombrosa amabilidad—. Aunque realmente son ustedes los primeros extraños... ¿Qué dice, Rowe? ¿Rompemos la regla por una vez?

—Eso es muy humano por su parte —dijo el joven Rowe haciendo una mueca.

—¡Vamos! No soy tan malo como me pintan. Síganme, por favor.

Los condujo a través de varios corredores embellecidos por la decoración francesa hacia lo que parecía el ala este de la mansión. Abrió una pesada puerta y les dejó paso con lo que podría haber sido una sonrisa de bienvenida, pero que sólo conseguía ser la fea mueca de un Fagin de *ópera bouffe*. Entraron en una habitación amplia de techo alto que sostenía unas vigas de caoba. Los muros estaban cubiertos de anaqueles llenos de libros. En otra pared se abría una puerta a través de la cual pudieron ver otra habitación igual de amplia y con los muros igualmente cubiertos de libros. En el centro había una mesa ancha y una silla; una alfombra persa cubría el suelo; y eso era todo.

—Siento no poder ofrecerles asiento —dijo Crabbe con su voz áspera, cerrando la puerta y yendo hacia la mesa—. Pero ahora nadie utiliza esta biblioteca excepto el viejo Crabbe. Rowe me ha abandonado completamente. ¡Ah, la juventud, siempre persiguiendo una ilusión! —volvió a cacarear—. Se llevaron la mesa y la silla del señor Saxon cuando murió. Bien, ¿qué les gustaría...?

Se interrumpió asustado. El inspector, que había estado observando todo con una mirada insolente, había dado un puñetazo sobre la mesa.

—¡Ah! —gritó—. ¡Aquí está! ¡Aquí está!, y blandió una hoja de papel gris que había arrancado de la mesa.

—¿Qué quiere decir...? —empezó Crabbe atónito; y luego su puntiagudo rostro se torció de rabia y se enfrentó con Thumm emitiendo un sonido muy parecido al rugido de un animal—. ¡Quite sus manos de ahí! ¡Así que se trataba de esto! Era un truco. Espiando...

—Échese a un lado, enano —gruñó el inspector, evitando las uñas del bibliotecario—. Tranquilícese. Nadie le va a robar nada. Sólo queríamos ver el papel que usa para escribir sus cartas. ¡Y por Dios que me gusta! Échele una ojeada a esto, Lane.

Pero no era necesario. Una mirada bastaba para darse cuenta de que se trataba del mismo papel que el hombre de la barba postiza había utilizado para escribir el críptico símbolo.

—Es el mismo, desde luego —murmuró Lane—. Perdone usted los métodos bastante violentos del inspector, señor Crabbe; es un poco impetuoso en estas cosas.

—¡Vaya! —dijo Crabbe frunciendo los labios y mirando fijamente la espalda del inspector.

—¿Tiene usted un sobre, por favor? —continuó Lane sonriendo.

Crabbe dudó, se rascó sus acartonadas mejillas, se encogió de hombros y se acercó a la mesa. Luego le entregó a Lane un sobre gris pequeño y cuadrado.

—Es exactamente igual —dijo Patience sin aliento—. ¿Qué *puede..?*. —pero se interrumpió y lanzó una mirada llena de sospechas al bibliotecario.

El joven Gordon Rowe parecía mucho más agitado de lo que era normal en él; y lo mostraba permaneciendo absolutamente quieto y mirando con fijeza el sobre.

—Siéntate, querida —dijo suavemente Lane.

Ella obedeció y se sentó en la única silla que había.

—Y usted, inspector, contrólese. No debemos alarmar al señor Crabbe —y dirigiéndose a este último, añadió—: Espero que no tendrá usted ninguna objeción a contestar a unas cuantas preguntas, ¿verdad?

Crabbe se encogió de hombros y un destello apareció en sus ojos, que parecían abalorios.

—Desde luego que no. El viejo Crabbe no tiene nada que ocultar. No tengo ni idea de lo que se trata, pero si puedo servir de algo...

—Espléndido —dijo cordialmente el anciano caballero—. Bien, dígame cuáles son exactamente las personas que usan este papel con membrete de la *Biblioteca Saxon.*

—Yo.

—Naturalmente. Para la correspondencia de la biblioteca. Pero ¿quién más?

—Nadie más, señor Lane.

—¡Ah! —dijo Thumm.

Lane volvió la cabeza hacia él con impaciencia.

—Es muy importante, señor Crabbe. ¿Está usted seguro?

—Nadie más que yo, se lo aseguro —contestó el bibliotecario humedeciéndose sus delgados labios.

—¿Ni siquiera la señora Saxon?

—¡Oh, no! La señora Saxon tiene su propio papel de cartas. Tiene media docena de tipos diversos. Y además nunca viene a la biblioteca...

—Muy bien. Pero ¿y usted, Gordon? Lleva viviendo aquí algún tiempo. ¿No puede aclararnos un poco todo esto?

Patience observó al joven con ansiedad, y el inspector le dirigió una mirada que él creía de desinteresada frialdad.

—¿Yo? —el joven Rowe pareció sobresaltarse—. Pregúntele al amigo Crabbe. Él es el gallo de este corral.

—¡Oh!, el señor Rowe no suele aparecer por aquí, señor Lane —chilló Crabbe, encorvándose como una vela consumida—. Nuestro joven amigo está haciendo algunas investigaciones relacionadas con Shakespeare, como supongo que ya saben, pero hay que obedecer la norma de la casa. Norma impuesta por el señor Saxon, por supuesto... Bueno, el caso es que cuando Rowe necesita algo, me lo pide y yo le doy los volúmenes solicitados.

—Espero —dijo el señor Rowe con arrogancia— que esto conteste a su pregunta, señor Lane.

—¡Vamos, vamos, Gordon! —dijo el anciano caballero sonriendo—. ¡No sea tan infantil! Entonces, señor Crabbe, usted diría que nadie, salvo usted, ha tenido acceso al papel de la Biblioteca Saxon, ¿no es así?

—Eso diría, sí, señor. El papel sólo se guarda aquí. Claro, que si alguien realmente quisiera...

—Sí, sí, señor Crabbe, lo entiendo perfectamente. Gordon, por favor, sonría un poco. Así que estas habitaciones han sido territorio prohibido durante años. Pero...

—¿Y el servicio? —preguntó Patience de pronto, evitando la dolorosa mirada de Rowe.

—No, señorita Thumm. La norma es estricta. Yo mismo limpio estas habitaciones. El señor Saxon insistió mucho en ello.

—¿Estaba usted presente cuando empaquetaron los libros dejados al Museo Británico, señor Crabbe? —preguntó Lane.

—Desde luego.

—Yo también estaba —murmuró morbosamente el señor Rowe.

—¿En todo momento?

—¡Oh, sí! —dijo Crabbe—. El señor Rowe se dedicó a alborotar a los transportistas, pero yo tenía los ojos bien abiertos, se lo aseguro.

Crabbe juntó repulsivamente sus desdentadas encías. No cabía la menor duda de que siempre había tenido los ojos bien abiertos y de que siempre los tendría.

—¡Bueno! —dijo Lane sonriendo—. Me parece que todo esto, inspector, establece definitivamente lo difícil que le sería a nadie conseguir una hoja de este papel. No parece que las cosas se aclaren, ¿verdad?

—¿Me lo pregunta a mí? —dijo el inspector haciendo una mueca.

Lane hundió su mirada en los ojos del bibliotecario.

—No es ningún misterio, señor Crabbe —dijo tranquilamente—. Una hoja del papel de la Biblioteca Saxon ha llegado a nuestras manos con sobre y todo. Es necesario que averigüemos cómo. Usted, sin darse cuenta, nos lo está haciendo muy difícil...

De pronto se le ocurrió una idea, pues su frente se despejó y exclamó:

—¡Qué estúpido he sido! ¡Claro!

—¿De mi papel? —dijo Crabbe aturdido.

El anciano caballero palmeó ligeramente la espalda de Crabbe.

—¿Recibe visitas a menudo? —preguntó.

—¿Visitas? ¿En la Biblioteca Saxon? ¡No me haga reír! Explíqueselo, Rowe.

—Este selecto ejemplar de carcoma fosilizada —dijo el señor Rowe encogiéndose de hombros— es el perro guardián más fiel del mundo.

—Tiene que haber recibido alguna. ¡Por favor, piense! ¿No ha entrado nadie en esta habitación que tenga usted razones para recordar?

Los ojos de Crabbe brillaron. Abrió un poco su descarnada boca y se quedó contemplando a su interrogador sin verlo. Luego empezó a reír a carcajadas y a golpearse sus esqueléticos muslos. Los demás le miraban con asombro.

—¡Ah, qué divertido! ¡Sí... sí que hubo alguien! —se enderezó y se enjugó los ojos.

—¡Ah! —dijo Lane—. Me parece que hemos dado con algo. Y ¿bien, caballero?

Crabbe dejó de reír tan repentinamente como había empezado. Desvió un poco su cabeza de reptil y se frotó las manos.

—¿Eso es lo que andan buscando, eh? Bien, bien. Veo que las maravillas no dejan de producirse... Sí, hubo alguien. Sí, es cierto. Era un caballero muy interesante. Llamó varias veces antes de presentarse. Cuando lo vi, me pidió que le permitiera, aunque sólo fuera un momento, echarle una ojeada a la famosa colección de Saxon.

—¿Sí? —dijo Lane con voz aguda.

—Era un aficionado a los libros, dijo, y había oído hablar tanto... Ya sabe cómo son estas cosas. De hecho —continuó Crabbe—, sabía de libros. Así que bajé la guardia por una vez y le enseñé la sala. Parecía bastante inofensivo. Estaba trabajando sobre algo, dijo, y sentía enormes deseos de consultar un volumen. Sólo sería un momento, añadió...

—¿Cuál era el libro? —preguntó Rowe con el ceño fruncido—. No me contó usted nada, Crabbe.

—¿No lo hice, muchacho? Seguramente lo olvidé —afirmó Crabbe con voz burlona—. ¡Era *El peregrino apasionado* de la edición de Jaggard de 1599!

Durante un momento todos permanecieron callados, y apenas si se atrevían a mirarse unos a otros.

—Siga —le urgió Lane suavemente—. ¿Y se lo sacó usted?

Crabbe torció su fea boca e hizo una mueca.

—¡Crabbe no es tan tonto! No, señor. No podía, le dije. Normas de la casa, le dije. Inclinó la cabeza como si se hubiera esperado algo parecido. Empecé a sentir una ligera sospecha, pero siguió hablando de libros... Finalmente se acercó a esta mesa, sobre la que había papel y sobres. Les dirigió una extraña mirada y me preguntó que si aquél era el papel de cartas de la Biblioteca Saxon. Y le dije que sí. Me llamó la atención su aspecto al volverse hacia mí. Aseguró que eso era muy interesante. Luego comentó lo difícil que era entrar en este sitio. Entonces me contó que había apostado con un amigo que podría entrar en la Biblioteca Saxon, y que estaba muy contento de haberlo conseguido. Yo estaba inquieto, pero no sabía muy bien a qué atenerme. Pero él siguió hablando. Dijo que ya que estaba realmente aquí necesitaba una prueba para poder obtener la cantidad apostada. Entonces, como si se le hubiera ocurrido en aquel momento, cogió una hoja de papel y un sobre. Los manoseó lanzando exclamaciones. Luego dijo que aquél era el objeto apropiado y que probaría su estancia aquí. Luego me lo agradeció efusivamente y antes de que yo pudiera decir nada salió.

El inspector había escuchado aquella curiosa historia con la boca abierta. Cuando Crabbe terminó hizo un ruido con la boca y luego rugió:

—¡Vaya bazofia! ¿Le dejó usted escapar con aquello? Pero...

—Así que eso fue lo que hizo nuestro hombre para apoderarse del papel —dijo lentamente Patience.

—Querida —dijo Lane en voz baja—, no hagamos perder más tiempo al señor Crabbe de lo que es absolutamente necesario. Señor Crabbe, ¿puede describirme a ese extraordinario visitante?

—¡Oh, sí! Alto, delgado, un hombre maduro. Yo diría que era inglés.

—¡Dios Santo! —dijo roncamente el inspector—. Patty, es precisamente...

—Por favor, inspector. ¿Sabe usted con precisión cuándo llamó aquel hombre? ¿Qué día?

—Déjeme pensar. Cuatro, cinco... hace siete semanas más o menos. Sí, ya me acuerdo. Fue un lunes por la mañana. Era temprano. El 6 de mayo.

—¡El 6 de mayo! —exclamó Patience—. Padre, señor Lane, ¿han oído eso?

—Yo también lo he oído, Pat —se quejó malhumorado el señor Rowe—. Me ha sonado a los idus de marzo.

Los brillantes ojillos de Crabbe saltaban de uno a otro, mostrando un júbilo contenido. Parecía estar disfrutando con todas sus fuerzas de una broma colosal.

—Así que ese hombre, el inglés alto, delgado y de mediana edad —murmuró Lane—, llamó el 6 de mayo y consiguió, utilizando una astucia no demasiado convincente, hacerse con una hoja y un sobre de su papel. Sólo una cosa más y luego creo que habremos terminado. ¿Le dejó su nombre?

Crabbe lo contempló con una sonrisa irritante.

—¿Que si me dejó su nombre? ¡Es usted un lince haciendo preguntas, señor Lane! ¿Que si me dejó su nombre? Naturalmente que me dejó su nombre. ¿Cómo he podido olvidarlo? —dijo soltando una risita impertinente.

Se deslizó rápidamente, como un cangrejo viejo, al otro lado de la mesa. Empezó a hurgar en los distintos cajones.

—Perdone, señorita Thumm... ¡Que si dejó su nombre! —y se volvió a reír—. ¡Ah, eso es lo realmente divertido!

Le tendió a Lane un rectángulo de cartulina. Patience se levantó rápidamente y los cuatro leyeron la tarjeta al mismo tiempo.

Era una tarjeta muy barata, en la que habían grabado en gruesos caracteres negros el siguiente nombre:

DR. ALES

No había nada más, ni dirección ni teléfono.

—¡Doctor Ales! —dijo Patience frunciendo las cejas.

—¡Doctor Ales! —gruñó el inspector.

—¡Doctor Ales! —dijo Rowe con una mirada pensativa.

—¡Doctor Ales! —afirmó Crabbe con una sonrisa maliciosa.

—¡Doctor Ales! —dijo el anciano caballero, y hubo algo en su voz que hizo que todos se volvieran rápidamente a mirarlo.

Pero él estaba contemplando la tarjeta.

—¡Cielos, no es posible! Doctor Ales... Patience, inspector, Gordon —dijo de pronto—, ¿saben quién es el doctor Ales?

—Es un nombre totalmente desconocido para mí —dijo Patience dirigiendo una penetrante mirada a su tenso rostro.

—Nunca he oído hablar de él —dijo el inspector.

—Recuerdo *algo* a propósito de ese nombre —dijo Rowe con voz pensativa.

—¡Ah, Gordon! Debería haber sabido que obtendría una respuesta de la memoria de un erudito. El...

Crabbe inició un grotesco movimiento de baile. Parecía un mono amaestrado. Sus gafas de oro resbalaron sobre su nariz y exhibió una horrible sonrisa.

—Yo les puedo decir quién es el doctor Ales —dijo frunciendo sus marchitos labios como un viejo dandi perfumado.

—¿Puede? —dijo rápidamente Lane.

—Quiero decir que les puedo decir quién es *realmente,* dónde está, y todo —cacareó Crabbe—. ¡Oh, es una broma fabulosa!

—Pero, por el amor de Dios —dijo con voz ronca el inspector—, ¿quién es?

—Lo reconocí en cuanto lo vi aquel día en el museo. ¡Oh, sí! —dijo el viejo bibliotecario—. ¿No se dieron cuenta de cómo miraba hacia otro lado? El muy truhán sabía que yo sabía. Les digo que el hombre que vino a verme hace siete semanas y dejó su tarjeta, el hombre que se llamaba a sí mismo doctor Ales, es... *¡Hamnet Sedlar!*

Batalla de bibliófilos

Se reunieron a comer alrededor de una mesa en una salita privada de uno de los hoteles de la ciudad. Intentaban coordinar sus dispersas ideas. La irónica revelación de Crabbe los había dejado con la mente en blanco. ¡Hamnet Sedlar y el misterioso doctor Ales, la misma persona! Crabbe los había acompañado hasta la puerta en un estado de exultación que llegaba al éxtasis, y lo último que vieron de él fue su angulosa y flaca figura enmarcada por las columnas de la puerta de la casa de Saxon, frotándose las manos sin cesar, como un grillo. Sí, había parecido decirles su pequeña cabeza de gallo, mientras los veía alejarse, vuestro inapreciable doctor Sadler es también vuestro doctor Ales; ¿qué os parece? El viejo Crabbe no es ningún loco, ¿eh? Pero su actitud estaba completamente impregnada de un triunfo personal que les causaba cierto malestar. Se desprendía de él una satisfacción cruel y sucia, parecida al placer de la enorme masa que acude a un linchamiento.

Gordon Rowe, que, a pesar de su preocupación, se las había arreglado para unirse al pequeño grupo, se había sentado muy callado; parecía contemplar los reflejos del sol que entraba por la ventana de la limusina en el cabello de Patience.

—Hay algo muy especial en todo esto —dijo el señor Drury Lane cuando se hubieron sentado todos a la mesa—. Confieso que me siento desbordado. Si he de serles sincero, ese terrible viejo me impresionó con sus muecas dramáticas. Pertenece a esa clase de personas que se deleitan insistiendo en una verdad desagradable, sobre todo si saben que puede dañar a alguien. ¡Y además... Hamnet Sedlar! Desde luego, es imposible.

—Si Crabbe dice que el visitante es Sedlar —observó el joven Rowe—, puede apostar sus botas a que *era* Sedlar.

—No, Gordon —dijo Patience dejando escapar un suspiro—. Es imposible que Sedlar llamara a Crabbe el 6 de mayo. Sabemos que los directores del museo Kensington de Londres ofrecieron un banquete de despedida en honor del doctor Sedlar el 17 de mayo. El doctor Ales fue a ver a Crabbe en Nueva York el 6 de mayo. El hombre no es un espíritu. No puede haber cruzado el Atlántico de la noche a la mañana.

—Eso es condenadamente extraño. Conozco a Crabbe, y te digo que no estaba mintiendo. Siempre adopta ese diabólico aire de satisfacción cuando suelta una verdad desagradable, como dice el señor Lane.

—Crabbe estaba tan seguro... —dijo Patience, cortando su chuleta con exasperación—. Dijo que hubiera jurado sobre un montón de biblias que era Sedlar.

—¿Para qué tanto ruido? —gruñó el inspector mirando al señor Rowe con desagrado—. El viejo ha mentido, eso es todo.

—No sé —dijo Lane—. Desde luego, es posible que haya inventado esa historia por pura malignidad. Los celos profesionales de estos viejos ratones de biblioteca son terribles... Pero así no vamos a ninguna parte... Me gustaría contarles algo referente al doctor Ales.

—¡Oh, sí! —gritó Patience—. Iba usted a hacerlo cuando Crabbe le interrumpió... ¿No es un nombre imaginario?

—¡Señor, no! Eso es lo verdaderamente extraordinario, querida. Gordon, me pareció que estaba usted a punto de acordarse de algo cuando estábamos en la biblioteca. ¿Sabe usted ahora quién es... o era el doctor Ales?

—Lo siento, señor. Creí que sí. Debo haberme encontrado con ese nombre en algún momento de mi trabajo.

—Es posible. El hecho es que nunca he visto al doctor Ales en carne y hueso, y que no sé nada de él salvo una cosa. A menos que se trate de una asombrosa coincidencia, el hombre existe, y lo que es más, es un erudito en literatura muy inteligente y muy al día.

El anciano caballero mordió pensativamente una hojita de perejil.

—Hace algunos años, ocho o diez, apareció un artículo en *The Stratford Quarterly,* una publicación dedicada a la promoción de la bibliofilia...

—¡Claro! —gritó Rowe—. La recibía regularmente cuando estaba en la universidad.

—Eso explica su falta de memoria. Bien, ese artículo estaba firmado por el doctor Ales.

—¿Una revista inglesa? —preguntó Thumm.

—Sí. No recuerdo los detalles con precisión, pero ese doctor Ales daba un nuevo enfoque a la eterna y fatua controversia baconiana, y algunas de las cosas que escribió me hicieron tomar una violenta determinación. Le escribí una larga carta en la que refutaba muchas de sus afirmaciones, que apareció en *Quarterly* con mi nombre; y el doctor Ales, muy irritado, me contestó en las columnas de la publicación destinadas a la correspondencia. La discusión llegó a prolongarse durante algunos números del *Quarterly* —se rió al recordarlo—. ¡Mi adversario tenía una pluma excelente! Me llamó de todo, incluso viejo chocho.

—Ahora lo recuerdo —dijo Rowe vivamente.

—¿Sabe dónde vive? —preguntó bruscamente el inspector.

—Desgraciadamente, no.

—Bueno, podemos averiguarlo a través de la revista...

—Me temo que no, inspector. El señor Rowe puede decirle, sin duda, que *The Stratford Quarterly* desapareció hace cinco años.

—¡Maldita sea! Bueno, le mandaré a Trench otro cable y le volveré a dar la lata. ¿Cree usted que...?

—Por cierto, Gordon —dijo el anciano caballero—, ¿ha tenido tiempo de hacer sus propias investigaciones sobre los temas que discutimos? ¿Encontró algo relacionado con la encuadernación del Jaggard de 1599, o indicaciones de algún posible secreto relacionado con la encuadernación?

—No he tenido demasiado éxito —dijo Rowe encogiéndose de hombros—. He conseguido comprobar la existencia de la encuadernación durante unos ciento cincuenta años... ha sido un trabajo infernal. La encuadernación actual tiene por lo menos otros tantos años. En cuanto al documento escondido... nada. No he encontrado ningún dato que me orientara.

—Ya —los ojos de Lane relampaguearon y luego los bajó y se dedicó a su ensalada.

Patience dejó su plato a un lado.

—No puedo comer —dijo de mala gana—. Este caso me pone nerviosa. Desde luego esa historia de que el doctor Sedlar es el doctor Ales es absurda, pero no deja de rondarme la cabeza. Y además, algunas cosas son tan claras...

—¿Como por ejemplo? —dijo el inspector con el ceño fruncido.

—La pista dejada por el doctor Ales. *Era* el doctor Ales, ¿sabes? —dijo de pronto—. El hombre que vino a nuestra agencia el 6 de mayo era el doctor Ales, padre.

—¿Cómo lo sabes? —murmuró el joven Rowe.

—Fue a casa de Saxon por la mañana temprano. Allí consiguió el papel de la biblioteca. Debe de haber escondido su ridículo disfraz en algún sitio en el centro de la ciudad. Quizás en el cuarto de aseo de un hotel. Escribió el símbolo en una hoja... ¡Maldito símbolo!... Luego se vistió y vino enseguida a la oficina. Yo creo que todo eso está claro.

—Parece probable —dijo el anciano caballero.

—No esperaba que... que lo quitasen de en medio —dijo Patience, con labios temblorosos—. Creía que nadie conocía su secreto, el secreto que vale millones. ¿Verdad que parece estúpido?... Pero era un demonio prudente y no quería correr ningún riesgo. Si llamaba el 20, si él seguía bien, entonces es que nada había ocurrido; el sobre hubiera permanecido cerrado. Si no llamaba teníamos que abrir el sobre, ver el membrete de la Biblioteca Saxon, ir en busca de Crabbe, y dar con el extraño doctor Ales. Seguramente le contó esa historia imposible a Crabbe deliberadamente, para asegurarse de que se acordaría. Su plan era que, en caso de que algo le ocurriera, supiéramos lo bastante como para proseguir la búsqueda en su lugar. Porque al hacerlo daríamos con el nombre del hombre que estábamos buscando, su profesión...

—¡Que análisis tan aterradoramente lógico! —dijo el joven Rowe con una débil sonrisa.

—Por eso les pidió que abrieran el sobre en mi presencia —dijo tranquilamente Drury Lane—. Sabía que me acordaría de nuestra controversia. De esa forma se me pedía que confirmase que el doctor Ales es un bibliófilo.

—Debe de haberlo planeado desde el principio. *Por si* algo iba mal, como parece que ha ocurrido. Ahora tenemos que buscar a un doctor Ales, un ratón de biblioteca o algo por el estilo. ¿Por dónde vamos a empezar?...

—Muy fácil —dijo el inspector con una mirada distraída—. Ése es mi trabajo, Patty. Dijo que si no llamaba sería porque algo le habría ocurrido, ¿no es así? Eso quiere decir que, además de conocer su descripción, su nombre, su trabajo o profesión, sabemos también que ha desaparecido o lo han matado.

—Bravo, inspector —murmuró Lane—. Ha dado usted en el clavo. Debe usted procurarse un informe oficial de todos los asesinatos, raptos y otras desapariciones desde el 20 de mayo, el día que le telefoneó, hasta hace unos días.

—Ya sé. Ya sé. ¿Se da cuenta del trabajo que eso supone? —dijo el inspector frunciendo el ceño.

—No tanto como parece, inspector. Como Patience ha señalado, tiene usted unos datos muy concretos con los que trabajar.

—Muy bien —dijo Thumm tristemente—. Lo haré, pero lo que tengo que hacer está más allá de mis fuerzas. Tengo que vivir también, ¿no?... Pondré a Grayson y a Geoghan a trabajar inmediatamente... Supongo, chicos, que ahora irán a darse un paseo.

Después de haber dejado al inspector Thumm en su oficina y a la señorita Thumm y al señor Gordon Rowe en la puerta de Central Park, el señor Drury Lane indicó silenciosamente el camino a Dromio y se echó hacia atrás en su asiento con una mirada pensativa. En aquel momento no se sentía observado y no intentaba ocultar la multitud de expresiones contradictorias que asomaban a su rostro. Permanecía inmóvil en su asiento, apretando fuertemente el puño de su bastón y sin apartar la vista de la nuca de Dromio. Aunque es una costumbre corriente de la mayor parte de los viejos, nunca hablaba solo, quizás porque sus sordos oídos habían olvidado hasta el origen mismo de esa costumbre. Por lo tanto no pensaba más que en imágenes y algunas de éstas eran tan extraordinarias que cerró los ojos para verlas mejor.

El Lincoln atravesó suavemente la parte alta de la ciudad, con destino a Westchester.

El anciano abrió los ojos al cabo de un rato y contempló las colinas y los verdes árboles del paisaje que iban dejando atrás. Se inclinó hacia delante y golpeó ligeramente a Dromio en un hombro.

—Se me ha olvidado decírselo, Dromio. Primero quiero parar en casa del doctor Martini.

El fiel Dromio se enderezó y volvió un poco la cabeza para que su amo pudiera verle los labios.

—¿Ocurre algo, señor Drury? —preguntó—. ¿Se encuentra usted mal otra vez?

—Me encuentro perfectamente, muchacho —dijo sonriendo—. Esta visita sólo me interesa desde el punto de vista científico.

—¡Ah! —dijo Dromio.

Se rascó la oreja izquierda, se encogió de hombros y apretó el acelerador.

Poco después el coche se detuvo cerca de Irvington, delante de una casita medio escondida entre los árboles, cubierta de enredaderas y rodeada de rosas tardías de junio. Un hombre de pelo blanco y muy corpulento fumaba una pipa en la puerta.

—Martini —dijo Lane bajando del coche y estirando las piernas—. Qué suerte haberle encontrado a esta hora del día.

El hombre alzó la vista.

—¡Señor Lane! ¿Qué está usted haciendo aquí? Entre, entre.

Lane se rió y cerró la puerta del coche tras él.

—No se asuste, viejo matasanos. Mi salud es perfecta.

Se dieron la mano. Los cansados ojos del doctor Martini le dirigieron una mirada profesional.

—Tiene usted buen aspecto.

—Estupendo. ¿Qué tal sigue mi corazón?

—Funciona espléndidamente. No puedo decir lo mismo del estómago.

Entraron en la casa del médico; un perro lanudo se acercó a oler los tobillos de Lane y luego se apartó con indiferencia.

—No entiendo por qué, en mi senectud, tenía que cansarse...

—Después de toda una vida alimentada con menús de teatro, querido Malvolio —dijo secamente el doctor Martini—, lo lógico es que sus últimos años se vean agobiados por las digestiones lentas. Siéntese. He conseguido escaparme del hospital durante unas horas. La rutina me vuelve loco. No he tenido ningún caso verdaderamente interesante...

—Yo tengo uno para usted —dijo Lane riéndose suavemente.

El médico se sacó la pipa de la boca.

—¡Ah! Debería haberlo supuesto. ¿No será usted mismo?

—No, no.

—Por algo verdaderamente difícil —dijo el doctor Martini con una sonrisa soñadora— olvidaría incluso estos bucólicos placeres de la tarde.

—No hace falta —el anciano se inclinó hacia delante—. Éste es un caso que puede ser diagnosticado desde el sillón. Por lo menos eso espero.

De pronto echó una mirada a su alrededor y dijo:

—Martini, creo que sería mejor que cerrara usted la puerta.

El médico lo miró un poco perplejo. Luego se levantó y cerró.

—Está usted actuando de una forma terriblemente misteriosa —dijo, volviendo a su sillón.

Sujetó descuidadamente la pipa con los dientes mientras añadía:

—Confidencial, ¿eh? Supongo que se trata de un caso criminal. Pero no hay nadie aquí que pueda oír...

Lane le dirigió una brillante y severa mirada en su mejor estilo de viejo lobo de mar.

—Cuando un hombre es sordo, Martini, hasta las paredes oyen... Viejo amigo, me he visto envuelto en una de las aventuras más increíbles que se hayan cruzado nunca en el camino de un hombre. Algo muy importante depende de la aclaración de un detalle determinado...

Dromio, que había estado dormitando al volante, sintió el ligero choque de una abeja contra su solapa y se despertó. El penetrante perfume de las rosas lo había amodorrado. La puerta de la casita del doctor Martini, que había permanecido cerrada durante media hora, se abrió dejando aparecer la alta y flaca figura del viejo actor. Dromio oyó que el doctor Martini decía con una voz distraída:

—Me temo que ésa es la única solución, señor Lane. Tengo que ver el papel antes de poder darle mi opinión. Y aun así, como le he dicho...

—¡Ah, estos científicos! —oyó Dromio decir a Lane con un tono ligeramente impaciente—. Había esperado que las consecuencias de esta visita fueran más claras. De todas formas...

Se encogió de hombros y le tendió la mano.

—Le agradezco que haya mostrado tanto interés. Es posible que sólo se trate de una fantasía mía. Le conseguiré el papel esta noche.

—Muy bien —contestó el doctor—. Me acercaré por Hamlet a última hora.

—¡Ni hablar! Ya le he ocasionado bastantes molestias. Ya volveré aquí...

—¡Tonterías! Conducir me sentará bien y, además, quiero echarle un vistazo a Quacey. La última vez que le vi no me gustó nada el estado de sus arterias.

Dromio, un poco confundido, abrió la puerta del automóvil y permaneció a un lado sosteniéndola. Su amo, que venía rápidamente por el camino del jardín, se paró en seco. Miró a Dromio con un súbito fruncimiento de sus blancas cejas y dijo con voz severa:

—¿Ha visto usted a alguien rondando por aquí?

—¿Rondando, señor Drury? —dijo Dromio bostezando.

—Sí, sí. ¿Ha visto usted a alguien?

—Me parece que me he quedado dormido durante unos minutos, señor —dijo Dromio rascándose una oreja—. Pero no pensé...

—¡Ah, Dromio! —suspiró el anciano caballero subiéndose al coche—, ¿cuándo aprenderá usted que la vigilancia...? Supongo que no importa.

Arrancaron, y Lane saludó al doctor Martini con una mano.

—Pare en Irvington, Dromio —dijo—. Frente a la Oficina de Telégrafos.

En Irvington, Dromio encontró una sucursal de la Western Union y Drury Lane se dirigió a ella. Miró pensativamente al reloj de la pared. Luego se sentó frente a una de las minúsculas mesitas y cogió un papel amarillo y un lápiz atado con una cadenita. Comprobó el estado de la mina, que era delgada; pero no la vio, pues sus ojos miraban más allá de cualquier cosa que estuviera al alcance de su vista.

Rellenó el papel lentamente, presionándolo con la punta del lápiz, como cargando sobre él el enorme peso de la vitalidad de sus ideas.

El telegrama iba dirigido al inspector Thumm a su oficina:

NECESIDAD IMPERIOSA DE TENER PAPEL CON SÍMBOLO VENGA A CENAR ESTA NOCHE URGENTE.

DL

Pagó el telegrama y volvió al coche. Dromio le esperaba. Sus ojos de irlandés estaban algo excitados.

—Ya podemos irnos a casa, Dromio —dijo el anciano caballero con un suspiro, y se relajó con placer en el confortable asiento.

El Lincoln desapareció camino de Tarrytown, hacia el norte. Entonces, un hombre alto enfundado en un abrigo oscuro, con el cuello levantado hasta las orejas —a pesar del calor— salió de detrás de un largo Cadillac negro que estaba aparcado junto a la acera de enfrente. El hombre miró a su alrededor tranquilamente, y luego cruzó la calle con pasos rápidos y se dirigió a la Oficina de Telégrafos. Con la mano puesta sobre el tirador de la puerta, volvió a mirar a uno y otro lado, y finalmente entró.

Fue directamente a la mesa en la que Lane había escrito el telegrama, y se sentó. Con el rabillo del ojo miró hacia el mostrador. Dos empleados estaban trabajando en sus respectivos mesas. El hombre volvió su atención al bloc amarillo. Sobre la primera hoja podían verse unas ligeras huellas. Huellas dejadas por el inconsciente esfuerzo de Lane al redactar el telegrama para el inspector Thumm. El hombre dudó; luego cogió el lápiz, lo sostuvo entre sus dedos casi horizontalmente con respecto al papel y empezó a arrastrar la punta suavemente sobre la hoja de un lado a otro. El telegrama de Lane empezó a aparecer con claros trazos amarillos entre la masa de color gris.

Después, el hombre se levantó, arrancó la hoja del bloc, la arrugó, la metió en uno de sus bolsillos, y salió tranquilamente. Uno de los empleados lo siguió con la mirada, sorprendido.

Se dirigió directamente al Cadillac que había al otro lado de la calle, se metió en él, puso el motor en marcha rápidamente, y después de arrancar lo condujo hacia el sur... hacia la ciudad de Nueva York.

Emociones y excursiones

Cuando la señorita Thumm volvió a la Agencia de Detectives Thumm, después de una modesta pero altamente satisfactoria tarde de compras, se encontró a la señorita Brodie en un estado próximo a la locura.

—¡Oh, señorita Thumm! —gritó, lo que hizo que Patience estuviese a punto de dejar caer sus paquetes—, ¡qué *mal rato* he pasado! ¡No sabe cómo me alegro de que haya vuelto! Me estaba poniendo *frenética*...

—Brodie, tranquilícese o la abofeteo —dijo Patience con firmeza—. ¿Qué ha pasado? ¿A qué vienen todos estos histerismos?

La señorita Brodie, sin decir una palabra, señaló con un dedo la puerta abierta del despacho del inspector. Patience entró. El despacho estaba vacío y sobre la mesa había un sobre amarillo.

—¿Dónde está mi padre?

—Alguien vino a pedirle que se encargara de un caso, señorita Thumm. Era algo de un robo de joyas, y el inspector ordenó que le dijera que no sabía *cuándo* iba a volver. Pero el telegrama...

—Brodie —suspiro Patience—, siente usted por los telegramas un terror vulgar y burgués. Probablemente no es más que un anuncio.

Sin embargo, frunció el ceño y rasgó el sobre. Leyó el lacónico mensaje del señor Drury Lane con los ojos muy abiertos. La señorita Brodie revoloteaba por la habitación, retorciendo sus regordetas manos como una plañidera profesional.

—Ya está bien, Brodie —dijo Patience distraídamente—. Actúa usted siempre como si fuera la viva imagen de la tragedia. Debería usted ir a que la besaran o... a algo por el estilo.

Luego, en voz más baja y dirigiéndose a sí misma, dijo:

—Me pregunto qué es lo que ocurre *ahora*. ¿Qué *puede* haber pasado? Sólo hace unas *horas*...

—¿Ha... ha ocurrido algo? —preguntó la señorita Brodie temerosamente.

—No lo sé. En cualquier caso, nada que merezca semejante agitación. Relájese criatura, mientras le escribo una nota a mi padre. ¡Relájese, le he dicho! —y acompañó estas palabras con un vigoroso azote en el trasero de la señorita Brodie.

La señorita Brodie se sonrojó y se retiró a la sala de espera, donde se acercó a su mesa intentando relajarse.

Patience se sentó en la silla del inspector, tomó una hoja de papel, apoyó la punta del lápiz en el extremo de su lengua sonrosada y esperó la llegada de la musa. Luego escribió:

Querido cabeza dura: Nuestro amadísimo amigo el Sabio de Lanecliff te ha enviado un telegrama en el que pide en términos perentorios que le llevemos el Papiro a Hamlet esta noche. Parece que trama algo, pero no dice qué. La pobre Brodie ha sufrido un ataque esta tarde. El telegrama le asustó, no se atrevía a abrirlo, y no sabía dónde estábamos ninguno de los dos. ¡Me ha contado que te habías ido a ganar más dinero para que yo lo gaste! Eso está muy bien, pues después de mi paseo por Central Park con el señor Rowe y de que él volviera tristemente —eso espero— a su trabajo, fui a Macy's, donde llevé a cabo una fascinante investigación sobre ropa (pantalones, querido); como verás *estoy* cooperando. Desde luego llevaré este asunto con un estilo digno de la Agencia Thumm. Me llevo el coche y el Papiro, que defenderé hasta la muerte. Llámame a Hamlet cuando vuelvas. El viejo Drury nos ha invitado a cenar y, en el peor de los casos, estoy segura de que no le importará que le arrugue las sábanas de una de sus hermosas camas. Cuídate mucho, querido.

PAT

P. S. El camino es largo y solitario hasta las colinas. Creo que le pediré al señor Rowe que me acompañe. Estoy segura de que eso te tranquilizará.

Dobló la hoja, la deslizó dentro de un sobre, e introdujo uno de los ángulos del sobre dentro de una de las esquinas de la carpeta de papel secante que había encima de la mesa del inspector. Luego, canturreando, se acercó a la caja fuerte, giró el disco de la cerradura, tiró de la pesada puerta, revolvió dentro, sacó el sobre marrón y volvió a cerrar la caja. Se aseguró de que el contenido del sobre seguía intacto; y luego, canturreando todavía, abrió su bolso de hilo, un receptáculo ancho y misterioso repleto de chucherías femeninas, y metió el sobre dentro.

Después descolgó el teléfono y marcó un número.

—¿El doctor Choate?... Ya veo. Bueno, en realidad no importa. Con quien quería hablar es con el señor Gordon... ¡Hola, Gordon! ¿No te importa que te vuelva a molestar tan pronto?

—¡Ángel! ¿Molestarme? Me... me siento *transportado.*

—¿Cómo va tu trabajo?

—Progresando.

—¿Le importaría mucho detener las ruedas del progreso por hoy, señor?

—¡Pat! Sabes que haría lo que fuera por ti.

—Tengo que llevar rápidamente a Hamlet un... una cosa. *¿Podrías venir?*

—Intenta impedírmelo.

—Muy bien. Te espero en el Museo Británico dentro de diez minutos, más o menos.

Patience colgó el teléfono, se arregló un rizo rebelde y fue a la sala de espera.

—Brodie —anunció—, me voy.

—¿Se va, señorita Thumm? —preguntó la señorita Brodie con una voz alarmada—. ¿Adónde?

—A casa del señor Lane, a Westchester.

Patience se contempló con una mirada crítica en un espejo que había detrás de la mesa de la señorita Brodie. Se empolvó su pequeña nariz y se coloreó ligeramente los labios. Luego comprobó su aspecto.

—¡Vaya! —comentó alisándose el traje de hilo blanco—, y no tengo tiempo de cambiarme. ¡El hilo se arruga *tanto*!

—¿Verdad que sí? —exclamó la señorita Brodie animándose un poco—. El año pasado me compré un traje de hilo, y gasté más dinero en *limpiarlo*...

Se interrumpió de repente, volviendo a la realidad, y dijo:

—¿Qué le digo al inspector, señorita Thumm?

Patience colocó sobre sus rizos color miel un absurdo y pequeño turbante de hilo con cintas azules. Se ató hábilmente las cintas y murmuró:

—Le he dejado una nota sobre la mesa, y también el telegrama. ¿Usted se queda?

—¡Oh, sí! El inspector se pondría furioso...

—Es muy importante —suspiró Patience— que alguien defienda el fuerte, Brodie. Recogeré mis paquetes mañana. ¡Pórtese bien!

Después de una última mirada, se volvió satisfecha. Sonrió a la señorita Brodie, que agitó blandamente una mano compungida, cogió el bolso apretándolo contra ella, y salió de la oficina.

Abajo, aparcado al lado de la acera, un pequeño automóvil la esperaba. Patience observó el cielo con ansiedad; pero éste estaba más azul que sus ojos. Decidió no levantar la capota. Subió al coche, aseguró su bolso encajándolo entre su espalda y el respaldo de cuero del asiento, puso el motor en marcha, quitó el freno de mano, puso el motor en primera y arrancó lentamente dirigiéndose hacia Broadway. Enseguida tuvo que frenar; el semáforo de la esquina estaba rojo; el coche se paró suavemente.

Y entonces ocurrió una cosa extraña. Patience, absorta en sus pensamientos femeninos, por una vez se descuidó. Aparentemente, la cosa no tenía importancia, y difícilmente hubiera llamado la atención; pero a medida que los minutos pasaban fue haciéndose más significativa y más amenazadora.

Un gran coche negro cubierto, un Cadillac que estaba aparcado al otro lado de la calle, se había puesto en marcha al entrar Patience en su pequeño coche azul. Se movió sin que se oyera casi su motor al arrancar Patience, y la siguió como una siniestra sombra negra. Se paró precisamente detrás de ella en el semáforo; arrancó detrás de ella cuando cambió el disco; giró hacia Broadway cuando ella giró hacia Broadway, la siguió cuando torció a la derecha, hasta la Quinta Avenida, en la Sexta Avenida, en la Quinta Avenida... ni una sola vez se equivocó en su fácil persecución. Parecía un ser vivo.

De pronto Patience frenó, acercándose a la acera de la calle 65. El otro coche vaciló, la adelantó, aminoró la velocidad, y finalmente cruzó muy lentamente hasta la calle 66 mientras el joven Gordon Rowe, rojo de placer, se dejaba caer en el asiento al lado de Patience. El Cadillac permaneció parado hasta que el cochecito lo dejó atrás; entonces volvió a seguirlo.

Patience estaba de un humor excelente. Tenía el rostro ligeramente sonrosado, el turbante realzaba la belleza de sus rasgos, el coche funcionaba a las mil maravillas, el sol calentaba y soplaba un brisa ligera; y para colmo, el ocupante del asiento de al lado era joven, varón y especialmente atractivo. Le permitió a Rowe que abriera su bolso y viera el sobre, le habló del telegrama de Lane, y finalmente empezó a charlar de todo un poco. El joven, apoyando el brazo en el respaldo del asiento de ella, permanecía silenciosamente absorto en la picardía de su rostro.

El Cadillac fue pisándole los talones al cochecito por todo Manhattan, y ni Patience ni su escolta advirtieron su presencia. Luego, mientras salían de la ciudad, se fue quedando un poco atrás. A pesar de la velocidad con que Patience conducía su pequeño coche, parecía que el Cadillac iba dando un simple paseo.

Pero cuando los límites de la ciudad quedaban ya muy lejos, los ojos del señor Rowe se estrecharon y lanzó una rápida mirada por encima del hombro. Patience seguía charlando.

—Ve más deprisa, Pat —dijo casualmente—. Veamos cuánto corre esta lata.

—Conque quieres velocidad, ¿eh? —dijo Patience sonriendo—. ¡Usted paga la multa, joven!

Apretó fuertemente el acelerador y el coche brincó hacia delante.

Rowe volvió la cabeza. El Cadillac había acelerado sin esfuerzo manteniendo entre ellos la misma distancia que antes.

Patience condujo en silencio durante un rato, con los labios apretados, con la intención de proporcionarle al señor Rowe un atracón de velocidad. Pero el señor Rowe no parecía especialmente asustado; había apretado las mandíbulas y sus ojos castaños parecían dos hendiduras, pero eso era todo.

Súbitamente dijo:

—Mira a la derecha, Pat. Hay una carretera más estrecha. Métete por ahí.

—¿Qué? ¿Qué quieres decir?

—¡Por esa carretera, te digo!

Se sintió ofendida y lo miró enfadada. Estaba medio vuelto hacia atrás. Lentamente alzó los ojos hacia el retrovisor.

—¡Oh! —exclamó, sintiendo que se le helaba la sangre en las venas.

—Nos están siguiendo —dijo el señor Rowe tranquilamente, pero su voz era grave—. Métete en la carretera, Pat. A ver si se desanima.

—Muy bien, Gordon —dijo Patience con un hilo de voz; y girando el volante hizo que el coche dejara la carretera principal y se metiera en otra más estrecha.

El Cadillac no pudo maniobrar a tiempo; se paró, dio la vuelta rápidamente y se metió en la carretera detrás de ellos.

—Me parece —susurró Pat con labios temblorosos— que esto ha sido una equivocación. Este camino no tiene salida, Gordon.

—Sigue conduciendo, Pat. No apartes los ojos de la carretera.

El camino era verdaderamente muy estrecho, aparentemente sin bifurcaciones, ya no tenían tiempo de dar la vuelta y correr en la dirección opuesta. El pie de Patience apretó violentamente el acelerador y el pequeño motor rugió como un animal herido. Rowe miraba intensamente hacia atrás. El Cadillac iba ganando terreno. Sin embargo, no parecía querer alcanzarlos; quizás porque todavía había demasiado sol, o quizás porque el conductor temiera atacar prematuramente.

El corazón de Patience saltaba como los palillos de un tambor. En un momento determinado, desbordada por un sentimiento salvaje y ciego agradeció a sus pequeños dioses que la hubieran impulsado a pedirle a Gordon Rowe que la acompañara. Su presencia física, el calor de su cuerpo pegado al de ella, calmaba sus nervios. Apretó los dientes y se asomó por la ventanilla para observar la carretera. En realidad era un camino con un firme de piedra y arena que les hacía saltar en sus asientos. El Cadillac se acercaba.

El camino empeoró, estrechándose aún más. Más adelante se divisaba un grupo de árboles que se inclinaban sobre el camino. No había pueblo, casa o persona al alcance de la voz. Imágenes de «bosques solitarios»... «atacan a una muchacha»... «acompañante asesinado»... «horrible crimen en Westchester»... su cuerpo despedazado a un lado de la carretera, Rowe sangrando y muriendo a su lado... cruzaban por su mente... Y entonces, como en un sueño, vio abalanzarse al coche negro; se colocó a su lado, sin hacer ningún esfuerzo por pasarla...

—¡Más deprisa! —grito Rowe alzándose en su asiento y volviéndose a agachar para evitar el viento—. ¡No dejes que te asuste, Pat!

Un largo brazo emergió de la oscuridad del coche y les hizo una señal inconfundible. El Cadillac empezó a aproximarse peligrosamente a su pequeño cacharro, como si quisiera forzarla a salirse del camino. En un momento de lucidez, comprendió que su perseguidor quería que se parase.

—Quiere pelea, ¿eh? —murmuró Rowe—. Muy bien, Pat. Para y vamos a ver qué quiere ese pájaro.

Durante un momento, al ver al joven sentado a su lado dispuesto a pelear, pensó, con la desesperación del pánico, en embestir al Cadillac con su propio coche y destrozarlos a los dos. Había leído a menudo cosas parecidas y nunca había dudado ni del impulso ni del acto. Pero ahora que se hallaba realmente frente a la situación supo que no quería morir. Los ojos se le llenaron de lágrimas. La vida le pareció especialmente dulce en aquel momento... Se maldijo a sí misma, se trató de loca y de cobarde, pero a pesar de todo pudo sostener el volante con firmeza.

Al cabo de un momento su pie empezó a aflojar la presión sobre el acelerador y buscó a ciegas el freno. Luego, poco a poco, el coche se paró.

—Quédate aquí, Pat —dijo Rowe tranquilamente—. No te mezcles en esto. Tengo la sensación de que este cliente es especialmente desagradable.

—¡Oh, Gordon, no... no seas imprudente, por favor!

—*¡Abajo!*

El Cadillac había pasado de largo y luego había girado de tal forma que interrumpía el paso de la carretera. Luego se había parado. Después un hombre con un abrigo oscuro —Patience se quedó sin aliento— con la cara tapada y blandiendo un revólver bajó del coche y se acercó corriendo hacia ellos.

Lanzando un grito, Gordon Rowe saltó del pequeño automóvil, cortándole el paso al enmascarado, e intentó quitarle el revólver.

Patience sintió que sus miembros se debilitaban. No era *posible.* «Es... es como una película», pensó. Había algo irreal en la amenaza del arma azulada dirigida contra el joven que estaba en la carretera.

Y entonces gritó. El arma escupió fuego y humo y Gordon Rowe cayó al suelo, tambaleándose como un árbol derribado. Su cuerpo sufrió un ligero espasmo. La sangre manchó algunos cascotes que se hallaban al lado de su cuerpo.

El enmascarado saltó ágilmente al borde del camino.

—¡Es usted un... un *asesino*! —chilló Patience, intentando salir del coche.

«Esta muerto —pensó—. Totalmente muerto en la carretera. ¡Oh, Gordon!».

—Le voy a *matar* —dijo jadeante, tratando de arrancarle el revólver.

El arma golpeó sus nudillos y se sintió despedida contra el asiento. Luego recibió un golpe, y por primera vez comprendió realmente lo que estaba ocurriendo. ¿Habría llegado la hora de Patience Thumm?

Una voz ronca y velada le llegó a través de la máscara.

—Quédese quieta. Siéntese ahí. Deme el papel.

Con los ojos empañados vio cómo cada orden iba subrayada por un movimiento del revólver.

Su mirada ofuscada tropezó con su propia mano; los nudillos estaban sangrando.

—¿Qué papel? —susurró.

—El papel. El sobre. Deprisa.

Su voz carecía de expresión. Por primera vez comprendió el alcance de todo aquello. ¡El papel de la Biblioteca Saxon! ¡El símbolo misterioso! Por eso había muerto Gordon Rowe...

Buscó el bolso con la mano. El hombre la empujó hacia un lado, se apoderó del bolso y lo atrajo rápidamente hacia él mientras seguía amenazando a Patience con el revólver. Patience empezó a bajarse del coche. Gordon... Sintió un ruido espantoso al lado de su cabeza; parecía que el mundo había estallado; un gemido... Cayó hacia atrás medio inconsciente. ¡El hombre la había disparado!... Cuando volvió a abrir los ojos, luchando por recobrar el sentido, el Cadillac estaba arrancando. En menos de un minuto el coche dio la vuelta, rugió bajo la presión del acelerador y pasó por su lado con la rapidez de un rayo camino de la carretera principal...

Patience consiguió arrastrarse hasta el centro del camino. Gordon seguía en el suelo, quieto y pálido. Le abrió el abrigo para sentir el corazón. ¡Latía!

—¡Oh, Gordon, Gordon! —sollozó—. Me alegro tanto. Me alegro tanto.

Él dejó escapar un gruñido y abrió los ojos. Intentó levantarse precipitadamente, pero la cabeza empezó a darle vueltas y volvió a derrumbarse.

—Pat —dijo con voz hueca—. ¿Qué ha pasado? ¿Te...?

—¿Dónde te ha herido, Gordon? —gritó Patience—. Tengo que llevarte a un médico. Tengo...

Gordon se incorporó con esfuerzo y entre los dos buscaron la herida. Su brazo izquierdo estaba cubierto de sangre. Patience le quitó el abrigo mientras el joven volvía a sufrir otro mareo. Una bala había atravesado la parte más musculosa del brazo.

—¡Infiernos! —dijo molesto—. Desmayándome como una mujer. Véndamelo, Pat. Tenemos que perseguir a ese maldito asesino.

—Pero...

—No necesito ningún médico. Sólo necesito una venda. *Vamos.*

Arrodillándose en el suelo, le arrancó un trozo de la camisa y le vendó la herida. Él rechazó su ayuda para ponerse de pie; en realidad la empujó hacia su asiento y luego él mismo subió al automóvil.

Patience hizo dar la vuelta al coche y, con manos temblorosas, lo condujo hacia donde había desaparecido el Cadillac. Apenas habían avanzado un kilómetro cuando Rowe le ordenó que parara. Bajándose con dificultad, dio unos cuantos pasos y recogió algo que estaba tirado en medio del camino. Era el bolso abierto de Patience.

Tanto el sobre marrón, como el otro sobre y la hoja con el símbolo misterioso habían desaparecido.

Y del Cadillac no quedaba ni rastro.

Una hora después, con la cabeza escondida en el viejo regazo del señor Drury Lane y entrecortada por los sollozos, la señorita Patience Thumm relató la historia del robo y la increíble aventura que habían vivido. Gordon Rowe estaba sentado en un banco del jardín, muy pálido, pero tranquilo. Su abrigo estaba tirado en la hierba, y el vendaje estaba empapado de sangre. El pequeño Quacey, el antiguo ayudante de Lane, había entrado en la casa en busca de vendas y agua caliente.

—Bueno, bueno, querida —la consoló el anciano caballero—, no te lo tomes tan a pecho. Menos mal que no ha ocurrido nada peor, Gordon. ¡No saben lo que lo siento! No se me pasó por la cabeza, Patience, que decidieras venir con el sobre. Desde luego pensé que siempre había una posibilidad de peligro, pero sabía que el inspector siempre va armado... ¡Quacey! —gritó llamando al viejo—, telefonee al inspector a su oficina.

—¡Pero es que yo he tenido la culpa! —dijo Patience más calmada—. Mire, le he mojado la chaqueta. Gordon, ¿te sientes bien?... ¡Oh, he perdido el sobre! Me gustaría *estrangular* a esa bestia.

—Han tenido ustedes mucha suerte, muchachos —dijo secamente Lane—. Está claro que su asaltante no se hubiera detenido ante nada... ¿Sí, Quacey?

—Está *furioso* —dijo Quacey con voz temblorosa—. Ahora viene Falstaff con el agua.

—¡Falstaff! —dijo Gordon penosamente—. ¡Ah, sí!

Se pasó lentamente la mano sana por los ojos.

—Tengo que ayudarle en esto, señor —le dijo a Lane.

—¡No me diga! Lo primero que tiene usted que hacer, joven, es recibir asistencia médica. Aquí llega el doctor Martini en su carricoche... Patience, vete a hablar con tu padre.

Patience se acercó a Rowe. Se miraron el uno al otro durante un momento, luego ella dio la vuelta y se alejó corriendo hacia la casa.

Un pequeño Ford muy estropeado se acercaba estrepitosamente por el camino principal. La blanca cabeza del doctor Martini apareció por la ventanilla.

—¡Martini! —llamó Drury Lane—. ¡Qué suerte! Tengo un paciente para usted. Gordon, quédese quieto. Siempre ha sido usted un joven muy impetuoso. Doctor, eche usted un vistazo al brazo de este caballero.

—Agua —dijo brevemente el médico en cuanto vio la sangre coagulada.

Un hombrecillo panzudo —Falstaff en persona— se acercó apresuradamente con una palangana llena de agua caliente.

Los rabiosos esfuerzos del inspector y la ayuda de la policía de Westchester les permitieron dar con el Cadillac aquella misma noche. Lo habían abandonado al borde de la carretera cerca de Bronxville. Resultaba ser un coche de alquiler. La agencia a la que pertenecía no era dudosa. Lo había alquilado aquella mañana un hombre alto que llevaba un abrigo oscuro muy cerrado. Sí, eso era todo lo que recordaban del hombre.

Lane sugirió que interrogasen a los empleados de la Oficina de Telégrafos de Irvington. Uno de ellos recordó la breve visita del hombre del abrigo oscuro.

El Cadillac había sido encontrado. La forma en que el hombre había sabido que el sobre iba camino de Westchester había quedado aclarada. Pero no había ninguna pista que les condujera al hombre y al sobre robado.

El adorno en forma de herradura

Un grupo silencioso abandonó Hamlet a la mañana siguiente en el coche del señor Drury Lane. Patience pensó que era increíble que sólo fuera sábado. El joven Gordon Rowe, con el brazo izquierdo en cabestrillo, se sentó enfurruñado entre Lane y Patience, frunciendo el ceño y negándose a hablar. Lane iba sumido en sus pensamientos, y Patience estaba a punto de echarse a llorar.

—Mi querida niña —dijo el anciano caballero al cabo de un rato—, no se haga ningún reproche. No es culpa suya. Yo tampoco puedo perdonarme el haberle hecho correr ese peligro.

—Pero perdí el papel —se lamentó Patience.

—Eso no es un desastre. Creo que podremos arreglárnoslas sin él.

—¿Entonces por qué lo pidió? —dijo Rowe de pronto.

—Tenía una idea —dijo Lane con un suspiro; y volvió a sumirse en su silencio.

Dromio paró frente a la casita del doctor Martini, y el médico entró en el coche sin decir una palabra. Recorrió con sus dedos expertos el brazo herido del joven, sacudió la cabeza satisfecho, se echó hacia atrás en el asiento y empezó a quedarse dormido.

Cuando llegaron a los alrededores de la ciudad, el señor Drury Lane se enderezó ligeramente.

—Creo que lo mejor será que primero le llevemos a casa, Gordon.

—¡Casa! —dijo amargamente el señor Rowe.

—Dromio, a casa de Saxon... Mire a Martini. ¡Se duerme enseguida!

El anciano rió entre dientes.

—Eso le pasa por tener un corazón puro, muchacho. Si no se hubiera empeñado en ser el Romeo de Julieta Patience...

La mansión de los Saxon ofrecía el mismo aspecto que de costumbre: formidable y desierta. El mayordomo de las maravillosas patillas volvió a sentirlo una vez más; la señora Saxon estaba «fuera». Sus ojos duros se abrieron un poco al fijarse en el brazo vendado de Rowe, y durante un segundo pareció casi humano.

El viejo Crabbe, en cambio, parecía considerar que una bala en el brazo de un joven era un buen chiste; pues después de contemplarlo largamente se echó a reír desagradablemente y dijo jadeando:

—¡Eso es por entrometido! ¿Quién le ha roto el brazo, joven diablo?

Luego echó una mirada de soslayo al rostro tranquilo de Lane y al semblante imperturbable del doctor Martini.

Rowe se sonrojó y apretó su puño sano.

—Nos gustaría poder ver —dijo rápidamente Lane— una hoja del papel de la Biblioteca Saxon, señor Crabbe.

—¿Cómo, otra vez?

—Por favor.

Crabbe se encogió de hombros y salió arrastrando los pies, para volver enseguida con una hoja del papel de la biblioteca.

—Sí, es igual a la otra —murmuró Lane al doctor Martini mientras cogía la hoja de las garras de Crabbe—. ¿Qué le parece?

El médico tomó el papel pensativamente. Luego levantándolo y acercándolo a la luz que entraba por una de las ventanas del salón, lo examinó entrecerrando los ojos. Primero lo sostuvo con el brazo en alto y luego se lo acercó mucho a los ojos... Se volvió otra vez hacia ellos y dejó la hoja de papel gris encima de una mesa.

—Sí —dijo tranquilamente—, lo que usted sospechaba es probablemente cierto.

—¡Ah! —dijo Lane con una curiosa inflexión en la voz.

—Como ya le dije, sabemos muy poco de... de lo que le preocupa. Debe de tratarse de un caso muy raro. Me gustaría mucho poder verle.

—Y a mí —murmuró Lane—. Y a mí, Martini.

Dirigió una mirada a la joven pareja, e hizo un gesto rápido.

—¡Bueno! ¿Nos vamos? *Au revoir,* Gordon...

—No —dijo el señor Rowe alzando la mandíbula—. Yo persevero.

—Creo que no deberías... —dijo Patience—. Una siesta... —pero se interrumpió y miró al doctor Martini con una expresión extraña.

—Vaya, vaya —dijo Crabbe frotándose las manos—. ¡El instinto posesivo de la mujer! Cuidado, Rowe... ¿Le importaría decirme, señor Lane, a qué viene todo este galimatías?

Pero el anciano caballero estaba contemplando afectuosamente a Patience y a Rowe, y puesto que no oía, se limitó a murmurar:

—Vamos a hacerle una visita al inspector y a ver si todo está en orden. Doctor, vuélvase a casa en mi coche. Dígale a Dromio que venga a buscarme. Nosotros cogeremos un taxi, chicos... ¡Ah, señor Crabbe! Le agradezco su amabilidad. Buenos días.

—¿Qué le ha pasado? —preguntó el inspector a Rowe, después de haber abrazado a su hija y de que ésta le abrazara a él.

—Me crucé en el camino de una bala, señor.

—¡Ah, sí! Patty me lo contó anoche —dijo el inspector haciendo una mueca—. Bien, eso le enseñará a ser más prudente, joven. Siéntense todos. Un atraco, ¿eh? ¡Me hubiera gustado estar allí!

—Usted también se habría cruzado en el camino de una bala —dijo el señor Rowe descortésmente.

—¿No tienes idea de quién era el pájaro, Patty?

—Iba totalmente cubierto, padre —dijo Patience lanzando un suspiro—. Y me temo que no me sentía con ganas de fijarme en nada en aquel momento, mientras... mientras Gordon se desangraba en la carretera.

—¿Qué me dices de la voz? Me contaste que pidió el sobre.

—Lo más que puedo decirte es que la disimulaba.

—Disparó contra Rowe —el inspector se sentó con una expresión soñadora—. Pero está empezando a actuar abiertamente. Eso me gusta.

Permaneció en silencio un momento y luego suspiró.

—Pero me temo que no podré ocuparme de este asunto mucho tiempo más. Estoy metido hasta el cuello en la investigación de un robo de joyas.

—¿Tiene usted las listas de desapariciones? —preguntó Lane—. Es a lo que he venido en realidad, inspector.

Thumm cogió un abultado montón de hojas mecanografiadas y se lo entregó por encima de la mesa.

—No he podido encontrar ni un solo detalle que relacionase alguno de estos nombres con los libros o con el mundo de los libros.

El anciano caballero examinó la lista.

—¡Qué extraño! —murmuró—. Ésta es una de las características más notables de este problema. Pero si el misterioso personaje no aludía a muerte o desaparición, ¿a qué otra cosa podía referirse?

—Eso es lo que me preocupaba a mí también, acuérdese. Bueno, estoy dispuesto a dejarlo. Es demasiado sucio y demasiado enrevesado para mí.

El teléfono sonó fuera, en la sala de espera. Pudieron oír la trágica voz de la señorita Brodie que contestaba. Luego el aparato del inspector empezó a sonar y él cogió el auricular.

—¡Oiga!... ¡Oh!... *¿Qué?*

El duro rostro de Thumm empezó a enrojecer violentamente como cada vez que se excitaba. Sus ojos estaban desorbitados. Los demás le miraban sin comprender.

—¡Enseguida estoy ahí! —colgó el auricular y saltó de su asiento.

—¿Qué ha pasado, padre? ¿Quién llamaba? —preguntó vivamente Patience.

—¡Choate! Desde el museo —gritó Thumm—. Algo ha pasado y quiere que vaya inmediatamente.

—Y ahora ¿qué? —dijo Rowe, poniéndose de pie—. ¡Qué locura!

El anciano caballero se levantó lentamente con los ojos chispeantes.

—¿Y si...? Sería muy curioso.

—¿Si qué? —preguntó Patience.

Se apresuraban hacia el ascensor.

Lane se encogió de hombros.

—Cada acontecimiento —contestó—, como dijo Shiller, es un juicio de Dios. Espera y verás. Tengo una gran fe en la consistencia del orden divino, hija mía.

Ella permaneció silenciosa mientras entraban en el ascensor. Luego dijo:

—¿Qué fue exactamente lo que descubrió el doctor Martini al examinar el papel de la Biblioteca Saxon? He estado pensando...

—No lo hagas, Patience. Se trata de algo interesante y pertinente, pero escasamente importante por el momento. Quizás algún día, ¿quién sabe?, nos sea útil.

Encontraron el Museo Británico bullendo de excitación. El doctor Choate, con la barba despeinada, los esperaba detrás de la cabeza de Shakespeare.

—Me alegro de que hayan venido —dijo de mal humor—. Ha sido un día de lo más enojoso... Rowe, ¿qué le ha ocurrido a su brazo? ¿Un accidente?, ¿eh?... ¡Entren, entren!

Cruzaron apresuradamente el salón de la entrada y entraron en su despacho. El alto doctor Sedlar, con el rostro congestionado, paseaba por la habitación con el ceño fruncido; un policía fornido estaba sólidamente plantado detrás de una silla; su mano empuñaba una porra. Un ser alto y oscuro estaba sentado en la silla, y sus sombríos ojos acechaban con miedo. Sus ropas, que parecían destrozadas por una pelea, eran chillonas; un sombrero gris perla yacía ignominiosamente tirado en el suelo a su lado.

—¿Qué pasa aquí? —gruñó el inspector Thumm.

Se paró en el quicio de la puerta. Luego una mueca dura torció su boca.

—Vaya, vaya —dijo suavemente—. Mira a quién tenemos aquí.

Dos personas dejaron de respirar al mismo tiempo. Una era Gordon Rowe, la otra el italiano de la silla.

—Hola, Coburn —dijo cordialmente el inspector al policía que estaba detrás de la silla—. Veo que sigue usted al pie del cañón.

Los ojos del oficial se abrieron con asombro.

—¡Inspector Thumm! ¡Hace años que no le veo! —dijo saludándole con una sonrisa.

—Hace años que no aparezco por el cuartel —dijo animadamente el inspector.

Se adelantó y se paró a tres pasos del hombre sentado en la silla, que bajó los ojos acobardado.

—¡Vaya, Joe! ¿Qué haces tú en un museo? ¿Cuándo te han soltado? ¡No me digas que ahora vas a la universidad! La última vez que te perseguí te dedicabas a los portamonedas. ¡Levántate cuando te hablo!

Asustado por el rugido del inspector, el italiano se levantó de un salto y se quedó de pie manoseando su corbata chillona y mirando fijamente los zapatos de Thumm.

—Este hombre —dijo el doctor Choate con voz agitada— se introdujo en el museo de algún modo hace unos minutos y el doctor Sedlar le sorprendió en la Sala Saxon merodeando por allí y revolviendo los libros.

—¿Ah, sí? —murmuró Lane acercándose.

—Llamamos a este oficial, pero el hombre se niega a decir quién es, cómo consiguió entrar en el edificio y qué es lo que buscaba —se lamentó el conservador—. ¡Señor, no entiendo nada de lo que ocurre!

—¿Qué es lo que este hombre hacía, doctor Sedlar —preguntó Lane—, cuando lo sorprendió usted en la Sala Saxon?

El inglés tosió antes de hablar.

—Algo muy curioso, señor Lane. Yo diría que una persona de... de su nivel intelectual difícilmente podría sentirse interesada por los ejemplares raros. Y sin embargo, estoy seguro de que intentaba robar algo. Como el doctor Choate ha dicho, estaba revolviendo las vitrinas.

—¿La vitrina de los Jaggard? —preguntó Lane con voz aguda.

—Sí.

—Así que no quiere decir su nombre, ¿eh? —dijo el inspector con una sonrisa amplia—. Bueno, puedo echarles una mano en eso, ¿eh, Joe? Esta buena pieza es el señor Joe Villa, uno de los mejores rateros que existían cuando le conocí; últimamente ha perdido facultades... Es ladrón, chulo, tramposo y cualquier cosa que huela mal. ¿Verdad, Joe?

—No he hecho nada —murmuró el italiano.

—¿Cómo conseguiste entrar aquí, Joe?

El hombre no contestó.

—¿Cuánto te han pagado? ¿Quién te ha enviado? ¡No pretenderás hacerme creer que esa estúpida coliflor que tienes en vez de cerebro es la que ha discurrido *esta* hazaña!

El hombre se humedeció los labios; sus pequeños ojos negros recorrían rápidamente los rostros que le rodeaban.

—¡Nadie me ha encargado este trabajo! —gritó apasionadamente—. Yo... yo entré, eso es todo. ¡Entré para echar un vistazo!

—¿Para leer un libro, ¿eh? —dijo Thumm riéndose entre dientes—. Ya conoce usted a esta basura, ¿verdad, Coburn?

El policía se ruborizó.

—Pues no, inspector, no puedo decir que le conozca. Creí que estaba en la cárcel desde que usted dejó el servicio.

—Vaya, vaya. ¿Adónde iremos a parar? —dijo el inspector riendo tristemente—. Bueno, Joe, ¿vas a hablar o te llevamos al Cuartel General y te hacemos pasar un buen rato?

—No he hecho nada —mascculló Villa insolentemente, pero su rostro palideció.

Gordon Rowe se adelantó ligeramente; su brazo herido se agitó un poco.

—Creo —dijo con calma— que yo puedo ayudarle, inspector.

Villa le dirigió una mirada de soslayo; parecía turbado; luego miró abiertamente el rostro de Rowe como si quisiera encontrar algún rasgo que le fuera familiar.

—Lo vi —continuó Gordon— en aquel grupo de profesores que visitaron el museo el día que robaron el Jaggard de 1599.

—Gordon, ¿estás seguro? —gritó Patience.

—Absolutamente. Lo reconocí en cuanto entré en esta habitación.

—Gordon —dijo vivamente Lane—, ¿cuál de ellos era?

—No lo sé, señor. Pero estaba con el grupo, en el museo, y aquel día. Puedo jurarlo.

El doctor Sedlar estaba estudiando a Villa como si fuera un ejemplar de laboratorio visto a través de un microscopio. Luego se separó y se acercó a la ventana, donde quedó un poco oculto por las cortinas.

—Habla, Joe —dijo Thumm—. ¿Qué hacías aquí con un grupo de maestros? ¡No me cuentes que has conseguido una licencia para enseñar en Indiana!

Villa apretó los labios.

—Muy bien, chico listo. Doctor Choate, ¿puedo usar su teléfono?

—¿Qué va usted a hacer? —preguntó súbitamente Villa.

—Voy a comprobar algo —dijo Thumm marcando un número—. ¿El señor Theofel? Soy Thumm, de la Agencia de Detectives Thumm. ¿Está George Fisher ahí?... Estupendo. ¿Y qué tal Barbey, su encargado? ¿Se porta bien? Oiga, ¿puede dejarme a sus muchachos durante media hora? Muy bien. Mándemelos pronto al Museo Británico, en la esquina de la Quinta Avenida con la calle 65.

El fornido George Fisher y el encargado entraron con el rostro bastante pálido. Fueron silenciosamente acogidos, pero la atención de los dos hombres se dirigió enseguida al asustado hombre de la silla.

—Fisher —dijo el inspector—, ¿reconoce usted a este canalla?

—Desde luego que le reconozco —dijo lentamente Fisher—. Es uno de los dos tipos que subió al autobús con los maestros.

—¡No! ¡Es una mentira! —gruñó Villa.

—Cállate, Joe. ¿Cuál de ellos, Fisher?

Fisher se encogió de hombros.

—No me acuerdo, jefe —dijo tristemente.

El inspector se volvió hacia Barbey. El encargado estaba nervioso y se acariciaba los carrillos con una mano lacia.

—Usted debería saberlo, Barbey. Usted tuvo que hablar con él. ¿Es éste uno de los hombres que le sobornaron para que los dejase subir al autobús?

Villa lanzó una mirada venenosa al encargado. Barbey murmuró:

—Sí. Sí, eso creo.

—¡Usted *cree*! ¿Es o no es?

—Sí, señor. Es uno de ellos.

—¿Cuál?

—El segundo.

—¡El número diecinueve! —le susurró Patience a Rowe.

—¿Seguro? ¿No se equivoca? —volvió a preguntar Thumm.

Barbey se lanzó hacia delante, y un aullido escapó de la oscura garganta de Villa. Durante un momento todos quedaron aturdidos, mirando a los dos hombres que peleaban. Luego el policía y Thumm los separaron.

—Por el amor de Dios —jadeó el inspector—, ¿se ha vuelto loco, Barbey? ¿Se puede saber por qué ha hecho eso?

Coburn consiguió sujetar al ladrón manteniéndose detrás de él y pasándole un brazo por debajo de la barbilla. Tuvo que apretar tres veces antes de que al hombre le dieran arcadas y aflojara la resistencia. Barbey atrapó la mano izquierda de Villa, apoderándose de su pálida muñeca.

—La sortija —dijo Barbey pesadamente—. La sortija.

Villa llevaba en el dedo meñique un curioso aro de platino, sobre el que se destacaba una pequeña herradura del mismo metal adornada con pequeños diamantes.

Villa se pasó la lengua por sus labios resecos.

—Muy bien —graznó—. Me han cogido. Yo era el tipo.

Segunda acusación

—¡Ah!, muy bien —dijo el inspector—. Coburn, suéltelo. Ahora hablará.

Villa miró a su alrededor con ojos desesperados. Todos le miraban con severidad. Inclinó la cabeza casi aburrido.

—Siéntate ahí, Joe, y tómatelo con calma —continuó Thumm haciéndole una seña al oficial.

Coburn empujó la silla contra las pantorrillas del hombre y éste se sentó pesadamente. Los otros rodearon la silla atentos y serios.

—Así que tú eras el pasajero número diecinueve, Joe —empezó a decir Thumm con voz indiferente.

Villa no dijo nada y se encogió de hombros.

—Le diste dinero a Barbey para que te permitiera juntarte al grupo, ¿eh? ¿Por qué? ¿Cuál era el juego?

Villa parpadeó y dijo con mucho cuidado:

—Estaba siguiendo una pista.

—Una pista —repitió el inspector—. Quieres decir que estabas siguiendo al hombre del sombrero azul, ¿no es así?

—¿Cómo diablos...?

Luego bajó los ojos y añadió:

—Sí.

Patience suspiró nerviosa; Rowe le apretó una mano para que no hablara.

—Muy bien, Joe. Pero tú también tienes interés en hablar.

—Conozco a ese tipo —graznó Villa—. Hace dos meses me dio cien dólares para que le hiciera un pequeño trabajo...

—¿Qué tipo de trabajo? —preguntó rápidamente el inspector.

Villa se movió inquieto en la silla.

—S... sólo un trabajo. Nada más.

Thumm sacudió bruscamente al ladrón por los hombros; Villa se quedó muy quieto.

—Tenga cuidado, ¿quiere? —lloriqueó—. Yo... ¿Me dejará en paz si se lo digo?

—Escupe, Joe.

Villa hundió el mentón en los pliegues de su flamante corbata y murmuro:

—Una casa. En la Quinta Avenida. Me dijo que entrara, mirara y birlara un libro...

La voz de barítono del señor Lane llegó claramente a los alejados oídos de Villa:

—¿Qué casa y qué libro?

—De Saxon la llaman. Y el libro... —Villa señaló a Rowe con un dedo sucio—. Ése lo ha dicho hace un momento. Jag... Jag...

—¿El Jaggard de 1599?

—Sí. Eso es.

—¡Entonces este hombre —gritó Patience— debe ser el que se introdujo en la Biblioteca Saxon y se llevó el Jaggard falso!

—Aparentemente sí —murmuró Gordon Rowe—. ¡Así que usted es el ladrón que yo perseguí aquella noche!

—Vayamos por partes —dijo el inspector—. Joe, ese pájaro del sombrero azul tiene un buen bigote también, ¿eh? Bueno, pues ese tipo te pagó hace más o menos dos meses, para que entraras en casa de Saxon en la Quinta Avenida y robaras un libro. Dinos el título, para que estemos seguros.

—Pues era algo de un peregrino. Una especie —dijo humedeciéndose los labios— de libro pornográfico.

Patience se echo a reír.

—*¡El peregrino apasionado!*

—Sí. Eso es.

—¿Y eso fue todo lo que te pidió que cogieras?

—Sí. Me dijo que entrara en la biblioteca y que buscara un libro que tenía una encuadernación de piel azul, y dijo que se llamaba *El peregrino apasionado,* por ese tipo, Shakespeare, y que dentro ponía que estaba impreso por ese Jag... Jaggard en 1599. Todo eso dijo.

—¿Y te dio cien dólares por hacer el trabajo?

—Es verdad, jefe.

—Así que lo cogiste y se lo llevaste al otro, ¿eh?

—Bueno —murmuró Villa—, primero le eché una ojeada, ¿sabe? ¡Un libro asqueroso! El tipo estaba nervioso y yo lo sabía. No quería un libro que no fuera piojoso, ¡no, señor! Hay algo en este libro, me dije. Así que le llevé enseguida aquella porquería. Pero no había nada. Sin embargo, no le estaba tomando el pelo a Joe Villa. Yo lo sabía. Por eso pensé que pasaba algo con ese libro. Por eso...

—Ya veo —dijo lentamente el inspector—. No pudiste encontrar nada en el libro, pero te figuraste que era lo bastante importante como para que un hombre te pagase cien dólares por robarlo. ¡Por eso seguiste al hombre del sombrero azul!

—Lo seguí por todas partes. Me dije a mí mismo: si lo sigo y mantengo los ojos bien abiertos a lo mejor doy con lo que el tipo está buscando. Luego, aquel día, cuando lo vi actuar tan extrañamente, y vi que untaba al encargado, aquí el chico de verde, me dije a mí mismo: «Joe —dije—, aquí hay algo». Así que hice lo mismo, y lo seguí durante todo el camino hasta aquí, y le vi romper el cristal de una de las vitrinas de esa sala...

—¡Ah —dijo Lane—, la verdad por fin! ¿Qué más vio?

—Sacó un libro de su bolsillo y lo puso en la vitrina en lugar del libro azul que había cogido. Entonces me dije a mí mismo: «Joe —dije—, tenías razón. Este libro es igual que el que robaste el otro día para este tipo», dije. Así que en cuanto terminó empecé a seguirlo, y me mezclé con los sabihondos y no lo vi durante un par de minutos, y luego cuando llegué fuera, ya no estaba. Así que volví con el grupo. Eso es todo, inspector. ¡Se lo juro por mi honor!

—Tú no tienes honor —dijo Thumm cordialmente—. Le seguiste, Joe. ¿Por qué mentir?

Villa bajó los ojos.

—Bueno, quizás volví a la guarida del pájaro después. Estuve rondando por allí, pero no vi nada. Por eso volví hoy aquí, para ver si me enteraba de qué diablos se trataba.

—¡Pobre necio! ¿Qué esperabas encontrar?

Resultaba patéticamente evidente que Villa, con su inteligencia de bestia y sus bajas artimañas, se había metido en una aventura cuyas implicaciones estaban fuera del alcance de su bajo nivel mental.

—Ahora escúchame, Joe —siguió diciendo el inspector—. Cuando perdiste la pista del hombre, ¿no te fijaste en un guardia especial que había aquí?

—Sí. Lo vi. Su cara me sonaba. No me vio.

—Era Donaghue, un ex policía. ¿No viste a Donaghue seguir a tu hombre?

—¡Puñetas! ¡Es verdad! Por eso no pude seguirle, ¿comprende? El detective tenía los ojos bien abiertos. Pero los perdí a los dos.

—¿Has vuelto a ver a Donaghue desde aquel día? —preguntó lentamente Lane.

—No.

—¿Cómo se le ocurrió al hombre del sombrero azul encargarte a ti el trabajo?

—Me... me buscó por la ciudad.

—Recomendado por los del gremio —dijo con sarcasmo el inspector—. ¡Por fin hemos dado con algo! Joe, ¿dónde se esconde? Le tuviste que entregar el libro en alguna parte, así que no me digas que no lo sabes.

—Me citó en el centro, jefe, se lo juro.

—Sí, pero ese día lo seguiste en autobús. ¿Dónde vive?

—Tiene una choza en donde termina la línea, inspector. Entre Irvington y Tarrytown.

—¿Sabes su nombre?

—Me dijo que se llamaba Ales.

—El doctor Ales, ¿eh? —dijo Thumm—. Lane, estamos de suerte. Todo encaja. Ales le encargó a esta rata que robara el libro en la casa de Saxon, vio que era una imitación, vino aquí en busca del auténtico, y evidentemente lo consiguió... Es el mismo pájaro que me dejó la nota, que visitó la casa de Saxon y que se largó con el papel de escribir de la biblioteca. ¡Estupendo!

Luego se volvió hacia Villa con una mirada feroz y añadió:

—¡Oye, tú! ¿Qué aspecto tiene ese doctor Ales? ¡Quiero una descripción condenadamente buena!

Villa se levantó súbitamente de la silla. Era como si hubiera estado aguardando aquel momento, como si desde el principio hubiera esperado aquella pregunta y se hubiera prestado a contestarla con una especie de alegría salvaje. Sus labios se abrieron en una fea sonrisa, descubriendo unos horrorosos dientes amarillos. Giró tan deprisa que Patience dejó escapar un ligero grito y el inspector se acercó a él precipitadamente. Pero Villa se limitó a extender el sucio dedo en el que brillaba el anillo de la herradura por encima de su hombro.

—¿Describirlo? —chilló—. ¡Será un placer! ¡Aquí está su doctor Ales! ¡Ese muchacho tan listo que está ahí!

Su mano señalaba al doctor Hamnet Sedlar.

Contradicciones

El doctor Alonso Choate abrió la boca, sus ojos se dilataron desmesuradamente y se quedó mirando a Joe Villa sin poder decir una palabra. El doctor Sedlar parpadeó un poco; luego palideció rápidamente y los músculos de la mandíbula se le contrajeron como el espinazo de un animal.

—Esto —empezó roncamente— me parece un poco grave.

Luego se encaró con Villa y gritó:

—¡Miente! ¡Eso no es verdad y usted lo sabe!

Los ojos de Villa centellearon.

—Bájate de ahí, Alteza. ¡Vaya si sé que eres el tipo que me pagó para que birlara el libro!

Durante un momento pareció como si el inglés estuviera a punto de atacar físicamente el rostro maligno y oscuro del italiano. A Lane, a Patience, a Rowe y al inspector, la acusación de Villa sólo les sorprendió a medias; y esperaron tranquilamente a que el drama se desarrollara sin su intervención. El doctor Choate se había quedado paralizado.

Finalmente el doctor Sedlar suspiró mientras la sangre volvía a sus flacas mejillas.

—Desde luego ésta es una acusación totalmente absurda —dijo sonriendo—. O este hombre está loco o miente deliberadamente.

Estudió los rostros que le rodeaban y su sonrisa se borró.

—¡Señor! —gritó—. ¿Es que le creen ustedes?

Villa soltó una risita; parecía muy seguro de sí mismo.

—Cierra la boca, rata —dijo el inspector—. Lo más divertido de todo esto, doctor Sedlar, es que ésta no es la primera vez que nos dicen que usted es el hombre que se hace llamar doctor Ales.

—Empiezo a pensar —dijo ofendido el doctor Sedlar— que todo esto forma parte de una conspiración. Doctor Choate, ¿qué sabe usted de esto?

El conservador se acarició la barba con una mano temblorosa.

—Bueno... la verdad es que no sé lo que pensar. Es la primera vez que oigo...

—¿Y quién es la otra persona que me ha acusado de ser —los ojos del doctor Sedlar centellearon— el doctor Ales?

—Crabbe, el bibliotecario de la señora Saxon. Dice que el 6 de mayo fue usted a casa de Saxon y se presentó como el doctor Ales.

—¿El 6 de mayo? —dijo arrogantemente el doctor Sedlar—. Ya ve que todo esto es absurdo, inspector. El 6 de mayo, como podrá comprobar enviando un cable a los directores del Museo Kensington, yo estaba en Londres. De hecho, el 7 de mayo asistí a un banquete de despedida ofrecido allí en mi honor.

Aunque el inspector sintió una profunda frustración, la disimuló con una mirada respetuosamente inquisitiva.

—Bueno, supongo que eso resuelve la cuestión. Por lo menos en lo que se refiere a Crabbe —sus ojos negros se iluminaron repentinamente—. Pero ¿qué me dice del día del robo del museo?

—¡Les digo que ése es el tipo! —gritó con rabia Villa.

—¡Maldito seas, Joe, cállate! —dijo ferozmente Thumm. ¿Y bien, doctor?

El inglés se encogió de hombros.

—Debo de ser estúpido, inspector. No entiendo esa pregunta. Estoy seguro de que sabe que el día que este... este ser entró en el Museo Británico, yo estaba en alta mar.

—Eso sería magnífico si fuera cierto. ¡Pero no lo es!

El doctor Choate se quedó sin aliento. El doctor Sedlar parpadeó por tercera vez y su monóculo cayó colgándole sobre el pecho.

—¿Qué quiere usted decir? —preguntó en voz baja.

—El doctor Ales robó la vitrina de los Jaggard en este lugar el 27 de mayo...

—¡Bah! —bufó el doctor Choate—. Me parece que esto ha ido ya demasiado lejos. Creo que está fuera de lugar el seguir presionando al doctor Sedlar de esta forma. El barco en el que vino de Inglaterra no entró en el puerto hasta las doce de la noche del 28 y no atracó hasta la mañana del 28. Ya ven que es imposible, ni siquiera en teoría, que sea el hombre que robó (le ruego que me excuse, doctor) el Jaggard de 1599.

El doctor Sedlar no dijo nada. Agradeció con una sonrisa la calurosa defensa del conservador y dirigió una interrogante mirada al inspector.

Thumm frunció el ceño.

—Eso es lo raro, doctor Choate —dijo el inspector—. Si eso fuera verdad, le daría una patada en el trasero a nuestro amigo Villa y lo olvidaría todo. Pero no lo es. ¡Porque el doctor Sedlar no vino en ese barco!

—¿Qué no vino en ese barco? —tartamudeó el conservador—. Doctor Sedlar, ¿qué... por qué...?

El inglés encorvó la espalda y una mirada cansada apareció en sus ojos. Pero siguió sin decir nada.

—Y bien, doctor Sedlar, ¿venía usted en ese barco? —preguntó tranquilamente Thumm.

El doctor Sedlar suspiró.

—Ahora veo cómo un hombre inocente puede verse complicado en una serie de circunstancias incriminatorias... No, doctor, como el inspector ha dicho, no vine en ese barco. Aunque no sé cómo lo ha sabido...

—Pedimos informes de usted. Dejó usted Inglaterra en el *Cynthia* el viernes 17 de mayo. Este barco atracó en Nueva York el miércoles 22 de mayo. Una semana antes de lo que usted pretendía. Endiabladamente sospechoso, ¿no cree?

—Eso veo —murmuró el inglés—. De lo más penoso, también. Sí, tienen razón, caballeros. Llegué a Nueva York una semana antes de lo que dije. Pero aun así, no veo...

—¿Cuál es su juego? ¿Por qué miente?

—Ésa es una palabra muy fea, inspector —dijo el doctor Sedlar sonriendo—. Veo que estoy en un aprieto.

Bruscamente se acercó a la mesa del doctor Choate y cruzó los brazos.

—Tienen derecho a una explicación. Sé que el doctor Choate me perdonará la mentira, pero lo cierto es que yo deseaba pasar una semana en Nueva York a mis anchas. Si hubiera anunciado mi llegada, me hubiera visto obligado a ponerme en contacto con el Museo Británico inmediatamente, no pudiendo cumplir mis deseos. Para evitar tediosas explicaciones, dije que había llegado una semana después de mi verdadera llegada.

—¿Para qué quería usted estar solo una semana en la ciudad?

—A eso, inspector —contestó el doctor Sedlar con una sonrisa cortés—, me temo que me niego a contestar. Se trata de un asunto puramente personal.

—¿Ah, sí? —dijo con voz sardónica Thumm—. Creí...

El señor Drury Lane dijo amablemente:

—Vamos, vamos, inspector, un hombre tiene derecho a cierta intimidad, ¿sabe? No creo que tenga objeto el seguir importunando al doctor Sedlar. Ha justificado un detalle curioso...

Joe Villa se puso en pie de un salto con el rostro convulsionado.

—¡Lo sabía! —chilló—. ¡Estaba seguro de que le creerían *a él*! Pero les digo que éste es el tipo que me pagó para que hiciera el trabajo de Saxon y el tipo que seguí hasta aquí aquel día. ¿Van a dejar que se vaya?

—Siéntate, Joe —dijo el inspector aburrido—. Muy bien, doctor; sólo le digo que a mí me sigue pareciendo raro.

Sedlar respondió ofendido:

—Estoy seguro de que tarde o temprano se dará cuenta de su equivocación. Cuando ese momento llegue espero que me presente sus excusas.

Volvió a encajarse el monóculo y miró glacialmente a Thumm.

—Me gustaría hacerle una pregunta —dijo Patience rompiendo el silencio con una voz encantadora—. Doctor Sedlar, ¿conoce usted al hombre que se hace llamar doctor Ales?

—Niña... —empezó a decir Lane.

—¡Oh, no se preocupe, señor! —dijo el inglés con una sonrisa—. La señorita Thumm tiene derecho a preguntar. No, no puedo decir que lo conozca, pero tengo la vaga idea de haber oído ese nombre...

—Solía escribir en *The Stratford Quarterly* —dijo súbitamente Rowe.

—¡Ah, seguramente por eso me resultaba familiar!

—Y ahora —interrumpió el conservador adelantándose nerviosamente—, terminemos con las acusaciones y las recriminaciones, inspector. Sugiero que olvidemos los disgustos de hoy. No veo de qué pueda servirnos el seguir hostigando a este hombre, Villa...

—No, no —convino cortésmente el doctor Sedlar—. No ha causado ningún perjuicio.

—Esperen un momento —objetó el policía Coburn—. Yo tengo que cumplir con mi deber, caballeros. Hay una acusación de intento de robo contra este hombre y no lo puedo dejar marchar. Y además acaba de confesar un atraco a la mansión de la señora Saxon...

—¡Cielo Santo! —dijo Patience con un suspiro a su joven acompañante—. Van a empezar a liarlo todo otra vez. La cabeza me da vueltas.

—Todo esto presenta aspectos particularmente sospechosos, querida —murmuró el joven—. ¡Está bien, Pat! Pero presiento que se nos escapa un detalle en todo este asunto, un elemento clarificador...

Joe Villa permaneció callado. Miraba a uno y otro lado con un destello siniestro en sus ojos.

—Bueno... —empezó a decir Thumm mostrando cierta vacilación.

Lane se le acercó y murmuró:

—Inspector —Thumm alzó la mirada hacia él—. Un momento, por favor.

El anciano caballero lo llevó aparte y durante un rato conferenciaron en voz baja. Thumm seguía pareciendo indeciso; luego se encogió de hombros y le hizo una seña a Coburn. El agente retiró la mano con la que sujetaba a Villa y se acercó majestuosamente a escuchar con expresión ceñuda la arisca voz del inspector.

Finalmente Coburn dijo:

—Bueno, muy bien, inspector, pero tengo que hacer mi informe de todas formas.

—Desde luego, yo lo arreglaré con su teniente.

Coburn saludó con la mano en la visera y salió pesadamente.

Joe Villa suspiró y se apoyó con alivio en la mesa. Thumm abandonó la habitación en busca de un teléfono, ignorando el instrumento que se hallaba sobre la mesa. El conservador se puso a hablar en voz baja con el doctor Sedlar. Drury Lane contempló soñadoramente un viejo grabado mordaz del retrato de Droeshout que adornaba una de las paredes del despacho del doctor Choate. En cuanto a Patience y Rowe, permanecieron muy juntos sin hablar, como si esperaran que algo ocurriera.

El inspector volvió a entrar.

—Villa —dijo con una voz tajante que hizo que el ladrón se volviera alarmado—. Ya eres mío. Vámonos.

—¿Adónde... adónde me lleva?

—Enseguida lo verás.

Los eruditos habían dejado de hablar y contemplaban a Thumm con ojos ansiosos y solemnes.

—¿Se queda usted, doctor Sedlar?

—¿Cómo dice? —murmuró atónito el inglés.

—Vamos a dar un corto paseo hasta la casa del doctor Ales —explicó el inspector con una sonrisa taimada—. Pensé que le gustaría acompañarnos.

—¡Eh...! —graznó Villa.

—Me temo que no le entiendo —dijo el doctor Sedlar frunciendo el ceño.

—El doctor Sedlar y yo tenemos mucho que hacer hoy —añadió el doctor Choate con frialdad.

—Claro, claro —dijo Lane disponiéndose a salir—. Inspector, por favor. Me estremece pensar lo que va a opinar el doctor Sedlar de nuestra hospitalidad americana después de este desagradable asunto. Por cierto, doctor, ¿dónde podemos localizarle en el caso de que le necesitáramos para algo... urgente?

—En el hotel Séneca, señor Lane.

—Gracias. Vamos, inspector. Patience, Gordon, supongo que no podremos librarnos de ustedes, ¿eh?

El anciano caballero dejó escapar una risita burlona.

—¡Ah, juventud curiosa e insaciable! —y sacudió tristemente la cabeza mientras se dirigía hacia la puerta.

La casa misteriosa

Siguiendo las instrucciones del acobardado italiano, Dromio se desvió de la carretera principal entre Irvington y Tarrytown, metiéndose con el Lincoln por otra más estrecha que más bien parecía un camino pedregoso bordeado de árboles. Del hormigón pasaron repentinamente a un paisaje fresco y silvestre. Los pájaros y los insectos agitaban las hojas de las ramas sobre ellos y a su alrededor. No había señales de vida humana por ninguna parte. El camino desigual se retorcía entre los árboles como si tuviera vida.

—¿Estás seguro de que es por aquí? —preguntó Thumm de mal humor.

—Tengo que saberlo, ¿no? —dijo cautamente Villa.

Siguieron a través de lo que parecía un bosque interminable, pálidos y silenciosos. ¡Por fin iban a ver al doctor Ales! Se sentían como si las perplejidades de las últimas semanas se hubieran aclarado, y escudriñaban a través de los árboles.

De pronto, sin transición, el follaje quedó atrás y se metieron por otro camino. Fue la primera bifurcación que encontraron después de dejar la carretera principal y recorrer kilómetro y medio. Era un camino que apareció a la izquierda en el que apenas cabía un coche. Serpenteaba entre la maleza polvorienta hacia lo que parecía una casa situada a unos cincuenta metros de allí. A través de los árboles divisaron un ruinoso tejado de dos aguas.

—Pueden parar aquí —graznó Villa—. Ésa es. ¿Puedo ahora...?

—Tú quédate sentado —dijo el inspector ceñudamente—. Tranquilo, muchacho —ordenó a Dromio, que había parado el motor del coche—. No queremos que lastimen a nadie. Quieto todo el mundo.

Dromio acercó el automóvil al estrecho borde del sendero manejándolo como si fuera una pluma. El coche se deslizó suavemente; el camino se ensanchaba un poco. Finalmente desembocaron en un pequeño claro frente a una vieja casa de madera que parecía la abuela de todas las casas viejas y descuidadas. Su pintura, sin duda blanca alguna vez, tenía ahora un tono amarillento y gris sucio; había sido arrancada en diversos sitios de las paredes, lo que daba al edificio el desagradable aspecto de una patata medio mondada. Había un pequeño porche en la fachada y los escalones de madera que conducían a él estaban atrozmente combados. Todas las ventanas visibles estaban herméticamente cerradas y parecían bastante sólidas. Los árboles de los lados llegaban hasta las paredes. A la izquierda de la casa había una vieja leñera medio derruida. A menos de diez pasos había una pequeña y desmantelada construcción de una sola planta que aparentemente servía de garaje; su doble puerta estaba cerrada. Los cables de la electricidad y del teléfono salían de la casa para perderse misteriosamente en el bosque que había detrás.

—¡Qué ruina tan encantadora! —exclamó Patience.

—¡Chitón! —dijo el inspector con vehemencia—. Muy bien, Dromio. Ustedes quédense aquí mientras yo voy a hacer una pequeña excursión por los alrededores. Nada de tonterías, Joe. Si te portas bien, tendrás un premio.

Salió rápidamente del coche, cruzó el claro y con una inesperada agilidad en un hombre de su corpulencia, subió los escalones del porche. La puerta era sólida, aunque sufría la misma necesidad de pintura que afligía a los muros. Junto a ella se veía el botón de un timbre. Thumm lo ignoró, deslizándose por el porche e intentando atisbar algo por una de las ventanas. Pero la persiana estaba echada. Bajó silenciosamente los escalones y desapareció por el lado izquierdo de la casa. Al cabo de tres minutos apareció por la derecha, haciéndoles señas con la cabeza.

—Este maldito lugar parece desierto. Bueno, vamos a ver.

Volvió a subir al porche y apretó el botón del timbre. Al instante —tan rápidamente que debía de haber estado observándolos a través de algún orificio— un hombre abrió la puerta. Se oyó el sonido de una campanilla: en la parte superior de la puerta, atado a un resorte, había un anticuado aparato que se agitaba y tintineaba al menor movimiento de la puerta. El hombre era alto y flaco; se le notaba encogido bajo su traje oscuro, y su rostro arrugado como una pasa estaba lívido. Sus apagados ojos grises se posaron un segundo en el inspector. Luego dirigió su mirada hacia el coche, deslumbrado por el sol, y volvió a mirar a Thumm.

—¿Dígame, señor? —dijo con una voz estridente—. ¿Qué desea?

—¿Vive en esta casa el doctor Ales?

El viejo movió la cabeza ansiosamente; pareció animarse momentáneamente. Sonrió y restregó los pies contra el suelo.

—¡Oh, sí, señor! ¿Entonces usted sabe algo de él? Empezaba a preocuparme...

—¡Oh —dijo el inspector—, ya veo! Espere un minuto.

Se acercó al borde del porche y gritó con voz destemplada:

—Mejor será que vengan, amigos. Tengo la impresión de que la sesión será larga.

El flaco viejo los condujo a través de un vestíbulo estrecho a un salón pequeño. El interior de la casa era oscuro y frío. El salón estaba amueblado con viejos muebles sólidos. Las alfombras eran viejas y las cortinas más viejas aún. Un olor a moho, frío y rancio como el de una cripta, les invadió. El viejo se apresuró a abrir las persianas y a correr las cortinas. Vista a la luz del día la habitación presentaba un aspecto andrajoso y repulsivo.

—Lo primero que queremos saber —empezó a decir el inspector— es quién es usted.

El viejo sonrió alegremente.

—Me llamo Maxwell, señor. Trabajo para el doctor Ales. Me ocupo de la casa. Cocino, limpio, corto leña, hago la compra en Tarrytown...

—Se encarga de todo, ¿eh? ¿Es usted el único sirviente?

—Sí, señor.

—¿Dice usted que el señor Ales no está en casa?

La sonrisa de Maxwell se transformó en una expresión de alarma.

—Pero yo pensé... ¿No lo sabían ustedes? Creí que tendrían noticias de él.

—¡Lo que nos faltaba! —suspiró Patience—. ¡Maldita sea! Tenía usted razón, señor Lane. Algo le ha ocurrido.

—¡Silencio, Patty! —dijo su padre—. Maxwell, estamos buscando información y tenemos que localizar a su patrón. ¿Cuándo...?

La sospecha nubló los ojos opacos de Maxwell.

—¿Quiénes son ustedes?

El inspector exhibió una placa brillante. No la había vuelto a usar después de su retiro. Pero esta vez lo hizo como en tantas otras ocasiones en que se le había pedido que demostrara su autoridad judicial. Maxwell se echó hacia atrás.

—¡La policía!

—Sólo tiene que contestar a mis preguntas —dijo Thumm austeramente—. ¿Cuándo estuvo el doctor Ales en casa por última vez?

—Me alegro de que haya venido, señor —murmuró Maxwell—. He estado muy inquieto. No sabía qué hacer. El doctor Ales viajaba a menudo. Pero es la primera vez que está fuera tanto tiempo.

—Bueno, por el amor de Dios, ¿cuánto tiempo ha estado ausente?

—Déjeme ver. Hoy es 22 de junio. Aproximadamente tres semanas, señor. Era el 27 de mayo; sí, señor, el 27 de mayo, un lunes, fue cuando el doctor Ales se marchó.

—El día del famoso asunto del museo —murmuró Thumm.

—¿No les dije? —gritó Joe Villa.

Drury Lane dio unos pasos por el salón observándolo atentamente; Maxwell lo miraba con ansiedad.

—¿Por qué —dijo lentamente—, por qué no nos cuenta lo que pasó aquí el 27, Maxwell? Tengo la impresión de que debe de tratarse de algo interesante.

—Bueno, el doctor Ales se fue de casa por la mañana temprano, señor, y no volvió hasta que ya había oscurecido. Él...

—¿Qué aspecto tenía? —preguntó con curiosidad Rowe—. ¿Parecía excitado?

—¡Eso es, señor! Excitado. Y eso que es una persona muy fría y nunca muestra sus... sus... ya sabe lo que quiero decir, señor.

—¿Vio usted si traía algo cuando volvió? —dijo Rowe con los ojos resplandecientes.

—Sí, señor. Un libro, me pareció. Pero como se había ido con el mismo libro por la mañana...

—¿Cómo sabe que era el mismo?

—Bueno, parecía el mismo —dijo Maxwell rascándose la barbilla.

—Todo encaja admirablemente —dijo el anciano caballero lentamente—. Se fue el lunes por la mañana con el Jaggard de 1606, y volvió con el Jaggard de 1599 que se había llevado del Museo Británico después de haber dejado el de 1606 en su lugar. Bueno... Siga, Maxwell. ¿Y entonces?

—Pues en cuanto llegó, el doctor Ales me dijo que no quería que me quedara en casa esa noche. Tenía la noche libre, me dijo. Así que, como le había dejado la cena preparada, me fui. Anduve por el sendero hasta la carretera principal y cogí un autobús para ir a Tarrytown. Vivo en Tarrytown, tengo amigos allí.

—¿Y eso es todo lo que sabe? —gruñó Thumm.

El hombre pareció abatido.

—Bueno, yo... ¡Oh, sí, señor! Antes de que me fuera me dijo que me iba a dejar un paquete en el vestíbulo para que lo enviase a la mañana siguiente pero no por correo, dijo que cuando volviera el martes por la mañana debía llevar el paquete a Tarrytown y enviarlo con un recadero, dijo. Cuando volví el martes por la mañana, el doctor Ales no estaba, pero el paquete sí, así que lo llevé a Tarrytown y le encargué a un muchacho que lo llevara.

—¿Qué clase de paquete era? —preguntó con voz aguda Lane.

—Pues, un paquete. Plano, diría yo... —contestó Maxwell con expresión de perplejidad.

—¿Podría haber contenido un libro?

—¡Eso es! Esa forma tenía, señor.

—Debe de haber sido un libro.

—Aclaremos una cosa, antes de nada —gruñó el inspector—. Cuando Ales volvió el lunes por la noche, ¿vino solo? ¿Había alguien rondando fuera?

—Vino solo.

—¿No vio usted a un irlandés robusto, de mediana edad y piel rojiza por los alrededores?

—No, señor.

—¡Qué raro! ¿Qué demonios le pudo pasar a ese maldito Mick?

—No olvides, padre —dijo Patience—, que Maxwell salió poco después de que el doctor Ales llegara a casa. Es posible que Donaghue se escondiera fuera detrás de unos arbustos, viese a Maxwell cuando se iba y entonces...

—¿Entonces qué?

—Daría oro por saberlo —dijo Patience suspirando.

—¿Se fijo usted en la dirección del paquete? —preguntó el joven Rowe.

—¡Oh, sí, señor! Este caballero —Maxwell inclinó su cabeza gris hacia Lane— ha mencionado el lugar hace un minuto. Museo Británico, Quinta Avenida y Calle 65, Nueva York.

—¿Envuelto en papel de embalar marrón y con la dirección escrita con tinta azul?

—Sí, señor.

—Bueno —dijo Thumm—, esto aclara bastantes cosas a pesar de todo. Ya no nos cabe la menor duda de que el hombre del sombrero azul era Ales; robó el libro, dejó el 1606 en su lugar, y al día siguiente devolvió el 1599 por medio de un recadero.

—Eso está en el saco —dijo Villa con una mueca de regocijo.

—Sí, sí —murmuró Lane; su frente se había llenado de arrugas—. Por cierto, Maxwell, ¿recuerda usted haber mandado por correo un paquete similar hace aproximadamente dos meses?

La alusión al robo había inquietado a Maxwell.

—E... espero —dijo nerviosamente— no haber hecho nada malo. Yo no sabía... El doctor Ales parecía un caballero... Sí, señor. Mandé una vez por correo un paquete parecido a ése. Estaba dirigido a un señor Crabbe, me parece, a casa de unos señores Saxon en la Quinta Avenida...

—Nada se le escapa, ¿eh? —dijo secamente el inspector—. Bueno, Joe, tienes la suerte del diablo. Todo encaja.

—Es admirable —murmuró el joven Rowe—. Todo parece girar alrededor del tal doctor Ales. No sólo ha sido el *deus ex machina* de los acontecimientos, sino que parece también haber inspirado la incursión nocturna en la Biblioteca Saxon. ¿Qué demonios había en ese libro?

Joe Villa encorvó la espalda, mientras sus ojillos negros brillaban. Entonces vio que el inspector le estaba mirando e intentó mostrarse indiferente.

—Si sabes lo que te conviene, Joe, dejarás de meter las narices en esto —dijo dulcemente el inspector—. Ahora escuche, Maxwell. ¿Cuánto tiempo lleva usted trabajando con el doctor Ales?

Maxwell se humedeció los labios.

—Pues sólo tres meses. Llegó a Tarrytown hacia finales de marzo, y puso un anuncio en el *Tarrytown Times* en el que solicitaba un hombre para todo. Me presenté y conseguí el trabajo. Sé cuándo llegó porque Jim Browning, el encargado del alquiler de esta casa en Tarrytown, es un conocido mío y me lo contó. El doctor Ales tomó esta casa y pagó seis meses de alquiler por adelantado. No hubo contrato, preguntas ni sugerencias. Como se hacen las cosas hoy en día, dijo Jim... Así que nos instalamos aquí y eso es todo. Él... él siempre ha sido muy amable conmigo.

—No hubo preguntas, ¿eh? —dijo Patience con una mueca—. ¡Qué romántico! Finalmente descubriremos que es el príncipe Fidelio de Zuringia, que ha venido a los Estados Unidos de incógnito a correrse una juerga. Dígame, Maxwell, ¿recibía muchas visitas su encantador patrón?

—¡Oh, no, señorita! Nadie... No, no es verdad. Una vez vino alguien.

—¡Ah! —dijo suavemente Lane—. ¿Cuándo?

Maxwell frunció el ceño.

—Una semana antes de que se marchara... No recuerdo el día exacto. Era un hombre, pero iba muy arropado y, como era de noche, no pude ver muy bien su rostro. No quiso dar su nombre e insistió en ver al doctor Ales. Cuando le dije que había un caballero en el vestíbulo que quería verle, el doctor Ales se puso muy excitado y al principio no quiso recibirlo. Pero luego lo recibió y se metieron aquí, en el salón, donde se quedaron un rato. Luego salió, dejando al caballero en la salita, y me dijo... (me pareció que estaba muy nervioso) que podía salir esa noche. Lo hice, y cuando volví a la mañana siguiente el caballero ya no estaba.

—¿Ales no se refirió a ese hombre, Maxwell? ¿No le dijo nada de él después?

—¿A mí, señor? —Maxwell soltó una risita—. No, señor. Ni una sola palabra.

—¿Quién diablos pudo ser? —murmuró el inspector—. ¿No sería este tipo, eh, Maxwell?

Y al decir esto dio una fuerte palmada en la espalda de Villa.

Maxwell lo miró y luego soltó una larga carcajada.

—¡Oh, no, señor! Este caballero no habla como *aquel* caballero. El otro hablaba como el doctor Ales. Quiero decir... como los actores.

—¡Un actor! —el señor Drury Lane lo miró fijamente. Luego se rió estrepitosamente—. ¡Claro! Esto es lo que usted pensaría.

Siguió riéndose y luego añadió:

—Usted quiere decir que era un inglés, ¿no es eso?

—Un inglés... ¡Eso es, señor! —gritó Maxwell muy excitado—. Los dos lo eran.

—¡Qué extraño! —murmuró Patience—. ¿Quién pudo haber sido?

El señor Gordon Rowe frunció las cejas.

—Intente recordar, buen hombre. La tarde del 27, cuando Ales le mandó a casa, ¿no le dijo nada de que pensara irse?

—Ni una sola palabra, señor.

—Y a la mañana siguiente, cuando volvió usted y encontró el paquete, pero no a Ales, ¿no le había dejado ni siquiera una nota para explicarle adónde había ido, o algo por el estilo?

—No, señor. Al principio no pensé mucho en ello, señor, pero cuando los días pasaron y no volvió...

—Por eso —comentó el anciano caballero—, no encontró usted nada en las listas de personas desaparecidas que el capitán Grayson le entregó, inspector. Si Maxwell hubiera denunciado la desaparición del doctor Ales cuando ocurrió, hubiera tenido una posibilidad de buscarlo. ¡Mala suerte! Puede que ahora sea demasiado tarde.

—¿El doctor Ales ha... desaparecido?

—Aparentemente.

—Entonces, ¿qué voy a hacer? —el viejo se retorció las manos—. Esta casa y todos los muebles...

—¡Ah, sí! —dijo Thumm—, los muebles. ¿Estaba amueblada la casa cuando la alquiló el doctor Ales?

—No, señor. Lo compró todo de segunda mano en Tarrytown...

—Eso no va con un tipo que tira los billetes de cien dólares —murmuró Thumm—. Está claro que no pensaba quedarse aquí toda la vida.

Sus ojos grises miraron astutamente a Maxwell.

—¿Qué aspecto tiene? Quizás podamos obtener una buena descripción suya.

—Pues... es alto y muy delgado —Maxwell se rascó la barbilla—. Tengo una foto de él, señor; soy aficionado a la fotografía y se la saqué un día sin que él se diera cuenta...

—¡Santo Cielo! —gritó Rowe—. ¡Una foto!

Se levantó de un salto de la silla de crin en la que había estado incómodamente sentado.

—¡Enséñenosla enseguida, hombre, por el amor de Dios!

Se miraron unos a otros mientras Maxwell se dirigía hacia el fondo de la casa. El olor a moho pareció acrecentarse; Villa encendió un cigarrillo. Lane paseaba tranquilamente por la habitación con las manos detrás de la espalda.

—Una instantánea —murmuró Patience—. Por fin vamos a dilucidar de una vez por todas este problema exasperante...

El flaco sirviente volvió a entrar apresuradamente, llevando una pequeña fotografía. Thumm se la arrebató y la acercó a la lámpara. Le echó una mirada devoradora y maldijo asombrado. Los otros lo rodearon.

—¡Para que vean! —chilló Villa—. ¿Qué les dije?

La fotografía era la de un hombre maduro, alto y delgado que llevaba una chaqueta oscura de corte poco corriente. La imagen era clara y estaba bien enfocada.

Era indudable que, a pesar de la ausencia del monóculo, el hombre de la fotografía era el doctor Hamnet Sedlar.

—Eso me deja fuera —dijo con complacencia Villa, y fumó su cigarrillo con una alegría diabólica.

—Sucio demonio asqueroso —dijo Gordon Rowe con voz apasionada; y su mandíbula se endureció—. ¡Así que estaba mintiendo! Le haré pagar a ese asesino la bala que me metió en el brazo aunque sea lo último...

—Vamos, vamos —murmuró Lane—. No deje que sus emociones le arrastren, Gordon. No tenemos ninguna prueba contra el doctor Sedlar, recuérdelo.

—Pero, señor Lane —gritó Patience—, ¡no puede negar la evidencia de esta foto!

—Sólo nos queda una cosa por hacer —murmuró el inspector—. Ponerle las esposas y conseguir que nos diga la verdad.

—¿Coaccionar a un ciudadano inglés, inspector? —preguntó secamente el anciano caballero—. Les pido a todos otra vez que hagan el favor de controlarse. Hay demasiadas cosas en este asunto que desafían totalmente una explicación racional. Si mi opinión tiene algún peso, procederán ustedes con mucho cuidado.

—Pero...

—De todas formas —continuó Lane tranquilamente—, todavía tenemos trabajo aquí. Sugiero que revisemos la casa muy escrupulosamente. Es posible que encontremos algo.

Luego dejó escapar una risita burlona; Maxwell miraba con la boca abierta a unos y a otros, completamente confundido.

—Como dijo Bedford en Orleans: «Los huéspedes no invitados son a menudo más apreciados cuando se han ido». Otra perla de nuestra ostra, Gordon... Así que condúzcanos, Maxwell, y le aliviaremos de nuestra onerosa presencia con la mayor rapidez.

Una barba y un anagrama

El viejo Maxwell echó a andar arrastrando los pies delante de ellos por el pequeño vestíbulo maloliente, torció a la derecha y enseguida a la izquierda, pasando por delante del peldaño más bajo de una decrépita escalera de madera, mal alfombrada, que parecía conducir a los dormitorios del primer piso. Descendió dos escalones de piedra y se paró delante de una enorme puerta de caoba. La puerta estaba cerrada. La abrió y pasó al otro lado.

—El doctor Ales tiene la costumbre de trabajar en esta habitación.

Era un despacho amplio cubierto de paneles de caoba desde el suelo hasta el techo, en los que se alineaban anaqueles de biblioteca, la mayor parte de ellos vacíos. Sólo unos cuantos de los estantes más bajos contenían libros, una pequeña cantidad de volúmenes raros.

—Por la apariencia de esta biblioteca —observó Gordon Rowe—, parece que sólo tuvo la intención de utilizar esta casa como escondrijo.

—Es cierto —dijo Lane.

El techo era bajo y una espantosa araña de cristal coloreado colgaba sobre la estropeada mesa que había en el centro del despacho. En la pared situada frente a la puerta había una chimenea con una repisa de caoba hecha con un solo tablón de madera muy gruesa; en la oscura parrilla quedaban unos residuos de leña chamuscada y cenizas. Sobre la mesa había una vieja pluma y un bote de tinta china, una poderosa lupa, y un montón de fragmentos de algo agrupados en lo que parecía un plato.

El inspector y Patience lanzaron una exclamación al mismo tiempo y se abalanzaron sobre la mesa.

—¿Qué pasa? —gritó Rowe adelantándose.

Sobre la mesa había un cenicero, una pieza barata de porcelana adornada con un dibujo que representaba a una jovial sirena nadando entre unos delfines pequeños y horrorosos. En el centro del cenicero había unos trozos de arcilla blanca grisácea. Y mezclados con ellos aparecían restos de tabaco seco.

—Parecen los restos de una pipa de arcilla —dijo Rowe con aire confuso—. ¿A qué vienen estas emociones?

—Donaghue —murmuró el inspector.

Los azules ojos de Patience brillaron.

—¡Es evidente! —gritó—. Gordon, Donaghue fumaba en una pipa de arcilla. Sabemos que debió seguir al doctor Ales aquel día desde el museo. Esto prácticamente prueba que estuvo aquí.

—Maxwell —dijo roncamente el inspector—, creí que ningún irlandés fornido había estado en esta casa recientemente. Entonces, ¿cómo llegó esta pipa hasta aquí?

—No lo sé, señor. No he estado en esta habitación desde un día después de que el doctor se marchara. Vi los pedazos en el suelo enfrente de la mesa aquella mañana antes de llevarme el paquete, los recogí y los coloqué en el cenicero con la ceniza y el tabaco.

Lane suspiró.

—¿No se fijó usted en esos fragmentos la noche antes, cuando el doctor le dijo que se podía marchar?

—No estaban ahí cuando me fui. Estoy seguro.

—¿Fumaba el doctor Ales en pipa de arcilla?

—El doctor Ales no fumaba. Encontramos el cenicero entre unos trastos viejos que había en la leñera cuando llegamos aquí —Maxwell parpadeó y añadió con voz temblorosa—: yo tampoco fumo.

—Entonces creo, inspector —observó el anciano caballero con una nota de cansancio en la voz—, que podemos reconstruir los acontecimientos con un cierto grado de seguridad. Después de que Ales hubiese despedido a Maxwell la noche del 27, Donaghue, que había seguido a Ales desde la ciudad y que se había escondido fuera entre la maleza, entró en la casa. Estuvo en esta habitación con el doctor Ales; de eso podemos estar seguros. Lo que ocurrió después sólo puede ser una conjetura.

—Ésa es una palabra estupenda —dijo Thumm con un bostezo—. Veamos el resto de esta guarida.

Subieron la crujiente escalera y salieron a un estrecho pasillo en el que se destacaban una serie de puertas. Dos de las habitaciones estaban vacías y llenas de telarañas; aparentemente Maxwell no tenía un excesivo sentido de la limpieza. Otra era la habitación de Maxwell, y no contenía nada excepto una cama de hierro, una palangana anticuada, una silla y una cómoda sacada del sótano de un establecimiento de segunda mano. La cuarta era la habitación del doctor Ales: un cuarto pequeño, no demasiado limpio y tan pobremente amueblado como el de Maxwell, aunque aquí se había hecho un mayor esfuerzo para desterrar el polvo. La vieja cama, un estropeado pero sólido mueble de nogal, estaba perfectamente hecha.

Patience examinó la ropa de la cama con ojo femenino.

—¿La cubrió usted? —preguntó severamente.

—Sí, señorita. La última vez —Maxwell tragó saliva—, la mañana del 27.

—¿Ah, sí? —murmuró Lane—. ¿Cómo es eso? Cuando volvió usted la mañana del 28 y se encontró con el paquete y con que el doctor Ales se había marchado, ¿no encontró también la cama deshecha?

—No, señor. Por eso supuse que el doctor Ales se había marchado la noche antes, la misma noche que me mandó a Tarrytown. Porque el martes por la mañana vi que no había dormido en su cama.

—¿Por qué diablos no dijo usted eso antes? —gritó Thumm—. Eso es importante. Eso quiere decir que lo que ocurrió aquí, ocurrió antes de que el doctor Ales decidiera acostarse. Quiero decir... antes de que Sedlar se acostase.

—Vamos, vamos, inspector —dijo sonriente el anciano caballero—. No empecemos a embarullarlo todo otra vez. Por el momento, me gustaría que nos siguiéramos refiriendo al desaparecido inquilino de este edificio como al doctor Ales... doctor Ales.

Volvió a sonreír, pero esta vez con una expresión extraña.

—Un nombre raro, ¿eh? ¿No le ha chocado a ninguno de ustedes lo raro que es? ¿Recuerdan cómo lo vimos escrito en la tarjeta de visita la primera vez? Dr. Ales.

Gordon Rowe, que estaba revolviendo en un armario, se enderezó.

—A mí sí me chocó lo raro que era —dijo tajantemente—, y si lo que se esconde tras ese hombre tiene algún sentido, su rareza le da la razón al inspector y se la quita a usted, señor Lane.

—¡Ah!, Gordon —dijo Lane con la misma sonrisa extraña—. Debería haber sabido que esto no escaparía a su olfato de terrier.

—¿De qué están hablando? —gritó Patience.

—¿Escapar qué? —rugió el inspector, enrojeciendo de exasperación.

Joe Villa se dejó caer con disgusto en una silla, como si las ridiculeces de aquellos maníacos estuvieran a punto de hacerle llorar de aburrimiento. Maxwell, la imagen de la idiotez, los miraba fijamente con la boca medio abierta.

—El caso es —dijo bruscamente Rowe— que Dr. Ales está compuesto por seis letras muy particulares. Piénselo.

—¿Letras? —repitió Patience perpleja—. A-l-e-s... Ay, Gordon, soy tan estúpida.

—¿Ah, sí? —dijo el inspector entre dientes—. A-l-e-s...

—Ales no —dijo Lane—. D-r-a-l-e-s.

—¿Drales? —dijo Patience frunciendo el ceño.

Rowe lanzó a Lane una extraña mirada.

—¡Así que lo *había* visto! —dijo—. Patience, ¿no comprendes que las letras del nombre del Dr. Ales, componen un anagrama perfectamente maravilloso?

Los ojos de Patience se abrieron desmesuradamente y ella palideció un poco. Pronunció un nombre sin que ningún sonido saliera de su garganta.

—Exactamente. ¡Las letras de «Dr. Ales» son las mismas, cambiadas de orden, que el apellido «Sedlar»!

—¡Qué gran verdad! —murmuró el anciano caballero.

Durante un momento, todos permanecieron en silencio. Luego Rowe volvió tranquilamente su atención al armario.

—¡Vaya! —exclamó el inspector—. ¡No es usted tan estúpido después de todo, jovenzuelo! Bueno, Lane, *esto* sí que no lo puede dejar a un lado.

—Quizás no haga falta dejarlo a un lado —dijo sonriendo Lane—. No, estoy de acuerdo con Gordon en que el anagrama «Dr. Ales» es demasiado afortunado para ser una mera coincidencia. Indudablemente forma parte de un plan. Pero ¿qué plan, de dónde proviene, con qué objeto?... —se encogió de hombros—. He aprendido una cosa desde que empecé a estudiar los caprichos de la mente humana. Y es a no anticiparme en las conclusiones.

—Bueno, pues yo estoy dispuesto a anticiparme en ésta —empezó a decir el inspector, cuando fue interrumpido por un gruñido de satisfacción del joven Rowe.

Salió de espaldas del armario murmurándose algo a sí mismo. Luego se volvió rápidamente escondiendo su brazo sano.

—Adivinen lo que he encontrado —dijo con una sonrisa—. ¡Doctor Ales, muchacho, eres un Maquiavelo venido a menos y ligeramente enmohecido!

—¡Gordon! ¿Qué has encontrado? —exclamó Patience, acercándose rápidamente a él.

Rowe la apartó con el brazo vendado.

—No, no, joven dama, haz honor a tu nombre.

Bruscamente su sonrisa desapareció.

—Esto debería interesarle, señor Lane —dijo adelantando su brazo sano.

Entre sus dedos colgaba una barba verde y azul, de factura impecable. Era, sin duda alguna, la extraordinaria barba con la que el cliente del inspector Thumm se había presentado en la Agencia de Detectives Thumm el día de su memorable visita, el 6 de mayo. Antes de que pudieran recuperarse de su estupefacción, Rowe se volvió y hurgó otra vez en el armario. Sacó sucesivamente tres objetos más... un sombrero de fieltro de peculiar color azul, un par de gafas oscuras azules y un frondoso bigote gris.

—Hoy es mi día de suerte —dijo el joven riéndose—. Bueno, ¿qué piensan de estas pequeñas muestras?

—¡Que me condenen! —dijo el inspector con resentida admiración.

—¡Oh, Gordon!

Lane le quitó de las manos a Rowe la barba, las gafas, el bigote y el sombrero.

—Supongo que no existe la menor duda —murmuró— de que son la misma barba y las mismas gafas.

—Escuche —gruñó Thumm—. No puede haber dos pelambreras como ésta en el mundo. ¿Puede usted imaginarse a un hombre cuerdo *llevando* una cosa así?

—Desde luego —dijo Lane sonriendo—. En determinadas circunstancias muy particulares. Maxwell, ¿había visto usted esto antes?

El criado, que había estado contemplando la barba fascinado y horrorizado, movió la cabeza.

—Nunca lo había visto, señor, salvo en esta ocasión.

El anciano caballero dejó escapar un gruñido.

—El sombrero... Villa, ¿es éste el sombrero que llevaba el doctor Ales el día que lo siguió usted el museo? ¿Y el bigote?

—Desde luego que sí. Ya les dije que el tipo estaba metido en el asunto. Les dije...

—Una prueba tangible —dijo Lane pensativo—. No hay duda, inspector, de que el hombre que le dejó el sobre el 6 de mayo, y el que robó en el Museo Británico el 27 de mayo, son el mismo. A la vista de esto...

—A la vista de esto —dijo el inspector con salvaje ferocidad—, el caso está claro. Esta prueba, el testimonio de Crabbe y de Villa y la fotografía no bastan. ¡Porque Sedlar no tiene nada que ver con este asunto!

—¿No? Inspector, me asombra usted. ¿Qué quiere decir?

—Pero hay un Sedlar —objetó Rowe mientras Patience miraba a su padre con el ceño fruncido.

—He dado con la solución de una parte del misterio. Es tan sencillo como hacer un pastel. El hombre que se presentó en el museo como el nuevo conservador, el doctor Sedlar, no es el doctor Sedlar. ¡Es el doctor Ales, quienquiera que sea *éste*! Pero les apuesto un beso en las mejillas a que el doctor Ales se las arregló para quitar de en medio a Sedlar cuando éste llegó a Nueva York y antes de que el inglés pudiera presentarse en su nuevo trabajo. Luego tomó el lugar de Sedlar (aprovechando quizás un cierto parecido; todos esos ingleses se parecen) y finalmente empezó a representar su comedia. Les digo que su escurridizo doctor Ales no solamente es un ladrón, sino también un asesino.

—La cuestión, me parece a mí —observó Rowe—, es: ¿Quién es el doctor Ales?

—Puede usted comprobar su teoría fácilmente, inspector —dijo Lane guiñando un ojo—. No tiene más que enviar un cable a su amigo Trench de Scotland Yard y pedirle que le envíe una fotografía de Hamnet Sedlar.

—¡Es una idea! —gritó Patience.

—Piénselo antes, no estoy seguro... —empezó a decir Lane.

El inspector Thumm, que había estado torturando su labio inferior durante este interludio, enrojeció súbitamente hasta ponerse escarlata y dejó caer los brazos.

—¡A la porra! —rugió—. No quiero saber nada más de este maldito caso. No quiero perder más tiempo en él. Estoy hasta la coronilla. Me preocupa tanto que no me deja dormir por las noches. Que se vaya al diablo. ¡Vámonos, Patty!

—Y yo, ¿qué tengo que hacer? —preguntó Maxwell con una voz desamparada—. Tengo algún dinero que el doctor Ales me ha dejado, pero si no vuelve...

—Olvídelo, hombre. Cierre esta barraca y váyase a casa. Patty...

—No —murmuró Drury Lane—. No, inspector, creo que es mejor que no se vaya. Maxwell, me parece que sería una excelente idea que se quedara usted aquí, exactamente como si nada hubiera ocurrido.

—¿Sí, señor? —dijo Maxwell rascándose sus blandas mejillas.

—Y si el doctor Ales volviera, lo que no está completamente fuera de lo posible, estoy seguro de que al inspector le encantaría saberlo.

—Sí, señor —dijo Maxwell con un suspiro.

—Que me aspen si... —gruñó el inspector.

—Vamos, viejo gruñón —dijo Lane sonriendo—, dele a Maxwell una de sus tarjetas... ¡Eso está mejor!

Enlazó su brazo con el de Thumm y se volvió.

—No lo olvide, Maxwell. ¡Llame en cuanto el doctor Ales aparezca!

Peligro en Westchester

Y de pronto, como si la mala suerte le hubiera caído encima, la investigación quedó estancada. Durante toda una semana nada ocurrió, ningún dato nuevo llegó a sus manos y, lo que era peor, a nadie pareció importarle gran cosa.

El inspector cumplió con su palabra y abandonó el caso definitivamente. Su investigación del robo de joyas —un caso sensacional en el que estaban implicados un valioso collar de perlas y un atraco a una voluptuosa *demimondaine,* cuyo nido se escondía cerca de las nubes de Park Avenue— acaparó toda su atención; raramente aparecía por su despacho y cuando lo hacía sólo permanecía el poco tiempo que necesitaba para echar un vistazo al correo. La Agencia de Detectives Thumm, exceptuando alguna visita ocasional de Patience, quedó encomendada a los llorosos cuidados de la señorita Brodie.

En cuanto a Patience, se le había despertado una súbita pasión por aprender. Vagaba por el Museo Británico, con la muda aprobación de los caballeros que, subidos en escaleras, seguían dedicados a la renovación arquitectónica del triste y estropeado edificio; ella y el joven Rowe presentaban todos los signos externos de dedicarse a una aplicada investigación sobre Shakespeare. El bardo, era de temer, no reveló demasiados secretos mientras duró esta colaboración. Las conversaciones sobre el enigmático doctor Sedlar y sobre ellos mismos no ayudaron gran cosa al progreso de la labor de Rowe.

Pero el que parecía menos interesado era el señor Lane. Se encerró en su inexpugnable fortaleza y durante nueve días mantuvo un silencio monástico.

Sólo acontecimientos insignificantes interrumpieron esta quietud. Por ejemplo, durante la semana llegaron dos cartas al despacho del inspector directamente relacionadas con la abandonada investigación. Una era del doctor Leo Schilling, jefe del Departamento de Medicina Forense del Distrito de Nueva York, el terror de los asesinos de Manhattan. Como símbolo químico, escribía el eminente experto, los caracteres 3HS wM carecían de significado. Primero había dividido el símbolo en sus componentes. 3HS podía querer decir tres partes de hidrógeno y azufre, pero desgraciadamente no existía semejante composición en química, teniendo en cuenta que una molécula de hidrógeno se resistía obstinadamente a combinarse con una molécula de sulfuro. En cuanto a la w minúscula podía interpretarse químicamente de diversas maneras, seguía el doctor Schilling; podía ser vatio, el término eléctrico, y Volframio, que es un mineral raro. La *M* mayúscula podía ser el signo genérico de «metal»; era posible una relación entre la *M* y la *w*, si la *w* se refería al volframio. «Sin embargo —concluía el informe del jefe del Departamento de Medicina Forense—, mi opinión es que este batiburrillo de números y letras minúsculas y mayúsculas es completamente absurdo. No tiene ningún significado científico».

La segunda carta era del teniente Schiff, experto en cifrado del Servicio Secreto en Washington. El teniente Schiff pedía excusas por haberse retrasado tanto en contestar a la curiosa carta del inspector Thumm; había estado muy ocupado; quizás no había analizado adecuadamente el símbolo; pero su opinión era que «más que una cifra o un signo secreto, aquello era un rompecabezas sin sentido». No creía que pudiera descifrarse si se consideraba cifra; en todo caso podía pertenecer al tipo de cifra que no figura en los libros de interpretación. En ese caso un experto tendría que pasarse meses intentando encontrar la clave, y aun así, era posible que no lo consiguiera.

Patience estaba exasperada; se había pasado noches enteras sin dormir intentando comprender el símbolo. Rowe la consoló descorazonado; él no había tenido mejor suerte.

Llegaron más informes, igualmente poco esclarecedores. Uno era una nota confidencial del inspector Geoghan: sus detectives habían intentado infructuosamente averiguar los movimientos del doctor Hamnet Sedlar entre el 22 de mayo, día de la llegada del *Cyrinthia,* y el 29 de mayo, día de su presentación oficial en el Museo Británico. Las pesquisas en el hotel Séneca, donde el inglés se hospedaba, sólo revelaron que el doctor Sedlar había reservado una habitación en la mañana del 29 de mayo, lo cual era predecible teniendo en cuenta la falsa versión que el hombre daba de su llegada de Inglaterra. Había traído mucho equipaje. Seguía viviendo en el Séneca. Era un inglés de mediana edad y tranquilo que hacía sus comidas solo en el comedor; cuando se quedaba en el hotel por la tarde, encargaba a las cuatro un té, que tomaba en su habitación.

El desgraciado vigilante irlandés, Donaghue, seguía sin aparecer. Tampoco había la más mínima pista que indicara su muerte.

El doctor Ales también había desaparecido sin dejar ni rastro.

Por su parte, el señor Villa estaba siendo vigilado. El inspector explicó una tarde a Gordon Rowe —aparentemente había enmendado la opinión que tenía de él desde el encuentro de Rowe con el enmascarado y el subsiguiente descubrimiento de la barba postiza— que cuando Villa había sido cogido en el museo él, que era un viejo guerrero astuto, había salido de la habitación y había buscado un teléfono. Sí, era posible que lo hubiese sugerido el señor Lane. De todas formas lo había hecho con el propósito de encontrar un sabueso para que siguiera al saturnino señor Villa cuando el inspector terminara con él. El sabueso era un tal Gross, empleado de la Agencia Thumm; y Gross los siguió a todos, desde el Museo Británico hasta la casa del doctor Ales, sin que ninguno se diera cuenta, luego esperó tranquilamente fuera hasta que el grupo volviera a salir, y finalmente con su habitual destreza había estado siguiendo a Villa con la tenacidad de un comanche. A pesar de lo cual Gross no tenía ningún informe de interés. Aparentemente el ladrón había abandonado cualquier intención con respecto al «secreto que valía millones».

El doctor Sedlar iba y venía del museo, al igual que el doctor Choate. Crabbe cuidaba de sus libros en la mansión de los Saxon. La señora Saxon salía, arrostrando los calores de finales de junio, preparándose a pasar con todo su servicio el verano en Cannes... Todo el mundo se dedicaba a ocupaciones normales. Todo el mundo parecía tan inocente como los azules ojos de Patience. El inspector Thumm declaró a uno de sus empleados en un momento de descanso que les dejó la investigación del robo de joyas que era «el asunto más absurdo que le habían encargado en su vida».

Maxwell seguía aguardando en la casa del doctor Ales. Y entonces ocurrió lo de la llamada.

Fue la mañana de un lunes especialmente tórrido, el primer día de julio. El inspector llevaba dos días ausente, llevando a cabo una misteriosa cacería relacionada con su última investigación; Gordon Rowe dormía pacíficamente en el hotel donde se había instalado durante la semana —había recogido sus escasas pertenencias y había abandonado la casa de Saxon, «para el resto de mi vida», como le declaró a Patience—; la señorita Brodie estaba sentada en la sala de espera de la oficina del inspector con el estado de ánimo que era habitual en ella; y Patience estaba sentada en la mesa del inspector contemplando una tarjeta postal que su padre le había mandado desde Council Bluffs, Iowa.

La señorita Brodie gritó a través de la puerta abierta:

—¿Quiere coger el teléfono, señorita Thumm? No entiendo lo que dicen. Parece un hombre bebido o algo por el estilo.

—¡Vaya! —suspiró Patience, cogiendo el teléfono.

A veces la señorita Brodie resultaba francamente insoportable.

—¡Diga! —dijo con voz aburrida, y se quedó rígida como si el hilo del teléfono le hubiera producido una descarga eléctrica.

La voz que oía al otro lado del teléfono era la del viejo Maxwell. ¡Pero qué voz! Extraña, débil y frenética. Hablaba y hablaba sin parar con una especie de susurro y Patience no cogía más que algunas palabras sueltas.

—Socorro... En la casa... terrible... inspector Thumm... venga —su voz se ahogaba en un murmullo de sílabas ininteligibles que no parecían tener sentido.

—¡Maxwell! —gritó Patience—. ¿Qué ha ocurrido? ¿Ha vuelto el doctor Ales?

Por un momento la voz del viejo, aunque débil, se oyó claramente.

—No. Venga —y se oyó un ruido sordo, como si algo pesado hubiera caído.

Patience se quedó mirando el auricular. Luego llamó. Nadie contestó.

¡Maxwell! —pero era obvio que el pobre Maxwell no estaba en condiciones ni de oír ni de responder.

Patience se precipitó a la sala de espera con su sombrero fresa ladeado.

—¡Brodie! Llame a Hamlet y pregunte por Quacey... ¿Lo tiene? Pásemelo... ¡Quacey! Soy Patience Thumm. ¿Está el señor Lane ahí?

Pero Quacey estaba desolado: el señor Drury, le explicó, estaba en alguna parte de la finca... pero no sabía exactamente dónde; de todas formas intentaría dar con él cuanto antes y le transmitiría el recado de Patience para que fuera inmediatamente a la casa del doctor Ales... Luego Patience llamó al nuevo número de Gordon Rowe.

—¡Santo Dios, Pat! Parece que se trata de algo serio. ¿Has telefoneado a la policía?

—¿A la policía? ¿Qué policía?

—¡La policía de Tarrytown, boba! Pat, tu cerebro no funciona muy bien esta mañana. ¡Por amor de Dios, haz algo para que vayan a socorrer a ese hombre!

—¡Oh, Gordon! —se lamentó Patience—. Que estúpida soy. Cuánto lo siento. Debería haber pensado en eso. Lo voy a notificar inmediatamente. Te recogeré dentro de veinte minutos.

—¡Date prisa, querida!

Pero el jefe de policía de Tarrytown, un hombre llamado Bolling, no estaba cuando Patience llamó; y el cansado subordinado que la atendió no parecía hacerse cargo de la urgencia de la situación. Finalmente prometió que «mandaría a alguien».

Los labios de Patience temblaron ante la acumulación de dificultades.

—Me voy —anunció trágicamente a la señorita Brodie—. ¡Dios, qué lío! Y ese pobre Maxwell yaciendo allí en un charco de sangre. ¡Adiós!

Patience paró su coche antes de entrar en el camino. Gordon Rowe se bajó y observó la carretera.

—Me parece que ahí llega el coche de Lane.

Una larga limusina negra se dirigía hacia ellos a toda velocidad. Frenó ruidosamente frente a ellos y los dos suspiraron con satisfacción. El demonio del volante era Dromio. La puerta trasera se abrió y la alta figura de Lane bajó del coche.

—¡Muchachos! —gritó—. No saben lo que lo siento. ¿Acaban de llegar? Estaba nadando y Quacey no me encontró. ¿Han llamado a la policía?

—Deben de estar allí ahora —dijo Patience tragando saliva.

—No —murmuró el anciano caballero examinando de cerca la tierra del camino—. Ha llovido mucho durante toda la noche; la tierra está todavía blanda; no hay huellas de neumáticos... Ve tú delante, querida. No demasiado deprisa. No sabemos lo que vamos a encontrarnos.

Volvió a su coche y Patience entró en el camino con el suyo. Dromio la siguió. Los árboles se cruzaban por encima de sus cabezas. La lluvia de la madrugada se había llevado el polvo y había aplanado la tierra. Los dos jóvenes permanecían callados, Patience intentando evitar las piedras del estrecho camino, Rowe mirando al frente. No sabían a qué atenerse. Si un hombre armado hubiera saltado de entre la maleza, o si una banda hubiera aparecido frente a ellos encañonándolos con sus fusiles, no se hubieran sorprendido. Los dos coches desfilaron por el sendero y nada ocurrió.

Cuando llegaron a la estrecha desviación que conducía a casa de Ales, Patience paró. Lane bajó del coche detrás de ellos y los tres se reunieron a deliberar. Los ruidos normales del verano animaban y alegraban el campo, pero no había señal o sonido que indicara la proximidad de algún ser humano. Decidieron dejar allí los dos coches con Dromio y echaron a andar.

Avanzaron cautelosamente, Rowe delante, Lane detrás y Patience entre los dos muy nerviosa. Los árboles fueron haciéndose más escasos y finalmente desembocaron en el claro que había frente a la casa. Estaba completamente desierto. La puerta de la fachada estaba sólidamente cerrada, las ventanas también y la puerta del garaje... nada parecía fuera de lugar.

—Pero ¿dónde está Maxwell? —susurró Patience.

—Vamos a entrar en la casa. No me gusta el aspecto de esto —dijo Rowe haciendo una mueca—. No te separes, Patience; a lo mejor tenemos que correr.

Cruzaron el claro rápidamente y subieron los desvencijados escalones del porche. Rowe golpeó fuertemente la gruesa madera de la puerta. Llamó una y otra vez. No hubo respuesta. Miraron al señor Lane; los labios del anciano estaban fuertemente apretados, formando una línea muy fina, y en sus ojos había un brillo extraño.

—¿Por qué no forzamos la puerta? —sugirió suavemente.

—Buena idea.

Rowe retrocedió hasta la barandilla del porche, los apartó a un lado, tomó impulso y dio un paso. Lanzó su pie derecho contra la cerradura. La sólida madera crujió y se oyó el débil sonido de una campanilla al otro lado de la puerta. Retrocedió otra vez hasta la barandilla del porche y lo volvió a intentar. Al quinto intento la cerradura saltó, y la puerta se abrió hacia dentro, mientras la campanilla sonaba furiosamente.

—La *savate* —jadeó Rowe triunfalmente entrando en el vestíbulo—. Un luchador francés me la enseñó en Marsella la primavera pasada... ¡Santo Cielo!

Se detuvieron bruscamente en el umbral, paralizados por lo que veían. El pequeño vestíbulo estaba convertido en una ruina, parecía que un ciclón había pasado por allí. Una vieja silla que estaba cerca de un paragüero había sido hecha pedazos. Un espejo que adornaba antes la pared había sido hecho trizas y sus fragmentos cubrían el suelo. El paragüero había rodado por la habitación y una mesa pequeña tenía el tablero vuelto contra el suelo y las patas hacia arriba, como una cucaracha muerta.

Entraron en silencio en el salón. Estaba destrozado.

Fueron a mirar al despacho, y Patience palideció. Era como si un elefante o una familia de tigres hambrientos hubieran cazado por allí. Ni un solo mueble había sido dejado en pie. Los muros estaban cubiertos de extrañas hendiduras. La lámpara estaba hecha pedazos. Los libros desparramados por el suelo. Cristales, astillas... En silencio también, se dirigieron al fondo de la casa, a la cocina. En comparación con lo que habían visto, apenas si había sufrido daños. Pero sólo comparativamente, pues el aparador había sido volcado y los estantes de sus armarios habían sido arrasados. Los platos y las cacerolas habían sido arrojados al suelo.

El piso de arriba también había sufrido la misma invasión.

Volvieron al primer piso. No había ni el más mínimo rastro de Maxwell en la casa, aunque quedaban ropas suyas en su habitación.

—¿No hay un garaje fuera? —murmuró pensativamente Lane—. Es posible...

—Vamos a ver —dijo Rowe, y salieron.

Rowe dio la vuelta al garaje. Sólo tenía una ventana y estaba tan cubierta de suciedad y carbón que no se veía a través de ella. Lane golpeó la delgada puerta de cuyo cerrojo colgaba un candado. No hubo respuesta.

—Voy a romper la ventana —dijo el joven—. Pat, apártate, no quiere que te hagas daño con un cristal.

Buscó una piedra grande y la lanzó contra la ventana. El cristal se rompió y él se metió por ella con cuidado. Un segundo después gritó:

—¡Sepárense de la puerta!

La puerta saltó hacia fuera con el cerrojo desgajado de la madera...

Gordon Rowe, con el rostro sonrojado por el esfuerzo, permaneció en el marco sin moverse. Luego dijo con voz sofocada:

—Sí, está aquí. Pero creo que está muerto.

Un desvencijado automóvil ocupaba el garaje, que estaba lleno de tornillos, trapos grasientos, cajones de madera..., un basurero de *débris* malolientes. Un sillón viejo estaba colocado entre la pared de la ventana y el coche. De él colgaban unos trozos de cuerda viejos. Entre el sillón y la doble puerta yacía el cuerpo de Maxwell con su ropa negra llena de polvo. Estaba echado boca abajo, con las piernas encogidas. No había señales de heridas, aunque podía verse el nudo de un trapo atado en la nuca. A medio metro de su extendida mano derecha había un taburete con manchas de barro sobre el que estaba un teléfono. El auricular colgaba al extremo del cordón. Patience lo cogió lentamente y lo volvió a colgar.

Rowe y Lane se arrodillaron junto a la silenciosa figura y le dieron la vuelta. El demacrado rostro de Maxwell estaba blanco como la cera; bajo la barbilla tenía un trapo enrollado, aparentemente una mordaza que había conseguido quitarse después de haberse liberado de las cuerdas que lo mantenían atado al sillón que estaba un poco más allá de él. De pronto, insospechadamente, su cara empezó a contraerse y dejó escapar un gemido.

—Miren, ¡está vivo! —gritó Patience, precipitándose a su lado.

Se arrodilló, ignorando la suciedad del suelo de cemento, y dio unas palmaditas en las mejillas del viejo. Los ojos de éste parpadearon y luego se cerraron de nuevo. Rowe se puso en pie y se acercó a un grifo color verdoso que había al fondo del garaje; empapó su pañuelo en agua y volvió a donde estaba. Patience humedeció suavemente el pálido rostro.

—Pobre hombre —dijo Lane lentamente—. Creo que entre los dos, Gordon, podíamos meterlo en la casa.

Levantaron con cuidado el escuálido y lánguido cuerpo y lo llevaron al salón atravesando el claro y la destrozada puerta delantera. Patience enderezó con gran esfuerzo un sofá que estaba volcado; su tapicería había sido reducida a tiras a cuchilladas. Depositaron a Maxwell en él y permanecieron silenciosamente a su lado contemplándole. Sus ojos pestañearon de nuevo y un ligero color animó sus pálidas mejillas. En sus ojos había una expresión de horror, pero cuando vio las preocupadas caras que le observaban, suspiró y comenzó a humedecerse los labios.

En ese momento se oyó el ruido de un motor fuera y todos se precipitaron hacia el porche. Un hombre corpulento de cara sonrosada, vestido con un uniforme azul, subía apresuradamente las escaleras seguido por dos policías.

—Me llamo Bolling. Soy el jefe de policía de Tarrytown —dijo con brusquedad—. ¿Fue usted quien llamó a mi oficina esta mañana, señorita?... No daba con este condenado lugar y por eso llegamos tarde. Dígame lo que ha pasado.

Después de las presentaciones y las explicaciones y una vez reanimado Maxwell, todos se agruparon alrededor del viejo y escucharon su historia.

Eran las 11.30 de la noche anterior —una oscura y amenazadora noche de domingo— y Maxwell estaba solo en la casa haciendo un solitario. De pronto sonó el timbre de la puerta. Se dirigió hacia allí un poco asustado; era una noche negra como boca de lobo, él estaba solo, aislado... ¿A quién se le podía haber ocurrido presentarse a aquellas horas de la noche en una casa que solía visitar tan poca gente? De pronto se le ocurrió que podía ser el doctor Ales que volvía, y ante la insistencia del timbre abrió finalmente la puerta. Inmediatamente un pie se deslizó rápidamente hasta el umbral y a la media luz del vestíbulo Maxwell vislumbró a un hombre alto al que no pudo ver los ojos. Soltó un grito de alarma e intentó cerrar la puerta de nuevo, pero el visitante le apretó contra el tembloroso pecho algo corto, redondo y duro. Maxwell se dio cuenta, temblándole las piernas, de que le estaban amenazando con un revólver. El hombre avanzó y cuando la débil luz cayó sobre él, Maxwell vio con un estremecimiento de horror que iba enmascarado.

—Estaba... estaba tan asustado —dijo Maxwell con la voz rota—, que creí que me iba a desmayar. Se puso detrás de mí y me hizo salir de la casa delante de él, manteniendo el cañón del revólver pegado a mi espalda. Yo cerré los ojos; creí que... que me iba a matar. Pero sólo me obligó a entrar en el garaje. Allí encontró una vieja cuerda y me ató al sillón, y me amordazó con un trapo. Después salió de allí. Pero volvió enseguida y me registró. Me di cuenta de por qué lo hacía. Al salir de la casa la puerta se había cerrado sola, pues tiene un dispositivo con un muelle, así que él no podía entrar en la casa. Pero yo tenía una llave en mi bolsillo (el doctor Ales tiene la llave original) y me la sacó. Después se marchó y cerró la puerta del garaje, dejándome en la oscuridad. Había un silencio tan absoluto... Estuve en el garaje toda la noche, sin apenas poder respirar —se estremeció—. Las cuerdas me hacían daño. No pude dormir. Me sentía agotado y mis brazos y mis pies estaban como dormidos. Pero por la mañana me pude quitar por fin la cuerda y me saqué la mordaza. Busqué en mis bolsillos la tarjeta que me había dejado el inspector Thumm y llamé por el teléfono que hay en el garaje... Creo que me desmayé. Eso es todo lo que sé.

Registraron minuciosamente la casa seguidos por Maxwell. Empezaron por el despacho.

A primera vista era evidente que el hombre que había encerrado a Maxwell había sido increíblemente implacable en su búsqueda de algo que creía que estaba en la solitaria casa de campo. La habitación estaba devastada. No sólo estaba todo el mobiliario volcado en el suelo y los objetos de cristal rotos, sino que los paneles de las paredes mostraban la inequívoca evidencia de que habían sido despegados con un instrumento afilado. Éste fue enseguida encontrado por Bolling. Era un hacha pequeña y estaba en el suelo cerca de la chimenea.

—Ésa es nuestra hacha —dijo Maxwell humedeciéndose los labios de nuevo—. Estaba en la caja de herramientas que guardamos en la cocina. La uso para cortar la leña de las chimeneas.

—¿Es la única que hay en la casa? —preguntó Patience.

—Sí, señorita.

La carpintería y los paneles habían sido destrozados con saña: largas astillas permanecían junto a las paredes. Incluso el suelo había sido agujereado con el hacha en un sitio en donde, según Maxwell, había una alfombrilla. Ésta estaba ahora arrugada en una esquina, como si hubiese sido violentamente arrojada allí. Un vistoso reloj de péndulo de la época victoriana estaba tirado con la esfera pegada al suelo entre un montón de cristales. Al examinarlo se comprobó que el hombre del hacha había destrozado deliberadamente la caja, arrancado el péndulo de latón, volcado el reloj y luego hundido el filo del hacha en la parte de atrás y por los lados, poniendo al descubierto sus intrincados engranajes. Las manillas estaban paradas en las doce de la noche exactamente.

—¿Funcionaba este reloj ayer por la noche? —preguntó inmediatamente Rowe.

—Sí, señor. Yo estaba aquí haciendo un solitario... cuando sonó el timbre de la puerta, y estoy seguro. Tenía un tictac muy fuerte. Funcionaba perfectamente.

—Entonces rompió el reloj a medianoche —murmuró Patience—. Eso es un dato interesante.

—No sé para qué —gruñó Bolling—. Sabemos que vino a las once y media por lo que nos ha dicho Maxwell, ¿no?

Drury Lane, completamente absorto, se mantenía silencioso a un lado, mirando. Sólo sus ojos estaban alerta, centelleantes.

Patience se movió lentamente por la habitación. Inspeccionó la mesa de trabajo, cuyos cajones habían sido sacados y su contenido esparcido por el suelo; sobre ella estaban esparcidas las cartas de la baraja. Luego fijó su atención en algo que estaba al otro lado de la habitación y sus ojos se entrecerraron. Era un pequeño despertador que reposaba sobre la repisa de roble que estaba encima de la chimenea.

—¿Qué pasa, Pat? —preguntó Rowe, notando su preocupación.

—Ese despertador. Es raro que esté en un despacho.

Atravesó la habitación y lo cogió. Tenía un tictac alegre.

—Lo traje yo aquí, señorita —dijo Maxwell como disculpándose. Parecía recuperado de su impresión y observaba el ajetreo con ojos curiosos.

—¿Fue usted? ¿Pero para qué necesitaba un reloj pequeño teniendo un reloj de péndulo en la habitación? —preguntó Patience recelosamente.

—¡Oh!, por la campana —se apresuró a contestar Maxwell—. Tenía algo de tos hace unos días, señorita, y compré un jarabe en Tarrytown el sábado. El farmacéutico me dijo que tomara una cucharada cada cuatro horas, ¿comprende? Había tomado una ayer a las ocho pero soy un poco distraído, señorita —sonrió tímidamente—, y pensé que a lo mejor me olvidaba de tomarla otra vez antes de ir a acostarme. Así que traje el despertador aquí y lo puse para que tocara a las doce, mientras hacía el solitario. Después pensaba irme a la cama. Pero antes de que pudiera...

—Comprendo —dijo Patience.

La historia parecía bastante creíble porque había un pequeño frasco sobre la repisa, junto al despertador, que contenía un líquido oscuro del que sólo faltaba una cuarta parte, y una pegajosa cuchara. Ella examinó el despertador y comprobó, tal y como había dicho Maxwell, que la manilla estaba puesta en las doce para que el despertador sonara al llegar esa hora. Su palanquita estaba colocada al final de la ranura que señalaba «Timbre».

—Me pregunto... —murmuró Patience, consultando su propio reloj de pulsera—. Son las 11.51. ¿Qué hora tienes, Gordon?

—Casi las 11.50.

—¿Qué hora tiene usted, señor Bolling?

—Las 11.52 —contestó Bolling con sequedad—. ¿Qué es lo que pasa...?

—No estaba más que comprobando lo exacto que era este despertador —dijo Patience con una débil sonrisa; sin embargo sus ojos parecían preocupados—. Como puede ver, marcha muy bien.

Efectivamente, las manillas marcaban las 11.51.

—Patience —murmuró Lane, acercándose a ella—. ¿Me lo dejas un momento, por favor?

Lo examinó brevemente, lo volvió a colocar sobre la repisa y volvió a su sitio.

—¿Qué demonios es eso? —preguntó Rowe perplejo; había estado husmeando entre aquellas ruinas, removiéndolo todo. Tenía la cabeza levantada y estaba mirando algo situado en la parte alta de una de las paredes.

Aquella pared difería de las otras en que los estantes llegaban casi hasta el techo, mientras que los de las otras sólo llegaban hasta la mitad del muro. Una escalera móvil, igual que las que se usan en las zapaterías y las librerías, se deslizaba por una vía que corría a lo largo de la parte inferior de la pared, puesta allí evidentemente por el propietario de la casa para llegar a los estantes más altos. Encima del estante más alto de todos había una serie de paneles de nogal, como los que había en las otras paredes. Eran estrechos y estaban labrados con figuras vistosas de un estilo pasado de moda. Lo que había llamado la atención de Rowe era uno de estos paneles. Estaba separado de la pared como si fuera una puerta.

—¡Cielos! Parece un compartimento secreto —dijo el joven con una risa ahogada—. De un momento a otro espero que aparezca el Conde de Montecristo por la chimenea.

Se acercó rápidamente a la escalera de mano que estaba colocada precisamente debajo del misterioso panel.

—¿Pero qué embrollo es éste? —gruñó Bolling—. ¡Un compartimento secreto! Parece una de esas historias de detectives... Maxwell, ¿sabía usted eso?

El viejo estaba mirando el techo con la boca abierta.

—¡No, señor! Es la primera vez que lo veo. ¡Toma!, es una puertecita...

—Vacío —anunció Rowe con una mueca—. ¡Bonito escondrijo! Veamos, tiene veinte centímetros de ancho por cinco de alto por cinco de profundidad... Lo debe de haber hecho Ales. ¡Un buen trabajo! Ha sido hecho hace poco. Todavía se pueden ver las marcas del escoplo.

Siguió inspeccionando el hueco mientras los demás le observaban atentamente.

—El que destrozó esta habitación no tuvo suerte. No encontró este agujero. ¿No ven?

Señaló el estrecho panel que estaba encima del estante más alto. Aquí y allá el filo del hacha se había hundido salvajemente en la madera, pero cuando Rowe cerró la pequeña puerta, todos pudieron ver que no tenía ninguna señal.

—¡La dejó intacta! —exclamó—. Ingenioso, ¿verdad? Y ahora ¿cómo demonios se podrá abrir otra vez?

—Déjeme subir, joven —dijo Bolling con severidad.

Rowe descendió de mala gana y el jefe de policía subió con cautela. El compartimento secreto, como había dicho Rowe, estaba ingeniosamente hecho. Ahora que la portezuela estaba cerrada no quedaba señal de su existencia. Estaba tan bien encajada en el panel que las líneas de unión eran indetectables. Bolling empujó y tiró hasta que su sonrosada cara se volvió roja; sin embargo, la puerta seguía cerrada y el panel no parecía esconder nada especial, aunque en un sitio determinado sonaba a hueco cuando el jefe de policía lo golpeaba con los nudillos. El contorno del panel lo dibujaban unos diminutos rosetones de madera. Bolling soltó un suspiro.

—Debe de haber un truco —dijo.

Empezó a manosear los rosetones. De pronto soltó una exclamación. Uno de ellos había girado. Lo volvió a girar y no pasó nada. Giró un poco más y la pequeña puerta se abrió con tal fuerza que Bolling estuvo a punto de caerse de las escaleras... Sacó la puerta y examinó su interior. Tenía un tosco pero ingenioso mecanismo de muelles para cerrarse y abrirse.

—Bueno —dijo el jefe de policía descendiendo—, no vale la pena preocuparse de esto. Si había algo ahí dentro, ya no está. Curioso agujero, ¿eh? Echemos un vistazo arriba.

El dormitorio del doctor Ales había sufrido también el devastador filo del hacha, como el despacho. La cama había sido sacada de su sitio, el colchón troceado, los muebles rajados, el suelo agujereado. Era evidente que el hombre del hacha, al no encontrar en el despacho lo que andaba buscando, había subido al dormitorio del doctor Ales para continuar la búsqueda. Había un reloj de oro en el dormitorio; y, cosa bastante rara, había sido dañado también por el huracán que había barrido la habitación, al caer al suelo desde la mesilla de noche, quizá cuando el hombre del hacha movió precipitadamente la cama y tiró la mesilla. Las manecillas estaban paradas en las doce y veinticuatro.

Los ojos de Patience centellearon.

—Nuestro amigo dejó casi un horario de sus actividades —exclamó—. Esto prueba que atacó primero la parte de abajo de la casa... Maxwell, ¿sabe usted si este reloj iba bien?

—Sí, señorita. Todos los relojes estaban en buenas condiciones, aunque algunos son baratos; yo me ocupaba de que todos fueran igual.

—Es una gran suerte —murmuró Lane—. ¡Qué estúpido era ese hombre!

—¿Qué? —preguntó Bolling inquieto.

—¿Eh? ¡Oh!, nada, señor Bolling. Únicamente estaba comentando la imbecilidad esencial de los criminales.

Una voz grave vino de abajo.

—¡Oiga, jefe! ¡Mire lo que he encontrado! Todos se precipitaron escaleras abajo. Uno de los policías estaba en el vestíbulo enfocando una linterna hacia una esquina oscura y sucia. Iluminados por los rayos de luz vieron tres trozos de cristal, a uno de los cuales estaba atada una cinta de seda negra, rasgada en un sitio.

Lane cogió los trozos y los llevó al salón. Unió los tres trozos. Formaban un perfecto círculo de cristal.

—Un monóculo —dijo tranquilamente.

—¡Dios Santo! —murmuró Rowe.

—¿Un monóculo? —Maxwell parpadeó—. Esto es curioso, señor. El doctor Ales no usa monóculo y yo nunca he visto uno en esta casa. Y desde luego yo...

—El doctor Sedlar —dijo Patience con tristeza.

No había más que hacer en aquel sitio. Aconsejaron a Maxwell que se olvidara de su patrón y volviera a Tarrytown para recuperar el hilo tristemente roto de su hasta entonces pacífica vida. Bolling, un enérgico y minucioso ejecutivo, dejó la custodia de la casa a cargo de sus hombres para que vigilaran el camino que conducía a la casa y la parte trasera de ésta, aunque era inaccesible por ese lado, a menos que uno se abriera paso entre una maraña de maleza y peligroso abono. El joven Rowe, que se había sumido en el silencio desde el descubrimiento del compartimento secreto del despacho, estaba seguro de una cosa: Maxwell había declarado que, debido a que se había quedado solo, la noche anterior, como siempre, había cerrado todas las puertas y ventanas. Rowe personalmente había dado la vuelta a la casa y comprobó que, a excepción de la puerta principal, todas las puertas y ventanas estaban cerradas por dentro. En cuanto al sótano, no era necesario examinarlo, puesto que no se podía llegar a él salvo por las escaleras que estaban cerca de la cocina dentro de la casa... El dispositivo del timbre de la puerta principal produjo un estridente ruido que sonó burlón tras ellos cuando abandonaron la casa.

Invitados por el anciano caballero —Bolling se llevó a Maxwell a Tarrytown en el coche de la policía—, Patience y Rowe siguieron la limusina de Dromio, que entró en Hamlet. Los jóvenes se retiraron complacidos a las habitaciones que les había asignado el falstaffiano y pequeño mayordomo de la casa, se asearon y bajaron a comer, lo que les refrescó el cuerpo aunque no el espíritu. Los tres comieron solos en la atmósfera más íntima de las habitaciones privadas de Lane. Hablaron poco durante el almuerzo. Patience estuvo callada y silenciosa, Rowe pensativo, y Lane se entregó a una conversación agradable guardando silencio sobre los acontecimientos de la mañana. Después de comer, los dejó a los dos en manos de Quacey, excusándose, y se retiró a su despacho.

Patience y Rowe pasearon ociosamente por la inmensa extensión de Hamlet. Cuando llegaron a un pequeño jardín encantador, los dos se tendieron al mismo tiempo sobre la hierba. Quacey los miró con ojos curiosos, riéndose entre dientes, y desapareció.

Los pájaros cantaban y la hierba tenía un olor cálido y dulce. Ninguno dijo nada. Rowe se inclinó sobre su compañera para observar su rostro. Ella estaba un poco congestionada por el calor y los esfuerzos. Su esbelto cuerpo yacía extendido, armoniosamente curvado. La miró con un deseo curioso. Ella le parecía tentadora y lejana. Sus ojos estaban cerrados y entre sus cejas se dibujaba una ligera línea blanca, lo que no invitaba al juego ni a hacer el amor.

Rowe suspiró.

—¿En qué estás pensando, Pat? Por amor de Dios, ¡no frunzas el entrecejo de esa manera! Me gustan las mujeres tontas.

—¿Tengo el ceño fruncido? —murmuró ella, abrió los ojos y le sonrió—. Eres un niño, Gordon. He estado pensando...

—Supongo que tendré que hacerme a la idea de una esposa cerebral —dijo el joven con sequedad—. La cuestión es que yo también lo soy.

—¿Esposa? ¡Eso *no* es gracioso, jovencito! He llegado a la conclusión de que la casa del doctor Ales fue invadida ayer por la noche no por una persona, sino por *dos.*

—¡Ah! —dijo Rowe, y se tendió boca arriba de repente y arrancó una hoja.

Ella se sentó con los ojos encendidos.

—Así que tú también te diste cuenta, ¿verdad, Gordon? Uno fue el hombre del hacha. El estado en que quedó la casa demuestra claramente que estuvo buscando algo; no sabía dónde estaba y deseaba desesperadamente encontrarlo, como lo demuestra la sistemática demolición que llevó a cabo con el hacha. Lo importante es que el hombre *no era* el doctor Ales.

Rowe bostezó.

—Desde luego que no. Si hubiera sido Ales habría sabido exactamente dónde encontrar algo que él mismo (estoy seguro de que fue Ales quien hizo el pequeño compartimento de la pared) había escondido allí —volvió a bostezar—. ¿Y el otro?

—No aparentes estar tan desinteresado —dijo riendo Patience—. Sé que estás pensando furiosamente... No sé. Tienes razón sobre el motivo. El hombre del hacha es una de nuestras incógnitas. El doctor Ales no habría convertido la casa en leña para el fuego. Él sabía dónde estaba lo que el hombre del hacha estaba buscando. Por otro lado, lo que buscaba el hombre del hacha *fue realmente encontrado*. La prueba es que el compartimento secreto estaba abierto, y fue *dejado* abierto por alguien.

—¿Y esto te hace llegar a la conclusión de que estuvieron dos personas en la casa anoche? ¿No pudo el hombre del hacha, ¡vaya personaje que hemos inventado!, haber encontrado el compartimento él mismo después de haber destrozado todo con el hacha?

—Bueno, sabelotodo —contestó inmediatamente Patience—, el compartimento, como pudiste observar, estaba astutamente escondido. Bolling llegó a encontrar ese rosetón sólo porque el compartimento estaba abierto. Con la puerta cerrada y pareciendo todos los paneles iguales, la posibilidad de encontrar el compartimento hubiera sido de una frente a un millón: el buscador tendría que dar con el panel exacto, luego descubrir el rosetón y después girar completamente *dos veces* el rosetón, como Bolling tuvo que hacer para abrir la pequeña puerta. En otras palabras, el escondrijo no podía haber sido encontrado *por casualidad*. Sí, el hombre del hacha hubiera tenido que estropearlo todo. Por eso digo que no fue el hombre del hacha el que hizo girar el rosetón, abrió el compartimento, cogió lo que había allí y dejó la puertecita abierta. Y si no fue el hombre del hacha, fue otra persona, lo que hace dos personas, querido.

—Una verdadera fisgona —se rió Rowe entre dientes—. Pat, eres una joya. Es una lógica excelente. Pero se puede sacar otra conclusión también: ¿Cuándo fue el otro hombre, si es que era un hombre, a la casa? Es decir, ¿fue antes o después del hombre del hacha?

—Debió de ir después, profesor. Si el hombre que abrió el compartimento hubiera ido antes, el hombre del hacha, al ir después, hubiera visto la puertecita abierta y habría sabido desde el principio dónde estaba el escondrijo... Sí, Gordon, el hombre del hacha llegó primero, lo que significa que fue él quien encerró y ató a Maxwell en el garaje. Luego vino el otro hombre y lo que pasó sólo Dios lo sabe.

Se quedaron callados mucho tiempo. Los dos estaban tendidos en la hierba y miraban el cielo moteado de pequeñas nubes. La morena mano de Rowe se posó sobre la de ella. Allí se quedó sin que ella retirara la suya.

Cenaron pronto. Luego se trasladaron los tres al despacho de Lane, una habitación de viejo estilo inglés que olía a cuero, libros y madera. Patience se sentó en el sillón del viejo caballero. Cogió una hoja de papel y empezó a garabatear sobre ella perezosamente. Lane y Rowe se sentaron delante de la mesa, relajados, bajo la media luz de la lámpara que estaba encima.

—Verán —dijo Patience de pronto— antes de cenar esta noche escribí unas cuantas cosas que... bueno, me preocupan. Podrían llamarse los misterios específicos. Algunos de ellos me irritan terriblemente.

—¿De verdad? —murmuró Lane—. Querida niña, tienes una pertinacia realmente asombrosa en una mujer.

—¡Caballeros! Ésa es mi mejor cualidad. ¿Me dejan leer el ensayo?

Sacó una larga hoja de papel de su bolso y la desplegó. Empezó a leer con una voz clara:

1. Fue el doctor Ales quien nos entregó el sobre sellado con el símbolo dentro. Prueba: la barba y las gafas encontradas en su lavabo; prueba: es un «bibliófilo desaparecido». Fue el doctor

Ales el que envió a Villa a la casa de los Saxon para que robara el Jaggard de 1599. Fue el doctor Ales quien se unió al grupo de maestros en el autobús y desvalijó la vitrina del Museo Británico (la confesión de Villa dejó esto claro y quedó confirmado por el hallazgo del sombrero azul y el bigote gris falso en el dormitorio de Ales). PERO ¿quién *es* el doctor Ales? ¿Es Hamnet Sedlar, como pretenden Villa y Crabbe, u otra persona? ¿Existe en cierto modo una confusión de identidades?

2. ¿Quién es el hombre conocido como Hamnet Sedlar? Que existe un Hamnet Sedlar lo sabemos por Scotland Yard y por el hecho de que esa persona fue contratada para ser el conservador del Museo Británico. Pero ¿el hombre que se presentó en el Museo Británico como Hamnet Sedlar es realmente Hamnet Sedlar o es alguien que se hizo pasar por Hamnet Sedlar, como cree mi padre? Definitivamente es un sospechoso; mintió sobre la verdadera fecha de su llegada. ¿Ha muerto el verdadero Hamnet Sedlar? ¿Usurpó este hombre su lugar y su nombre? ¿Cuál fue el motivo de que mintiera sobre la fecha de llegada? ¿Qué ha estado haciendo realmente entre la fecha real de su llegada y la pretendida fecha real?

—¡Puf! —dijo el joven Rowe—. ¡Qué mentalidad más tortuosa!

Patience le miró con ferocidad y continuó:

3. Si Hamnet Sedlar no es el doctor Ales, ¿qué le ha pasado al doctor Ales? ¿Por qué desapareció?

4. ¿Qué le pasó realmente a Donaghue?

5. ¿Quién nos asaltó a Gordon y a mí y robó el sobre?

6. ¿Quién era el hombre del hacha? No era el doctor Ales, pero podría ser cualquiera.

7. ¿Quién fue el hombre que siguió al hombre del hacha y efectivamente desvalijó el compartimento secreto? Podría ser el doctor Ales mismo. Conocía, naturalmente, el escondrijo, porque lo hizo él mismo.

—Un momento, Patience —dijo Lane—, ¿cómo sabes que el hombre del hacha no era el doctor Ales, o, dicho de otra forma, que estuvieron dos personas en la casa del doctor Ales anoche?

Patience se lo explicó. Lane miraba sus labios fijamente, afirmando con la cabeza.

—Sí, sí —murmuró cuando ella terminó de hablar—. Extraordinario, ¿eh, Gordon? E inequívocamente cierto... ¿Es eso todo?

—No, hay algo más —dijo Patience, frunciendo el ceño—, y es lo más importante y enigmático de todo.

Continuó leyendo:

8. ¿Pero todos estos misterios alrededor de qué giran? Sin lugar a dudas, alrededor del «secreto que vale millones» que mencionó el doctor Ales. Pero el secreto que vale millones está ligado al símbolo que dejó el doctor Ales en la caja fuerte de la oficina de mi padre. Por tanto, todo depende de esta última pregunta. *¿Cuál es el significado del símbolo?*.

Ella dejó el papel sobre la mesa y siguió garabateando perezosamente. Los dos hombres guardaron silencio unos momentos. Después Rowe, que había estado mirando con aire ausente los movimientos del lápiz que Patience tenía en la mano, se estiró y medio se levantó de su silla. Patience y Lane le miraron con curiosidad.

—¿Qué estás escribiendo ahí? —preguntó Rowe inquisitivo.

—¿Qué? —dijo Patience parpadeando—. El maldito símbolo. 3HS wM.

—¡Eureka! —gritó Rowe de pronto.

Se puso en pie de un salto, los ojos centelleantes.

Drury Lane se levantó y se acercó a la mesa. Su rostro salió de la oscuridad, recortándose sus rasgos sobre un fondo negro

—Así que por fin te has dado cuenta —murmuró—. Yo lo comprendí el día que estuvimos en la oficina de tu padre y el desplegó la hoja original del papel de escribir de la Biblioteca Saxon para ver lo que estaba escrito en ella. Díselo, Gordon.

—No les entiendo —se lamentó Patience.

—¿Dónde estaba yo sentado cuando dibujaste el símbolo? —dijo Rowe.

—Delante de la mesa, frente a mí.

—¡Exactamente! En otras palabras, vi los caracteres del símbolo precisamente como el señor Lane debió de verlos cuando estaba frente a tu padre, al otro lado de la mesa, cuando el inspector desplegó la hoja original. Los vi *invertidos.*

Patience dejó escapar un débil grito. Cogió la hoja precipitadamente y le dio la vuelta. El símbolo se leía ahora así:

Wm SH ε

—Wm SH ε —dijo lentamente pronunciando exageradamente cada letra, como pretendiendo extraer su sabor esencial—. Parece... parecen como una especie de iniciales, Wm... William.

Los dos hombres la observaron con fijeza.

—*¡William Shakespeare!* —gritó ella poniéndose en pie—. *¡William Shakespeare!*

Un poco más tarde Patience se sentó en la pequeña alfombra que estaba a los pies del anciano caballero; los largos y blancos dedos de él jugaban con el pelo de ella. Rowe se había hundido en un sillón frente a ellos.

—He estado pensando en ello intensamente desde aquel día —explicó Lane cansado—. Parece claro desde un punto de vista analítico. El doctor Ales no copió exactamente un autógrafo de Shakespeare; una copia exacta tendría que tener una escritura isabelina. Copió a su manera —quizá con la fantástica idea de hacerla más clara— las *mayúsculas* de esta firma poco corriente de Shakespeare. Lo que hace poco corriente esta firma es la pequeña *m* y la forma de la *e.* ¿Pero por qué la H mayúscula? Probablemente una extravagancia de la mente de Ales. No es importante.

—Lo que es importante —murmuró Rowe— es que ésta *es* una variación del autógrafo de Shakespeare. ¡Qué raro!

Lane suspiró.

—Como sabrás mejor que yo, Gordon, sólo han quedado seis firmas auténticas de Shakespeare.

—Hablemos de las dudosas —señaló el joven—. Una de ellas está escrita *Willm Shak'p'.*

—Efectivamente. Existen unos cuantos autógrafos llamados «dudosos», y entre ellos hay uno escrito como el símbolo de Ales: una *W* mayúscula, una *m* pequeña alineada a la altura de la *W*, un espacio, después una *S* mayúscula, una *h* minúscula, y una forma pequeña de *e* también puesta arriba.

—¿Como el viejo estilo inglés de escribir *ye**? —preguntó Patience.

—Exactamente. Este autógrafo dudoso aparece en la edición Aldine de *Las metamorfosis* de Ovidio, que está en la Bodleian Library de Oxford.

—La vi cuando estuve en Inglaterra —interrumpió el joven.

—Les pedí a los de la Bodleian Library que me confirmaran si el libro de Ovidio seguía allí y efectivamente así es —continuó sosegadamente el anciano caballero—. Veréis, pensé que todo este asunto podía estar relacionado con un hipotético robo de ese volumen. Era ridículo, desde luego.

Patience sintió los dedos de Lane deslizándose por su cabeza.

—Déjenme ir más allá —dijo él—. El doctor Ales dijo que el «secreto» valía millones; dejó esta copia del autógrafo de Shakespeare como la clave del secreto; por tanto debemos partir de ahí. ¿Veis ahora lo que debe ser el secreto?

—¿Quieres decir —preguntó Patience con una voz respetuosa— que el robo, el misterio y todo esto gira alrededor del descubrimiento de un *séptimo autógrafo de Shakespeare auténtico*?

—Eso parece, ¿no? —dijo Rowe riéndose amargamente—. ¿Qué les parece? He malgastado mi juventud... ¡Ja, ja!, manoseando viejos documentos isabelinos, y ni siquiera de lejos me he enterado de una cosa tan extraordinaria.

—¿Qué más? —murmuró Lane—. Si el secreto vale realmente millones, entonces el doctor Ales tenía razón en creer que el autógrafo era auténtico. ¿Cómo iba a valer millones? ¡Ah!, es una cuestión fascinante.

---

* Forma antigua de *you* «vosotros». *(N. del T.)*

—En sí mismo —dijo el joven suavemente— no tendría precio. Tendría un valor histórico y literario incalculable.

—Sí, un séptimo autógrafo de Shakespeare autentificado completamente alcanzaría en una subasta, según he leído en alguna parte, fácilmente, un millón o más. ¡Y no sé si mi fuente quiso decir dólares o libras esterlinas! Pero las firmas no existen sin un propósito. Las firmas van generalmente unidas a algún tipo de *documento*.

—¡El papel escondido en el libro!

—Calla, Pat. Eso es verdad, pero no siempre —dijo Rowe pensativamente—. Las seis firmas auténticas están documentadas, desde luego: una está en una declaración legal hecha en un proceso en el que estuvo envuelto el viejo Shake; otra en la escritura de compra de una casa que adquirió hacia 1612; otra en la escritura de una hipoteca referida a la misma casa; y las otras tres en las tres hojas de su testamento. Pero podría haber una en la guarda de un libro, ¿comprendes?

—No lo creo, como Patience ha visto ya —dijo Lane—. ¿Podría estar esa séptima firma en un documento (una escritura de compra o un contrato), en cuyo caso el documento mismo tendría comparativamente un valor histórico menor? Quizá...

—No menor —dijo Rowe a la defensiva—. Si fuera una escritura de compra o un contrato podría tener una tremenda importancia. Podría descubrir dónde estaba Shakespeare en una determinada fecha, clarificar toda una serie de cosas.

—Sí, de acuerdo. Quise decir una importancia menor desde el punto de vista humano. Pero supón que está en una *carta* —Lane se inclinó hacia delante y sus dedos tiraron de un rizo de Patience tan fuerte que ella casi gritó—. ¡Piensa en lo que valdría! ¡Una carta escrita y firmada por el inmortal Shakespeare!

—Me doy cuenta —murmuró Rowe—. Es demasiado. ¿A quién pudo habérsela escrito? ¿Qué decía? Datos autobiográficos, una carta hológrafa de Shakespeare...

—Desde luego es algo posible —continuó el anciano caballero con una voz extrañamente ahogada—. ¡Si apareciera al final de una carta, la carta tendría casi más valor que la firma! Imaginaos la impresión que causaría en los respetables eruditos. Sería como... ¡como encontrar, Dios mío, una de las epístolas originales de san Pablo!

—Ese documento estaba en el Jaggard de 1599 —susurró Patience con tenacidad—. Es evidente que el doctor Ales buscó en los dos primeros ejemplares del Jaggard de 1599 y al no encontrar nada hizo todo lo posible por hacerse con el tercero, que estaba en la colección de Saxon. ¡Y lo consiguió! Es... ¿podría ser posible?

—Eso parece —dijo Rowe sonriendo bonachonamente—. ¡Lo encontró el muy afortunado!

—Y ahora alguien lo ha robado. ¡Maldita sea! Apuesto a que estaba en ese compartimento del despacho del doctor Ales.

—Es muy probable —dijo Lane—. Hay otra cosa. He descubierto que ese tercer ejemplar, robado y devuelto, fue originalmente comprado por Samuel Saxon a sir John Humphrey-Bond, el coleccionista británico.

—¿El hombre que recomendó a Hamnet Sedlar al señor Wyeth? —gritó Patience, horrorizada.

—El mismo —dijo Lane sin darle importancia al hecho—. Humphrey-Bond ha muerto; ha muerto sólo hace unas semanas. No, no —dijo con una sonrisa al ver las caras de los dos—, no os alarméis. Fue una muerte perfectamente natural, en el sentido que no fue causada por mediación humana. El Señor Dios, como de costumbre, fue el ejecutor. Tenía ochenta y nueve años y murió de una pulmonía. Pero mi informador al otro lado del mar me cablegrafió también que el Jaggard que Saxon compró a Humphrey-Bond, y que está armando tanto revuelo, había estado siempre en manos de la familia Humphrey-Bond desde la época isabelina. Sir John fue el último miembro de la familia. No tenía herederos.

—No pudo haber sabido que había un documento semejante en la contratapa del Jaggard —señaló Rowe—, pues de lo contrario no habría vendido el libro.

—Naturalmente que no. Lo más seguro es que durante generaciones ninguno de los Humphrey-Bond sospechara de la existencia de semejante documento en uno de sus libros.

—Pero... —inquirió Patience— ¿por qué estaba el documento escondido allí? ¿Quién lo escondió?

—Ésa es una buena pregunta —Lane suspiró—. Supongo que estaba ahí desde hace siglos; pudo haber sido dirigido a un contemporáneo; ¿quién sabe? Pero el hecho de haber sido escondido hace pensar en un significado y un valor extras en lo que se refiere al mismo documento. Creo...

El viejo Quacey entró silenciosamente en el despacho. Su envejecido rostro estaba profusamente surcado por las arrugas y cada una de ellas era depositaria de malas noticias. Tocó un brazo de su amo.

—Un hombre que se llama Bolling —explicó—, un policía de Tarrytown, señor Drury.

Lane frunció el ceño.

—¡Eterno Caliban! ¿De qué *hablas*?

—Telefoneó. Dijo que le comunicara que hace una hora —el reloj del despacho marcaba las siete— la casa del doctor Ales fue destruida por una misteriosa explosión.

Incendio y descubrimiento

La casa no era más que unas ruinas crepitantes y humeantes. Tenues columnas de humo amarillo trepaban todavía a los carbonizados árboles. Un penetrante olor sulfuroso se agarraba a la garganta. La vieja estructura de madera había sido arrasada hasta los cimientos; fragmentos de las paredes y el tejado estaban esparcidos por el camino; la casa se había derrumbado sobre el sótano y ahora, convertida en un montón ardiente, descansaba sobre el ceniciento claro. Soldados del Estado vigilaban para que no se adelantara una multitud de curiosos. Los bomberos de Tarrytown controlaban las llamas, concentrando sus esfuerzos en la tarea de evitar que se extendiera al bosque. Como no había posibilidades de conseguir el agua necesaria, habían hecho venir camiones cisterna desde Tarrytown e Irvington para suplir esta deficiencia. La reserva de los camiones enseguida se había agotado y tuvieron que pedir ayuda a algunos mirones para luchar contra las llamas.

Bolling, el jefe de policía, fue al encuentro de Patience, Rowe y Lane al borde del claro. Su sonrosada cara estaba salpicada de cenizas y jadeaba.

—Maldito asunto del demonio —dijo alzando la voz—. Mis dos hombres han quedado malheridos. Menos mal que no había nadie en la casa cuando ocurrió. Explotó a las seis.

—¿Sin previo aviso? —murmuró Lane; estaba extrañamente agitado—. Supongo que no ha podido ser una bomba lanzada desde un avión.

—Imposible. No ha pasado ningún avión por aquí en todo el día. Y mis dos hombres dicen que no se ha acercado un alma al lugar desde que nos fuimos de aquí hace un par de horas.

—Entonces tuvo que ser una bomba colocada en la casa —dijo Rowe con aire de preocupación—. ¡Señor, de la que nos libramos!

—Pudo haber explotado mientras nosotros... —Patience palideció—. Es... es increíble. ¡Una *bomba*! —y se estremeció.

—Probablemente colocada en el sótano —señalo Lane con la mirada perdida—. Ése fue el único sitio en donde no buscamos esta mañana. ¡Estúpidos!

—El sótano, yo también creo que la colocaron allí —gruñó Bolling—. Bueno, tengo que comprobar que mis dos hombres han sido llevados al hospital. ¡Pobres diablos! Pudieron haber saltado en pedazos. Echaremos un vistazo a las ruinas mañana, cuando se haya extinguido el fuego.

En el coche del anciano caballero, de vuelta a Hamlet, los tres iban callados, sumidos en sus propios pensamientos. Lane estaba especialmente meditativo, acariciándose el labio inferior con un dedo y mirando al vacío.

—He estado pensando —dijo Rowe de pronto.

—¿Qué? —dijo Patience.

—Parece que hay un montón de gente implicada en este asunto. No cabe la menor duda de que el documento shakespeariano, sea cual fuere, es el que ha provocado todo. Creo que todos estamos de acuerdo en que el doctor Ales lo encontró en el Jaggard de 1599 que robó del museo. Eso quiere decir que él es uno de los protagonistas. El otro es el hombre del hacha de anoche; ¿qué iba a buscar si no era el documento? Ya son dos. Y después está el hombre que se presentó en la casa después del hombre del hacha, que fue quien dejó la puerta del compartimento abierta. Ya son tres. Y ahora la explosión. Alguien colocó una bomba. Y hacen cuatro. ¡Cielos!, es para volverse loco.

—No necesariamente —dijo Patience muy convencida—. Uno o dos de tus protagonistas (¡qué técnico eres!) pueden haber actuado más de una vez. El segundo visitante de la casa pudo haber sido el doctor Ales. Con lo que se reducen a tres. El hombre del hacha pudo haber colocado la bomba. Eso reduce la cifra a dos... No debemos de andar lejos de la verdad, Gordon. Pero hay una cosa. Ahora que he tenido tiempo de pensar en esta horrorosa explosión, se me ha ocurrido una idea muy extraña —de pronto Lane pareció interesado en lo que decía—. Hemos estado suponiendo que todo aquel que anda en busca del documento lo quiere *por sí mismo*, para robarlo, guardarlo o disponer de él para ganar dinero, el típico delito.

Rowe se rió entre dientes.

—¡Pat, eres la muchacha más terca que conozco! Naturalmente: ¡Esa es la explicación normal de la persecución de algo valioso!

Patience suspiró.

—Quizá me esté volviendo loca, pero no puedo dejar de pensar que si la bomba fue puesta con anterioridad la noche pasada, existe la posibilidad de que quien la puso *¡sabía que el documento estaba en la casa!*

El anciano caballero parpadeó.

—¿De verdad, Patience?

—¡Oh! Supongo que es una demencia, pero estamos enfrentados a acontecimientos violentos: destrozos, robos, explosiones... Maxwell estaba solo en la casa; seguramente el hombre que colocó la bomba lo sabía. Es absurdo pensar que esa bomba iba dirigida a ese pacífico sirviente. ¿Entonces con qué intención *fue* colocada? Hemos supuesto que la persona o personas que buscaban el documento lo querían para guardarlo; ¡estoy convencida de que hay alguien que anda tras él para *destruirlo*!

Rowe se quedó sin habla durante unos instantes, luego echó la cabeza hacia atrás y se rió a carcajadas.

—¡Oh! Pat, me vas a matar. Dios mío, los argumentos de las mujeres... —se frotó los ojos—. ¿Quién diablos desearía destruir un documento de semejante valor histórico y económico? ¡Es una demencia!

Patience se ruborizó.

—Eres despreciable.

—La posibilidad que apunta Patience —dijo Lane secamente— es estrictamente lógica. No llegará muy lejos, muchacho, desafiando de esa forma el cerebro de esta joven. Creo que, si sólo se tratara de la firma de Shakespeare, sólo un hombre loco podía querer destruirla. Pero se trata de algo más que un autógrafo; encima de esa firma hay un documento. El hombre que puso la bomba pudo hacerlo movido por el deseo de evitar que el documento, con el mensaje que pueda contener, *fuera públicamente conocido.*

—¿Ves, sabelotodo? —dijo Patience.

—¡Pero destruir...! —Rowe hizo una mueca—. No puedo imaginarme qué clase de secreto pudo haber escrito el viejo Shake que indujera a un ser del siglo XX a llegar al extremo de evitar por todos los medios que fuera públicamente conocido. ¿Qué podría ser? No tiene sentido.

—Ésa es precisamente la cuestión —dijo Lane con sequedad—. ¿Qué puede ser? Si lo supiera... Que no tenga sentido es otra historia.

Si se le hubiera preguntado a Patience, probablemente habría dicho que aquel día (que había empezado con una misteriosa llamada telefónica, que había incluido el asalto a un viejo, una casa misteriosamente arrasada, y había terminado con una explosión) no podía depararle más sorpresas. Sin embargo, le esperaba todavía otra, tanto a ella como a Rowe y a Lane, en Hamlet.

Estaba oscureciendo. Se veía un punto de luz en el puente levadizo; el cómico y viejo rostro de Quacey brillaba arrugado y curtido delante de un viejo farol.

—¡Señor Lane! —gritó—, ¿dañaron a alguien?

—No mucho. ¿Que pasa, Quacey?

—Hay un hombre en el vestíbulo. Telefoneó poco después de irse usted. Una hora más tarde vino él personalmente. Parece estar muy impresionado, señor Lane.

—¿Quién es?

—Dijo que se llamaba Choate.

Echaron a correr hacia el vestíbulo, señorial como todo el edificio, copia exacta de un castillo medieval inglés. Los juncos crujieron bajo sus zapatos. En el otro extremo, con las manos cruzadas en la espalda, estaba la barbuda figura del conservador del Museo Británico, paseando a grandes zancadas, bajo la monumental máscara de Tragedia que Lane había tenido la ocurrencia de colocar al fondo del vestíbulo.

Los tres se acercaron a él ansiosos.

—Doctor Choate —dijo Lane lentamente—, perdone que le haya hecho esperar. Ha ocurrido algo inesperado... ¡Su cara es tan trágica como esa máscara! ¿Cuál es el problema?

—¿Algo inesperado? —el doctor Choate parecía agitado—. ¿Entonces ya lo sabe? —hizo una ligera reverencia a Rowe y Patience.

—¿La explosión?

—¿Explosión? ¿Qué explosión? ¡Cielos, no! Estoy hablando del doctor Sedlar.

—¡El doctor Sedlar! —exclamaron todos al mismo tiempo.

—Ha desaparecido.

El conservador se apoyó en la mesa. Tenía los ojos inyectados en sangre.

—¿Desaparecido? —dijo Patience frunciendo el ceño—. ¿Cómo? Si le vimos el sábado, ¿verdad, Gordon?

—Sí, sí —dijo el conservador con la voz ronca—. Estuvo allí unos minutos el sábado por la mañana. Parecía que estaba muy bien. Le dije que me telefoneara a mi casa el domingo, anoche, para hablar de algo relacionado con el museo. Me dijo que lo haría y luego se fue.

—¿No le llamó? —preguntó Lane.

—No. Traté de localizarle en el Séneca, pero no estaba allí. Hoy he estado esperándole todo el día. Pero ni le he visto ni he sabido nada de él —el doctor Choate se encogió de hombros—. ¡Es tan tonto todo! No me dijo que se iba. Pensé que quizá estaba enfermo. Llamé otra vez esta tarde y descubrí que no había vuelto al hotel desde el sábado por la mañana.

—Eso no significa necesariamente que desapareciera el sábado —murmuró Rowe.

—Puede que no, pero es extraño. No sabía *qué* hacer, si llamar a la policía o... Traté de ponerme en contacto con su padre, señorita Thumm, pero la chica de la oficina dijo...

El conservador se dejó caer en una silla, gimiendo.

—Primero Donaghue, después el doctor Ales, ahora Sedlar —dijo Patience trágicamente—. ¡Todas estas desapariciones! ¡Es... es indecente!

—A menos que Sedlar sea Ales —precisó Rowe.

El doctor Choate se echó las manos a la cabeza.

—¡Dios mío!

—Me pregunto —dijo Patience con el ceño fruncido— si eso no quiere decir que el doctor Ales es Sedlar, se ha hecho con el documento, ¡y se ha largado!

—Querida señorita Thumm, la gente del hotel dice que todo su equipaje está todavía en su habitación. ¡Yo diría que eso concuerda poco con una huida! ¿Y de qué documento está usted...?

Lane parecía muy cansado; había profundas arrugas alrededor de sus ojos y su piel parecía un pergamino abultado. Sacudió la cabeza con aire cansino.

—Estas especulaciones no nos llevan a ninguna parte. Las cosas están tomando un rumbo desconocido... Lo único que puedo sugerir es que traten de averiguar lo que ha pasado con Sedlar.

Era muy tarde cuando Rowe y Patience llegaron a la ciudad. Aparcaron el coche cerca del hotel Séneca y fueron en busca del director. Después de algunos trámites les permitieron ver la habitación de Sedlar. Todo parecía estar en orden. En el armario colgaban trajes estilo inglés, tiesos; el buró estaba lleno de ropa blanca, y los dos baúles y las tres maletas del hombre que ocupaba la habitación estaban sin hacer. El director, que parecía bastante ansioso por mantener a la policía al margen, miró de nuevo las credenciales de Patience —que pertenecían, naturalmente, al inspector— y permitió que registraran la habitación.

El equipaje y la ropa eran ingleses; había algunas cartas con matasellos de Londres y dirigidas al «doctor Hamnet Sedlar». No parecían sospechosas, y eran aparentemente de antiguos asociados del inglés. El pasaporte, adecuadamente visado, fue encontrado en uno de los cajones del buró. Pertenecía al doctor Hamnet Sedlar y contenía una pequeña foto familiar.

—Sedlar, perfectamente —dijo Rowe, ceñudo—. Este asunto está empezando a ponerme nervioso. Aquí no hay ningún indicio de que el tipo quisiera largarse del país.

—¡Estoy harta! —gruñó Patience—. Gordon, llévame a casa y... y bésame.

Asesinato

El sol brillaba y el fuego se había extinguido. El humo se había disipado durante la noche. Únicamente los rescoldos carbonizados, el montón de ruinas que parecía un residuo prehistórico, y los árboles chamuscados quedaban como testigos de la explosión de la tarde anterior. Bomberos y policías hurgaban entre las ruinas. Un hombre, con la mirada atenta, estaba dirigiendo las operaciones. Parecía particularmente ansioso por retirar los *débris* para poder bajar a ver lo que quedaba del sótano.

Un grupo miraba desde el límite donde empezaban los árboles, sus ropas movidas por un cálido viento mañanero. Bolling observaba los trabajos con aire severo.

—¿Ven a aquel pájaro de allí con ojos de águila? Es un experto en bombas. Quiero saber cómo demonios *ocurrió* esto.

—¿Quiere decir que encontrará algo entre estas basuras? —preguntó Rowe.

—Para eso está aquí.

Los operarios hicieron grandes progresos. En poco tiempo el montón de escombros fue retirado y trasladado a unos cien metros, dejando al descubierto el agujero que había en el suelo. Cuando el sótano fue lo suficientemente excavado para permitir el descenso, el hombre que dirigía las operaciones se metió como pudo en el hoyo y le perdieron de vista. Volvió a salir al cabo de diez minutos, miró a su alrededor, como si tratara de medir la longitud de la circunferencia de la explosión y desapareció de nuevo, esta vez entre los árboles. Cuando volvió, se zambulló una vez más en el sótano. Al aparecer por tercera vez llevaba en su rostro una mirada de tranquila satisfacción. En sus manos apareció una heterogénea mezcla de pequeños fragmentos de hierro, goma, cristal y alambre.

—¿Bueno? —le preguntó Bolling.

—Aquí está la prueba, jefe —dijo el experto despreocupadamente.

Alzó una pequeña pieza de un aparato que parecía un reloj.

—Una bomba de relojería —añadió.

—¡Ah! —exclamó Drury Lane.

—Tosca, casera. Controlada por un reloj para estallar a las seis. Bien cargada de dinamita.

La misma pregunta saltó a los labios de Patience, Rowe y Lane, pero fue este último quien se adelantó a hacerla con brusquedad:

—¿Cuándo fue colocada la bomba?

—El domingo a las seis, si estalló ayer a las seis. Era una bomba de veinticuatro horas.

—El domingo a las seis —repitió Patience lentamente—. ¡Entonces fue colocada antes de que Maxwell fuera asaltado el domingo por la noche!

—Eso parece —murmuró Rowe—. Si el que puso la bomba sabía que el documento estaba en la casa, entonces la puso para destruir el documento. Eso quiere decir que sabía que estaba en la casa, pero no sabía exactamente dónde. Resulta difícil de creer...

—El punto focal de la explosión —dijo el experto, escupiendo sobre una ennegrecida piedra— fue el sótano.

—¡Ah! —dijo de nuevo Lane.

—El segundo visitante, el que sacó el documento del pequeño compartimento secreto —dijo Patience con una mirada pensativa de reojo dirigida a Lane—, no pudo ser el que puso la bomba. Eso es obvio. El segundo visitante *sabía* dónde estaba el documento; el que colocó la bomba no lo sabía, como tú muy bien has dicho, Gordon...

Fue interrumpida por un ronco grito de uno de los operarios que estaban buscando entre las ruinas del sótano. Todos se volvieron inmediatamente.

—¿Qué pasa? —gritó Bolling, echando a correr.

Tres hombres estaban inclinados sobre algo. Sólo se veían sus cabezas desde el borde del agujero. Uno de ellos se volvió, blanco y temblando.

—Hay... hay un cuerpo aquí, jefe —dijo con la voz rota—. Y por su aspecto, yo diría que ha sido *asesinado*.

Los jóvenes se precipitaron hasta el borde de los cimientos a través de las carbonizadas cenizas. Lane los siguió moviéndose con lentitud, pálido y preocupado.

Rowe miró un momento y se volvió para apartar a Patience bruscamente.

—Es muy desagradable, Pat —dijo impresionado—. Mejor será que te vayas bajo los árboles. No lo veas.

—¡Oh! —dijo Patience; las ventanas de su nariz se movieron nerviosamente. Obedeció sin decir nada.

Los hombres miraban fijamente, fascinados, hacia el fondo del agujero. Uno de los operarios, un joven policía de rojas mejillas, se retiró tambaleándose a una esquina del sótano y se inclinó hacia delante, tembloroso y enfermo... Los restos estaban espantosamente carbonizados, haciendo casi irreconocible la apariencia humana; faltaban un brazo y una pierna y las ropas habían ardido completamente.

—¿Cómo sabe usted —preguntó ásperamente— que ha sido asesinado?

Un hombre mayor vestido de uniforme miró hacia arriba con los labios apretados.

—Si no estuviera tan quemado no podría ver los *agujeros* —dijo.

—¿Agujeros? —dijo Rowe conteniendo la respiración.

El hombre suspiró de una manera extraña.

—Tres agujeros, claros como el infierno, en su barriga. Son agujeros de bala, señor, de eso no cabe la menor duda.

Tres horas más tarde, Lane, Bolling, Patience y el joven Rowe estaban sentados y callados en la oficina del fiscal del distrito en White Plains. Se había solicitado urgentemente un vehículo para trasladar el cadáver a la oficina del médico forense en White Plains, la capital del condado. Bolling no había permitido que nadie tocara el cuerpo más allá de lo necesario para reunir los esparcidos restos. Se había llevado a cabo una investigación de los restos analizándose los fragmentos de la ropa, particularmente los botones, con la intención de encontrar una clave para descubrir la identidad del hombre asesinado, a falta de otros medios; pero el cuerpo había sido colocado en el vértice de la explosión y los analistas enseguida renunciaron. Había sido un milagro, según dijo alegremente el experto en bombas, que el cuerpo no quedara reducido a átomos.

Estaban sentados alrededor de la mesa del fiscal mirando fijamente el objeto que había sobre ella. Era la única cosa encontrada en el cadáver que podía servir de pista. Era un reloj de pulsera de manufactura británica, un reloj barato con una correa de cuero. Sería inútil tratar de describir cómo era. No quedaba nada del cristal salvo un trocito triangular que colgaba de la montura. La aleación del metal de que estaba hecho el reloj no había sido afectada por la explosión, aparte de darle una apariencia ennegrecida y ahumada. Pero había una cosa extraña en él. Las manecillas estaban paradas en las 12.26 y podía verse una profunda raja en la esfera. Esta raja cortaba el número 10 y se extendía por el metal de la montura.

—Es una cosa curiosa —dijo el fiscal del distrito, un joven de ojos preocupados—. ¿No me dijo usted, Bolling, que el cuerpo había sido encontrado boca abajo y que el brazo en el que se encontró este reloj estaba doblado *debajo* del cuerpo?

—Exactamente.

—Entonces la hendidura en el extremo de la esfera no fue producida por la explosión.

—Además hay otra cosa —murmuró Patience—. La explosión se produjo a las seis; si el reloj se hubiera detenido como consecuencia de ella, las manecillas tendrían que estar ahora en las seis. Pero no es así.

El fiscal del distrito la miró con ojos de admiración.

—¡Eso es verdad! A decir verdad, no había pensado en ello. ¿Dijo que era la hija del inspector Thumm?

El médico forense entró precipitadamente en el despacho. Era un hombre bajo, calvo, de tiernas mejillas.

—¡Hola, hola! Bueno, acabo de examinar ese revoltijo que hay ahí dentro. Supongo que querrán conocer buenas noticias.

—Fue asesinado, ¿verdad? —le preguntó Rowe impaciente.

—Sí, desde luego. Naturalmente, tal como está el cadáver es difícil decir, pero mi opinión es que lo mataron hace treinta y seis horas, lo que quiere decir que murió aproximadamente el domingo a medianoche.

—¡El domingo a medianoche! —Patience y Rowe se miraron. Lane parecía un poco conmovido.

—Eso encaja perfectamente con la hora que marca el reloj —señaló el fiscal del distrito—. Las doce y veintiséis. El reloj se debió de parar cuando se cometió el asesinato. Lo mataron la madrugada del lunes, a las doce y veintiséis.

El hombre bajo y calvo continuó:

—Le dispararon por delante, a poca distancia, tres disparos.

Depositó sobre la mesa tres balas aplastadas e informes.

—Hay algo curioso sobre la raja que hay en el reloj. En la muñeca se puede ver un corte profundo que se corresponde con ella. El corte en la muñeca comienza donde termina la raja del reloj.

—En otras palabras —inquirió Rowe—, ¿usted cree que el mismo golpe produjo las dos hendiduras?

—Ni más ni menos.

—Ése fue nuestro hombre del hacha —dijo Rowe en voz baja con un brillo duro en sus ojos—. O al menos es alguien que usó un hacha... Doctor, ¿pudieron esas hendiduras ser producidas por un hacha pequeña?

—Seguramente. No pudo ser un cuchillo. Tuvo que ser algo con una hoja ancha y un mango que le diera impulso.

—El asunto está liquidado —gruñó Bolling—. Alguien usó un hacha para trinchar a ese pájaro, le golpeó en la muñeca, le rompió el reloj, que se paró, hiriéndole en la muñeca al mismo tiempo. Luego, supongo que en una pelea, le llenó la barriga de plomo.

—Encontramos algo más —dijo el doctor, sacando de su bolsillo una pequeña llave envuelta en un papel—. Uno de sus hombres, Bolling, me acaba de traer esto. Lo encontró en un trozo de uno de los bolsillos del pantalón; sus hombres lo descubrieron entre las ruinas, cerca del cuerpo. Ha sido identificado por alguien...

—¿Maxwell?

—¿El hombre que cuidaba la casa? Sí. Maxwell la identificó como la llave original de la puerta principal de la casa.

—¡La llave *original*! —gritaron al mismo tiempo los dos jóvenes.

—Curioso —murmuró Bolling—. Espere un minuto.

Descolgó el teléfono del fiscal y marcó el número de su cuartel general en Tarrytown. Habló brevemente con alguien y luego colgó de nuevo el auricular.

—No hay duda —dijo—. Uno de mis hombres dice que Maxwell declaró que era la llave del doctor Ales. La que el hombre enmascarado le quitó la noche que lo amordazó en el garaje era un duplicado.

—¿No había más llaves? —se apresuró a decir Patience.

—Eso es lo que dijo Maxwell.

—Entonces creo que no hay ninguna duda —dijo el fiscal del distrito suspirando satisfecho— de que el cadáver debe ser el del doctor Ales.

—¿Seguro? —murmuró Lane.

—¿No lo cree usted así?

—Una llave, mi querido señor, puede estar en manos de alguien que no sea su propietario. Sin embargo, supongo que es un razonamiento lógico.

—Bueno, estoy ocupado —dijo el forense—. Otra cosa: Supongo que querrán conocer la descripción del cadáver. Uno setenta y cinco de estatura, pelo rubio o rojizo, debía de pesar unos setenta kilos y tenía entre cuarenta y cinco y cincuenta y cinco años. No he podido encontrar ninguna señal de identificación.

—Sedlar —murmuró Patience.

—Has dado en el clavo —dijo Rowe bruscamente—. Uno de los hombres envueltos en este caso, un inglés, el doctor Sedlar, que desapareció de su hotel en Nueva York el sábado. ¡Esa descripción encaja perfectamente!

—¡No diga eso! —rezongó Bolling.

—Lo afirmo. Parece haber una confusión de identidades. Este hombre, Sedlar, ha sido acusado de ser el doctor Ales...

—Entonces esto lo aclara todo —dijo Bolling con optimismo—. No olvide que en el cadáver se encontró la llave del doctor Ales. Si Sedlar era Ales, entonces todos contentos.

—Por otro lado, no estoy seguro —murmuró Rowe—. Realmente sólo hay dos posibilidades, y estamos confundidos ahora porque no las hemos analizado cuidadosamente. La primera posibilidad es que Sedlar y Ales sean el mismo hombre, como ha dicho usted, Bolling, en cuyo caso el cadáver, cuya descripción corresponde con los dos, aclara el misterio principal de la desaparición de los dos hombres. Pero si Sedlar y Ales no son la misma persona, entonces sólo podemos llegar a una conclusión: ¡Los dos se parecen extraordinariamente! Hemos estado desechando esta conclusión porque parece... de novela policiaca; pero es una deducción lógica.

Lane no dijo nada.

—Bueno —refunfuñó Bolling poniéndose en pie con esfuerzo—, toda esta charla puede que les lleve a alguna parte, pero a mí me da dolor de cabeza. Lo que quiero saber es: ¿Este cadáver de quién es? ¿Es el del doctor Ales o el de ese condenado inglés llamado Sedlar?

El miércoles ocurrieron dos cosas importantes por la mañana: El inspector Thumm volvió victorioso de Chillicothe, Ohio, después de haber cogido y metido entre barrotes a su ladrón de joyas; y el misterio del «extraordinario parecido» se resolvió.

Resurrección

—La razón por la que estamos aquí otra vez (¡Patty me ha dicho que ella y este joven bestia han estado prácticamente viviendo aquí!) —dijo el inspector cordialmente dirigiéndose a Lane, los dos sentados en compañía de los jóvenes bajo un ancho roble en uno de los tranquilos jardines de Lane— es que tenemos noticias interesantes para usted.

—¿Noticias? —dijo el anciano caballero sin darle importancia; parecía apático, triste y cansado. Sonrió débilmente y algo del vigor sonoro de otros tiempos pareció incorporarse a su voz—. «Vacía tú tus fructíferas nuevas en mis oídos, que durante mucho tiempo han sido estériles». Confío en que sean fructíferas.

El inspector sonrió abiertamente; estaba de muy buen humor.

—Juzgue usted mismo —hurgó en uno de sus bolsillos y sacó un sobre—. Me lo mandó inesperadamente el bueno de Trench esta mañana.

El telegrama decía así:

INVESTIGACIÓN POSTERIOR SOBRE HAMNET SEDLAR REVELA COSAS INTERESANTES EN ÚLTIMO TELEGRAMA TE INFORMÉ H S TENÍA UN HERMANO WILLIAM CUYO PARADERO SE DESCONOCÍA HEMOS AVERIGUADO QUE WILLIAM Y HAMNET SON GEMELOS WILLIAM HA SIDO LOCALIZADO EN ESTADOS UNIDOS EMBARCÓ EN BURDEOS RUMBO A NUEVA YORK EN UN PEQUEÑO MERCANTE MARZO PASADO ES BUSCADO POR EL DEPARTAMENTO DE POLICÍA DE GIRONDE BURDEOS CON LA ACUSACIÓN DE VIOLACIÓN DE DOMICILIO Y ATAQUE CRIMINAL IRRUMPIÓ EN BIBLIOTECA PRIVADA DE ACAU-

DALADO BIBLIÓFILO FRANCÉS DE BAYLE APARENTEMENTE INTENTO ROBAR RARO EJEMPLAR EL FRANCÉS FUE ENCONTRADO CON LESIONES GRAVES HABÍA SORPRENDIDO A WILLIAM INTENTANDO MUTILAR ENCUADERNACIÓN LIBRO UN JAGGARD 1599 DE EL PEREGRINO APASIONADO DE WILLIAM SHAKESPEARE LA ACCIÓN ES SIGNIFICATIVA PUES WILLIAM PARECE SER UN HOMBRE DE MEDIOS ES UN BIBLIÓFILO COMO HAMNET Y HA ESCRITO ARTÍCULOS LITERARIOS BAJO SEUDÓNIMO DOCTOR ALES ANTES DE DESAPARECER DE INGLATERRA HACE TRES AÑOS HABÍA TRABAJADO COMO EXPERTO EN EJEMPLARES RAROS EN SUBASTAS SU PATRÓN MÁS IMPORTANTE FUE SIR JOHN HUMPHREY-BOND RECIENTEMENTE FALLECIDO NO HAY HUELLAS DACTILARES DE WILLIAM NI HAMNET NI SEÑALES IDENTIFICACIÓN CONOCIDAS AUNQUE POR LA INFORMACIÓN DE QUE DISPONEMOS WILLIAM ES IDÉNTICO A SU HERMANO ESPERO ESTA INFORMACIÓN TE SEA ÚTIL SI ENCUENTRAS A WILLIAM SEDLAR ALIAS DOCTOR ALES NOTIFÍCALO AL PREFECTO DE POLICÍA BURDEOS FRANCIA RECUERDOS Y BUENA CAZA.

TRENCH

—Esto lo explica todo, ¿no crees? —gritó Patience—. Al ser hermanos gemelos William y Hamnet debían de parecerse como dos gotas de agua. ¡Por eso ha estado todo el mundo confundiéndolos!

—Sí —dijo Lane con suavidad—. Es una información extraordinariamente valiosa. Ahora está claro que Sedlar era Sedlar y que el doctor Ales era William, el hermano de Sedlar, el fugitivo de la justicia francesa.

Juntó las puntas de sus largos dedos.

—Pero —continuó— el *embarras du choix* todavía nos amenaza. ¿Qué cuerpo fue el que se encontró, el de William o el de Hamnet?

—Y además está ese asunto de William tratando de echarle las garras al ejemplar del Jaggard de 1599 en Bayle —señaló Rowe—. Usted debe de haber oído hablar de ese francés, señor Lane, Pierre Gréville. Yo le visité el año pasado —Lane afirmó con un movimiento de cabeza—. Él es el propietario del segundo ejemplar. Saxon tenía el tercero y el otro sólo Dios sabe dónde está. Mutilando el ejemplar, ¿eh? Tonterías. ¡Estaba buscando ese documento!

—Resuélvanlo, chicos —dijo el inspector riéndose entre dientes—. Yo me he lavado las manos en *este* caso. Pero parece que empieza a aclararse, ¿no?

—¿Quieren saber —dijo Patience de pronto alisando su vestido— quién asesinó al hombre que estaba en el sótano?

Antes de que ellos contestaran Patience se echó a reír.

—¡Oh!, no puedo darles ningún nombre. Es como un problema matemático con un montón de incógnitas. Pero estoy segura de una cosa: ¡El asesino fue el hombre del hacha!

—¡Oh! —dijo Rowe y se dejó caer de espaldas sobre la hierba.

—Sabemos que estaba en el despacho a medianoche por la prueba del reloj de péndulo. A las doce y veinticuatro estaba arriba en el dormitorio, destrozando todavía todo con el hacha, como lo prueba el reloj roto que había allí. El asesinato se produjo a las doce y veintiséis... ¡sólo dos minutos después! Y el asesino llevaba un hacha, como lo prueba la raja que había en el reloj y la muñeca de la víctima.

—Comprendo —dijo Lane y se puso a mirar el cielo.

—¿No es así? —preguntó Patience impaciente.

Pero Lane no estaba mirando sus labios; parecía absorto en el oscuro contorno de una nube que tenía una forma llamativa.

—Hay otra cosa —dijo Rowe con aire decidido—. Está ese monóculo que encontramos en el vestíbulo de la casa. Es una buena prueba de que Sedlar estuvo en la casa. ¿Fue la víctima o el asesino? Provisionalmente parece que fue la víctima. El cadáver se corresponde con su descripción...

—A menos que el cadáver sea el del doctor Ales —dijo Patience.

—Pero ¿quién colocó la bomba? —preguntó el inspector.

Quacey se acercó a ellos silenciosamente precediendo a un hombre con cara color caoba vestido de uniforme.

—¿Es usted el inspector Thumm? —preguntó el desconocido.

—Sí.

—Me envía el jefe Bolling, de Tarrytown.

—¡Oh, sí! Le telefoneé esta mañana para decirle que volvería.

—Bueno, me encargó que le dijera que se ha encontrado a un hombre merodeando entre Irvington y Tarrytown, como aturdido. Parece medio muerto de hambre también. Un vagabundo medio loco. No puedo decirle su nombre pero no hace más que murmurar algo sobre un sombrero azul.

—¡Un sombrero azul!

—Sí. Le han llevado al hospital de Tarrytown. Dice el jefe que si quiere verle que se dé una vuelta por allí.

Encontraron a Bolling paseando a grandes zancadas por la sala de espera del hospital. Estrechó enérgicamente la mano del inspector Thumm.

—¡No lo veía a *usted* desde hace un montón de años, inspector! Esto se está poniendo peor cada día. ¿Quiere verle?

—Desde luego. ¿Quién es?

—Que me registren si lo sé. Están intentando sacárselo. Es un buen mozo, pero ahora está tan delgado que se le ven las costillas. Está muerto de hambre.

Siguieron a Bolling por el corredor con una excitación creciente.

Bolling abrió la puerta de una habitación. Un hombre estaba tendido, inmóvil sobre la cama que había en el cuarto. Un montón de ropa harapienta y sucia estaba sobre una silla que había cerca. Su rostro estaba demacrado, los rasgos muy marcados y cubierto por una sucia barba de días. Sus ojos estaban abiertos y clavados en una pared.

El inspector Thumm se acercó a él.

—¡Donaghue! —rugió.

—¿Éste es el irlandés que había desaparecido? —preguntó Bolling ansioso.

El señor Drury Lane cerró tranquilamente la puerta. Se acercó a la cama y miró al irlandés. Los ojos de éste se llenaron de pronto de dolor y la cabeza se volvió lentamente. El hombre miró a Lane sin expresión y luego al inspector... El reconocimiento pareció asomarse a sus ojos por fin. Se humedeció los labios.

—Inspector —murmuró.

—Yo soy —dijo Thumm con calor, aproximándose a la cama—. El irritable, viejo Mick... Nos ha traído usted de cabeza. ¿Dónde ha estado? ¿Qué le ha pasado?

Un ligero color invadió sus mejillas. Donaghue carraspeó antes de encontrar su voz.

—Es... es una larga historia —intentó sonreír—. ¡Me han estado alimentando aquí con un condenado tubo! Daría mi brazo derecho por un buen bistec. ¿Cómo... cómo dio conmigo, jefe?

—Hemos estado buscándole desde que perdimos su pista, Donaghue. ¿Se siente con fuerzas para hablar?

—Desde luego, será un placer.

Donaghue se frotó su peluda barbilla y luego con una voz firme contó una historia fantástica:

La tarde en que los maestros de Indiana visitaron el Museo Británico, había llamado su atención un hombre alto con bigotes y un extraño sombrero azul. Salía sigilosamente del edificio con algo bajo el brazo. Parecía un libro. Siempre atento a los ladrones, Donaghue, sin pararse a pensar en dar la alarma, salió corriendo detrás del hombre. Su presa se había metido en un taxi y Donaghue le siguió en otro. La caza le condujo, a través de complicados medios de transporte, fuera de la ciudad hasta una destartalada casa de madera que estaba a unos dos kilómetros de la carretera principal que va de Tarrytown a Irvington. Se escondió entre los arbustos al ver que un hombre de edad vestido de negro salía de la casa; después subió las escalerillas del porche. Un letrero que había debajo del timbre le informó de que aquella era la casa del doctor Ales. Había llamado a la puerta y la persona que perseguía se la había abierto. Donaghue le reconoció a pesar de que ya no llevaba el bigote y se había quitado el extraño sombrero. ¡El bigote era postizo! Donaghue se encontró ante un dilema. No tenía pruebas de que el hombre fuera un ladrón; quizás se lo había imaginado. Sin embargo, que el bigote fuera postizo era un indicio... No teniendo autoridad para un arresto forzó una invitación para entrar en la casa. Fue conducido a un despacho lleno de libros. Cogiendo al toro por los cuernos, Donaghue había acusado al hombre de haber robado un libro del museo.

—Era un diablo el condenado —dijo Donaghue con los ojos brillantes—. ¡Admitió la acusación! Luego el tío fue y dijo que devolvería todo y pagaría daños y perjuicios y toda la labia. Saqué mi pipa y empecé a fumar, pensando entretenerle hasta que pudiera llamar por teléfono a la policía. Pero yo estaba nervioso y se me cayó la pipa al suelo y se me rompió. Me acompañó hasta la puerta, muy amable el tío, y me encontré en el camino pensando en lo que podía hacer. De pronto algo se cascó en mi cogote y eso es todo lo que supe durante mucho, mucho tiempo.

Cuando se despertó se encontró en una habitación oscura atado y amordazado. En el momento pensó que el doctor Ales le había seguido y le había golpeado. Estuvo convencido de ello hasta que consiguió escapar. Al salir se dio cuenta de que la casa no era la del doctor Ales, sino otra completamente distinta y que no había visto antes.

—¿Está seguro de eso? Naturalmente, si la casa del doctor Ales ha volado por los aires —murmuró el inspector—. Siga, Donaghue.

—No tengo ni idea del tiempo que estuve atado como un cerdo —continuó el resucitado irlandés—. ¿Qué día es hoy? Bueno, eso no importa. Una vez al día me traía comida un hombre enmascarado que llevaba una pistola.

—¿Era el doctor Ales? —preguntó Patience alzando la voz.

—No, señorita, no puedo decirle. La figura era distinta. Pero la voz era como parecida. Hablaba como un maldito inglés, de verdad, y, bueno, yo conozco el acento; he estado en el viejo país y he oído hablar a muchos de ellos. ¡Maldito diablo! El puñetero me amenazaba una y otra vez con torturarme.

—¿Torturarle? —dijo Patience con la voz entrecortada.

—Como lo oye, señorita. Sólo me amenazó; nunca lo hizo. Quería que le dijera «dónde estaba el documento» —Donaghue se rió entre dientes—. Y yo le decía: «¿Es usted tonto?», y me volvía a amenazar. Yo no comprendía lo que quería decir con un documento, ¿comprende?

—Extraño —dijo Rowe.

—Algunos días me dejaron sin comer —se lamentó Donaghue—. ¡Cielos, lo que daría por una pierna de cordero!

Se humedeció los labios y siguió contando la extraña historia. Una vez —hace mucho tiempo, dijo, aunque no podía precisar cuándo, pues había perdido la noción del tiempo— había oído ruidos en alguna parte del edificio. Oyó que arrastraban un cuerpo y lo tiraban en una habitación cercana a la suya; después oyó quejarse a un hombre. Poco después se cerraba una puerta. Intentó comunicarse por señales con su vecino, a quien tomó por un prisionero como él, pero como estaba atado y amordazado sus intentos fueron vanos. Durante los tres últimos días Donaghue no había sido alimentado ni había visto a su secuestrador. Esa mañana, después de días de agotadores esfuerzos, se pudo desembarazar de sus cuerdas; forzó la cerradura de su habitación y se encontró en un vestíbulo oscuro, sucio y maloliente. Escuchó con atención y le pareció que la casa estaba desierta. Intentó localizar la habitación en la que estaba el otro prisionero, pero todas las puertas estaban cerradas con llave y no obtuvo respuesta a sus golpes en las paredes. Débil, temeroso de que su secuestrador volviera, se había escapado de la casa.

—¿Cree usted —le preguntó el inspector Thumm— que podría dar con esa casa otra vez, Donaghue?

—Seguro. Nunca la olvidaré.

—Un momento —protestó un joven vestido de blanco que estaba junto a la puerta—. Este hombre está débil. Les aconsejo seriamente que no lo saquen de aquí.

—¡Guárdese su consejo! —dijo Donaghue alzando la voz e intentando incorporarse. Luego volvió a caer hacia atrás con un gemido—. No estoy tan ágil como antes. Deme otro trago de su sopa, Doc, y encabezaré la expedición. ¡Eh!, inspector, ¡esto es como en los viejos tiempos!

El coche de Lane, siguiendo las indicaciones de Donaghue, se había dirigido al punto donde éste había sido hallado a primera hora del día por un soldado. Detrás iban Bolling y una brigada de hombres en otro coche. El viejo y esforzado irlandés examinaba la carretera bizqueando un poco. Junto a él estaba Thumm.

—Por aquí —dijo finalmente Donaghue.

Los dos hombres volvieron a la limusina. Dromio puso el coche en marcha y éste se deslizó lentamente. A menos de cien metros Donaghue gritó algo y Dromio condujo el coche por una estrecha desviación. Era una carretera secundaria que no estaba a más de dos kilómetros del camino que conducía a la casa de Ales.

Los dos coches se deslizaron con cautela. Tres casas campestres pasaban desapercibidas, situadas a bastante distancia de la carretera principal.

—¡Allí! —gritó Donaghue de pronto.

Era una casa pequeña y vieja, poco más que una choza, tan solitaria y en tan mal estado como una muestra arqueológica. No parecía estar habitada; el lugar estaba rodeado por una valla de madera y parecía no tener ocupantes desde hacía años.

Los hombres de Bolling no tuvieron compasión de las débiles barreras. Un viejo tronco sirvió de ariete y la puerta principal se deshizo como la cáscara de una nuez podrida. Como un enjambre de abejas se extendieron por la casa, pistola en mano. Estaba vacía, sucia y, salvo la habitación en la que había estado prisionero Donaghue, sin amueblar. Tiraron una puerta tras otra. Finalmente llegaron a un cubículo negro, maloliente, que tenía una cama minúscula, una palangana y una silla. Sobre la cama estaba tendido el cuerpo atado de un hombre.

Estaba inconsciente.

Los hombres de Bolling lo sacaron fuera. Todos miraron el rostro amarillento del hombre. La misma pregunta se reflejaba en los ojos de los observadores. ¿Era aquella víctima del aire viciado y el hambre William o Hamnet Sedlar? Porque no cabía duda de que era uno de los dos.

Donaghue, una vez hecho su trabajo, dejó escapar un débil gemido y se desmayó en los brazos del inspector. Una ambulancia, que había seguido a los dos coches, se acercó inmediatamente y Donaghue fue introducido en ella. Un interno del hospital se inclinó sobre la fláccida figura del inglés inconsciente.

—Está desmayado. Falta de alimento, aire envenenado... debilitación general. Se pondrá bien con unos pocos cuidados.

Sus flacas mejillas estaban cubiertas por una sedosa, rubia barba de días. El médico le aplicó reconstituyentes y los ojos del hombre pestañearon. Pero estaban aturdidos y contestaron a las preguntas que le gritó el inspector con miradas sin expresión. Luego se cerraron otra vez.

—De acuerdo —gruñó Bolling—. Llévenlo al hospital. Hablaremos con este pájaro mañana.

Cuando la ambulancia salía a toda velocidad, llegó un coche y un hombre joven sin sombrero saltó de él. Era un periodista, que había sido llevado allí por las misteriosas corrientes subterráneas del rumor, que parecen ser un vehículo perfecto para los hombres de la prensa. Bolling y Thumm fueron abrumados con preguntas. A pesar de las señas furiosas de Lane, las noticias salieron a la luz: Todos supieron del doctor Ales, el «fugitivo de la justicia francesa», la historia dramática de Donaghue, la confusión de identidades en lo referente a los gemelos Sedlar... El joven salió disparado de allí con una sonrisa de triunfo.

—Eso —dijo Lane fríamente— ha sido un error, inspector.

Thumm se sonrojó. En ese momento un hombre se acercó a Bolling y le informó del fracaso de la búsqueda de una pista que pudiera conducir a revelar la identidad del secuestrador de los dos hombres, a pesar de haberse llevado a cabo un minucioso registro de la casa.

—He llamado a Tarrytown también —dijo— y hemos localizado al propietario de esta casa. Ni siquiera sabía que estuviera alguien viviendo aquí. Dice que la casa ha estado vacía los últimos tres años.

Los dos grupos volvieron a sus respectivos coches en silencio. Después de diez minutos de tensión Gordon Rowe dijo cansadamente:

—¡Vaya rompecabezas!

—Lo primero que deseamos saber —dijo el inspector Thumm con severidad— es quién es usted.

Todos estaban agrupados alrededor de la cama del inglés a la mañana siguiente, en el hospital de Tarrytown. El médico residente les había informado por teléfono de que el paciente estaba en condiciones de hablar; una cautelosa nutrición, los sedantes y un profundo sueño reparador habían hecho maravillas. Había sido afeitado, y a sus mejillas había vuelto el color y sus ojos parecían lejanos e inteligentes. Cuando llegaron a la habitación encontraron al hombre sentado en la cama con los periódicos de la mañana esparcidos por la colcha, hablando amigablemente con Donaghue, que estaba en la cama vecina.

Las rojizas cejas del inglés se alzaron.

—¿Tenían alguna duda? Perdonen, pero no lo entiendo —los fue mirando uno a uno con unos ojos penetrantes que parecían estar haciendo un recuento muy particular—. Yo soy el doctor Hamnet Sedlar. ¿Choate? ¡Oh, sí! el doctor Choate. Debe de haber estado preocupado —dijo el inglés suavemente—. ¡Qué pesadilla! Su amigo Donaghue creía que yo era el ladrón del sombrero azul. ¡Ja, ja! El parecido es... era asombroso. Era mi hermano gemelo, ¿saben?

—Entonces ¿usted sabe que ha muerto? —gritó Patience.

Lane miró al inspector y éste se puso colorado.

—He sido asediado por los periodistas toda la mañana. Y luego, estos periódicos... Ellos me pusieron al corriente de todo. Por la descripción del forense ese cadáver debe de ser el de mi hermano William. Él usaba el seudónimo de doctor Ales en sus artículos.

—Ya —dijo Thumm—. Escuche un momento, doctor Sedlar. Parece como si este caso estuviera resuelto. Pero que me aspen si conozco la solución. Sabemos cosas sospechosas de usted, como ya le hemos dicho, y ahora sobre su hermano. Queremos saber la verdad. Que su hermano haya muerto no nos tranquiliza en absoluto.

El doctor Sedlar suspiró.

—Supongo que no. Muy bien, les contaré todo —cerró sus ojos; su voz era muy débil—. Tanto ustedes como los periódicos han dado una interpretación exagerada a mi mentira sobre la fecha de mi llegada a este país. La verdad es que llegué en secreto antes de la fecha anunciada para impedir que se cometiera un acto deshonroso. Un acto de mi hermano William.

Se detuvo. Nadie habló. Abrió sus ojos.

—Hay demasiada gente aquí —dijo abruptamente.

—¡Oh!, vamos, doctor —dijo Rowe—. Todos estamos metidos en el asunto. Y en lo que se refiere a Donaghue...

—Soy sordo, mudo y ciego —dijo el irlandés sonriendo abiertamente.

La historia siguió con cierta desgana. Hacía algunos años, cuando William Sedlar estaba en Inglaterra metido de lleno en el mundo de los coleccionistas de libros, como representante de éstos, el hermano gemelo de Hamnet se había hecho amigo de sir John Humphrey-Bond, el famoso bibliófilo inglés. William había contribuido eficazmente a llevar a buen fin un acuerdo por el que Samuel Saxon había comprado a sir John uno de los tres ejemplares existentes en el mundo de la edición Jaggard de 1599 de *El peregrino apasionado*. Algunos meses más tarde William, que tenía acceso a la inmensa biblioteca de sir John, encontró un manuscrito —en sí mismo no muy valioso y completamente desconocido para el mundo bibliófilo— que afirmaba que una carta escrita y firmada por la mano de William Shakespeare y que contenía un extraño secreto había existido hasta, como muy tarde, 1758, la fecha del manuscrito que había encontrado William. Esta carta de Shakespeare, a causa de su horrible secreto, seguía diciendo el manuscrito, había sido escondida en la contratapa de una edición de Jaggard de 1599 de *El peregrino apasionado*. Excitado por su descubrimiento, William averiguó que sir John no había leído nunca el manuscrito y (su codicia de coleccionista se puso al descubierto) se lo compró a su patrón sin revelarle su contenido. Hizo partícipe a su hermano Hamnet, entonces conservador del Museo de Kensington, de su secreto y le enseñó el manuscrito. Hamnet se burló de él como si fuera un cuento de viejas. Pero William, ebrio por el extraordinario valor histórico, literario y monetario del documento del que hablaba el manuscrito, se puso a perseguir su presa, a pesar del hecho de que el sabía que, salvo tres, todos los ejemplares de la edición Jaggard de *El peregrino apasionado* habían desaparecido en el curso de los últimos tres siglos. Después de tres años de búsqueda averiguó que dos de los ejemplares —uno de ellos pertenecía a Gréville, el coleccionista francés— no contenían la supuesta carta autógrafa. Al tener que abandonar Francia, perseguido por la *Gendarmerie,* decidió, desesperado, embarcarse rumbo a los Estados Unidos. Estaba obsesionado con la idea de examinar el tercer ejemplar que, ironías del destino, él mismo había puesto en las manos de Samuel Saxon. William había escrito secretamente una carta a su hermano antes de abandonar Burdeos.

—En ella me contaba lo que había hecho en la casa de los Gréville —dijo el doctor Sedlar desmayadamente—. Me di cuenta de que su obsesión por encontrar el documento le había trastornado. Afortunadamente hacía pocos días había aceptado la proposición del señor James Wyeth para venir a América. Lo vi como una oportunidad de vigilar a mi hermano William e impedir, si podía, que cometiera otro delito. Cogí un barco antes de la fecha anunciada y al llegar a Nueva York puse un anuncio en las columnas personales de los periódicos. William entró en contacto conmigo bastante pronto y me vino a ver al modesto hotel en el que me había alojado temporalmente con un nombre falso. Me dijo que había alquilado una casa en Westchester utilizando el seudónimo de doctor Ales; que estaba tras la pista del ejemplar de Saxon, pero que había tenido muy mala suerte, pues había sido legado, entre otros libros, al Museo Británico, según el testamento de Saxon, y no había podido hacerse con él. Me dijo también que había contratado los servicios de un delincuente común llamado Villa para que entrara en la mansión de los Saxon y robara el volumen; pero Villa lo había hecho todo muy mal y había robado una falsificación carente de valor. William la devolvió anónimamente. Estaba muy inquieto, impaciente; el museo, me dijo, estaba cerrado por reformas; y el Jaggard había sido enviado allí con todo lo que componía el legado; ¡debía entrar como fuera en el museo! Me di cuenta de que estaba loco de codicia y traté de disuadirle; la situación era desesperada: ya iba a ser el conservador del museo. Pero William se mostró obstinado y nuestra primera conversación no nos llevó a ninguna parte; se fue.

—¿Fue usted el que se presentó secretamente una noche en la casa de su hermano? ¿Era usted el visitante embozado del que nos habló el criado de su hermano? —preguntó Lane lentamente.

—Sí, pero no sirvió de nada. Yo estaba fuera de mí, con la consternación y el miedo. Comprenda, mi situación no era agradable —el inglés respiró profundamente—. Cuando robaron el Jaggard, me di cuenta de que el hombre del sombrero azul debía de ser mi hermano. Pero no podía decir nada, evidentemente. William entró de nuevo en contacto conmigo esa noche y me dijo con júbilo que había descubierto el documento en la encuadernación del Jaggard de Saxon y que iba a devolver el libro al museo, ya que no lo necesitaba para nada. Había dejado allí su ejemplar del Jaggard de 1606, de cuya existencia yo no tenía ni la más leve noticia, en lugar del Jaggard robado; supongo que para aplacar su propio remordimiento de conciencia y también para demorar el descubrimiento del robo. Después de todo, no era un ladrón común. Aparentemente este ejemplar era igual al de 1599.

—Pero ¿qué hay de todo ese asunto del secuestro? —inquirió Thumm—. ¿Cómo ocurrió?

El doctor Sedlar se mordió un labio.

—Nunca creí que llegara a esos extremos. Me cogió totalmente desprevenido. ¡Mi propio hermano!... El viernes último recibí en el Séneca una nota enviada por correo en la que me citaba secretamente cerca de Tarrytown, no en su casa. La nota era muy misteriosa, pero yo no desconfié porque... —se detuvo y sus ojos se nublaron—. El caso es que el sábado por la mañana me dirigí al lugar de la cita directamente desde el museo, donde dejé al doctor Choate. Es... es penoso caballeros.

—¿Le atacó? —preguntó Bolling implacable.

—Sí —los labios del hombre temblaban—. Me secuestró... a mí... ¡su propio hermano! Y me metió, atado y amordazado, en un agujero inmundo... Ya conocen el resto.

—Pero ¿por qué? —preguntó Thumm—. No tiene sentido.

Sedlar movió sus delgados hombros.

—Supongo que tenía miedo de que yo le delatara. En un momento de desesperación yo le había amenazado con entregarle a la policía. Supongo que quería tenerme seguro hasta que pudiera salir del país con el documento.

—Su monóculo fue encontrado en la casa de Ales después de haberse cometido un asesinato, como sabemos ahora —dijo Thumm con dureza—. Explique eso.

—¿Mi monóculo? ¡Oh!, sí —movió desmayadamente una mano—. La prensa dijo algo sobre eso. No puedo explicarlo. William debió de haberlo cogido cuando... Dijo que iba a volver a la casa en busca del documento, que había escondido allí; luego debió de intentar escaparse. Pero supongo que se lo impidió su asesino y de alguna manera el monóculo debió de caerse de su bolsillo y romperse durante la pelea. Indudablemente fue asesinado por la posesión del documento.

—¿Y el documento está ahora, entonces, en manos del asesino de su hermano?

—¿Dónde puede estar si no?

Se produjo un corto silencio. Donaghue se había quedado profundamente dormido y sus ronquidos puntuaron el silencio como una ráfaga de metralleta. Después Patience y Rowe se miraron y se levantaron inclinándose sobre la cama, cada uno a un lado.

—Pero el secreto, doctor Sedlar —rogó Rowe, con ojos febriles.

—¡No puede dejarnos así! —gritó Patience.

El hombre que estaba en la cama los miró con una sonrisa.

—¿Así que ustedes también desean saberlo? —dijo suavemente—. ¿Y si les dijera que el secreto se refiere a... *la muerte de Shakespeare*?

—¡La muerte de Shakespeare!

—¿Cómo? —dijo Rowe con la voz ronca.

—Pero ¿cómo puede un hombre escribir sobre su propia muerte? —preguntó Patience.

—Ésa es una buena pregunta —dijo el inglés riéndose por lo bajo. Se movió en la cama repentinamente, con los ojos encendidos—. ¿De qué murió Shakespeare?

—Nadie lo sabe —murmuró Rowe—. Pero se han hecho especulaciones y algún intento de diagnóstico científico. Recuerdo haber leído un artículo en un viejo ejemplar de *The Lancet* que atribuía la muerte de Shakespeare a una complicada serie de causas: tifus, epilepsia, arteriosclerosis, alcoholismo crónico, nefritis y Dios sabe qué más. Creo que eran trece en total.

—¿De verdad? —murmuró el doctor Sedlar—. ¡Qué interesante! La cuestión es que, según ese manuscrito —hizo una pausa—, *Shakespeare fue asesinado.*

Hubo un silencio. El inglés siguió diciendo con una débil sonrisa:

—Parece que esa carta fue escrita por Shakespeare a un tal William Humphrey...

—¿Humphrey? —dijo en voz baja Rowe—. ¿William Humphrey? Del único Humphrey del que he oído hablar en relación con Shakespeare es de Ozias Humphrey, a quien Malone encargó en 1783 que preparara un dibujo a lápiz del retrato de Chandos. ¿Ha oído usted hablar alguna vez de este Humphrey, señor Lane?

—No.

—Es un nombre nuevo para los shakespearianos —dijo el doctor Sedlar—. El...

—¡Dios mío! —exclamó Rowe con los ojos abiertos como platos—. ¡W. H.!

—¿Perdón?

—W. H. ¡El W. H. de los sonetos!

—Es una buena idea. Es posible; nunca se llegó a una conclusión sobre ese punto. En cualquier caso sabemos esto: ¡William Humphrey fue antecesor directo de sir John Humphrey-Bond!

—Eso explica —dijo Patience con una voz llena de respeto— por qué el libro con la carta era una posesión de la familia Humphrey-Bond.

—Precisamente. Evidentemente Humphrey era íntimo amigo del poeta.

El joven Rowe se puso a los pies de la cama.

—Tiene que estar seguro sobre esto —dijo con voz áspera—. ¿Cuál era la fecha de la carta? ¿Cuándo fue enviada?

—El 22 de abril de 1616.

—¡Cielos! ¡El día antes de morir Shakespeare! ¿Vio usted la... la carta?

—Siento decir que no. Pero mi hermano me habló sobre ella, incapaz de guardar el secreto —Sedlar suspiró—. Es extraño, ¿verdad? En esta carta Shakespeare le decía a su amigo William Humphrey que se «estaba hundiendo rápidamente», que se «sentía muy enfermo» y que estaba convencido de que alguien le estaba envenenando lentamente. Al día siguiente murió.

—¡Oh, Dios mío! —dijo Rowe una y otra vez, tocándose el nudo de la corbata como si no le dejara respirar.

—Así que envenenado, ¿eh? —dijo el inspector meneando la cabeza—. ¿Quién demonios desearía envenenar al pobre muchacho?

Patience dijo sin moverse:

—Parece horrible, como si tuviéramos que resolver un crimen cometido hace trescientos años, antes de...

—¿Antes de qué, Patience? —preguntó Lane con una voz llena de curiosidad.

Ella se estremeció un poco, esquivando los ojos de él, y volvió la cabeza.

La pista de la campanilla

Se había operado un cambio notable en la señorita Patience Thumm. El inspector estaba muy preocupado. Comía como un pájaro, dormía poco e iba todos los días del apartamento de los Thumm a la oficina como un pequeño y delgado fantasma, pálida y pensativa. A veces se quejaba de dolor de cabeza y se retiraba a su habitación, y permanecía allí horas. Cuando salía de nuevo, siempre parecía cansada y deprimida.

—¿Qué te pasa? —le preguntó un día el inspector con aire de astucia—. ¿Te has peleado con tu novio?

—¿Con Gordon? No digas tonterías, padre. No... no somos más que buenos amigos. Además, él está muy ocupado estos días en el Museo Británico y no le veo mucho.

El inspector gruñó, pero la miró con ansiedad. Aquella tarde telefoneó al museo y habló con Gordon Rowe. Pero el joven estaba, como siempre, muy distraído. No, no tenía ni idea... El inspector colgó el teléfono, como un padre sufrido; y se dedicó el resto del día a hacerle la vida imposible a la señorita Brodie.

Alrededor de una semana después de los acontecimientos del hospital de Tarrytown, Patience apareció en la oficina de su padre vestida con un fresco traje de hilo y de mejor humor que en días anteriores.

—Voy a hacer una pequeña excursión —anunció poniéndose unos guantes de malla—. Voy al campo. ¿Te importa?

—¡Desde luego que no! —se apresuró a decir el inspector—. Diviértete. ¿Vas sola?

Patience se miró en el espejo.

—Naturalmente. ¿Por qué no iba a ir sola?

—Bueno, pensé... ese muchacho, Rowe... Patty, no te hace mucho caso, ¿verdad?

—¡Padre! Sé que está muy ocupado. Además, ¿por qué me iba a importar?

Ella le besó en la punta de la nariz y salió de la oficina. El inspector soltó un montón de maldiciones contra el recalcitrante señor Rowe y llamó a la señorita Brodie lleno de rencor.

El semblante alegre de Patience cambió totalmente en cuanto se metió en el pequeño coche que tenía aparcado cerca del edificio, y lo puso en marcha. La arruga que había tenido permanentemente entre las cejas durante los últimos días se acentuó. Pasó por delante del Museo Británico en la Quinta Avenida sin echarle ni un vistazo; pero cuando tuvo que pararse a causa de la luz roja de un semáforo que había en la esquina de la calle 66, no pudo evitar dirigirle una mirada furtiva a través del espejo retrovisor. No había nada que ver, naturalmente; suspiró y el coche se puso en marcha de nuevo.

Detuvo el coche en un *drugstore* que estaba en el centro de la ciudad, entró en él, consultó la guía telefónica, preguntó algo al hombre de la tienda y salió otra vez. Volvió a subir al coche y lo condujo por una calle lateral. El coche iba lentamente, pegado a la acera, y ella miraba los números de la calle. A los cinco minutos encontró lo que estaba buscando: una desvencijada casa de una planta que tenía un revuelto jardín delante y una inestable valla cuyas estacas estaban cubiertas de yedra.

Subió al porche y apretó el timbre, que sonó grave y débil dentro de la casa. Abrió la puerta una mujer de mediana edad y ojos cansados; llevaba puesta una bata arrugada y sus manos estaban rojas y mojadas con agua enjabonada.

—¿Sí? —dijo, cortante, mirando a Patience con una derrotada hostilidad.

—¿Está el señor Maxwell en casa?

—¿Cuál de ellos?

—¿Hay más de uno? Me refiero a un caballero que hasta hace poco cuidaba de la casa del doctor Ales.

—¡Ah! Mi cuñado —la mujer sorbió por las narices—. Espere aquí. Voy a ver si anda por aquí.

La mujer desapareció y Patience se sentó con un suspiro en un polvoriento balancín. Poco más tarde apareció la larga y cana figura del viejo Maxwell; se estaba poniendo una chaqueta encima de su sudorosa camiseta, y su escuálido cuello estaba al descubierto.

—¡Señorita Thumm! —dijo con una voz rota. Sus pequeños y legañosos ojos miraron a la calle como si esperara ver más gente—. ¿Quería *verme*?

—Hola, señor Maxwell —dijo Patience con calor—. He venido sola. Siéntese, por favor.

Él se sentó en una desvencijada silla que se estaba peleando como una piel quemada por el sol, y la miró con ansiedad.

—Supongo que se habrá enterado de lo de la explosión... —dijo Patience.

—¡Oh, sí, señorita! Fue una cosa terrible. Les estaba diciendo a mi hermano y a mi cuñada la suerte que había tenido. Si ustedes no hubieran ido aquel día y no me hubieran echado de la casa, habría quedado reducido a pedazos —se puso nervioso—. ¿Han averiguado ya quién lo hizo?

—Creo que no —Patience le miró con severidad—. Maxwell, he estado pensando una y otra vez sobre esta historia y concretamente sobre lo que usted nos dijo. ¡No he podido evitar la sensación de que usted no nos lo contó todo!

Él estaba sorprendido.

—¡Oh, no! Les dije la verdad. Le juro...

—No quiero decir que mintiera usted deliberadamente... Lo que trato de decirle es que usted pasó por alto algún detalle que puede ser importante.

Él se rascó la cabeza con dedos temblorosos.

—Yo... no sé.

—Preste atención —Patience se incorporó enérgicamente—. Todo el mundo, menos yo, parece haber olvidado un detalle. Las paredes del garaje en donde el hombre enmascarado le dejó atado al sillón eran muy delgadas. El garaje sólo estaba a unos metros de la puerta principal de la casa. Era de noche y en el campo cualquier ruido debe de oírse con claridad —ella se inclinó hacia delante y bajó la voz—: *¿Oyó usted sonar la campana de la puerta?*

—¡Por Judas! —dijo el hombre abriendo mucho los ojos—. ¡Claro que la oí!

Patience irrumpió en la oficina de su padre y encontró a Drury Lane cómodamente sentado en la mejor silla y a su padre nervioso. Junto a la ventana estaba Gordon Rowe, que miraba fijamente hacia Times Square con expresión de abatimiento.

—¿Qué es esto, una asamblea? —preguntó Patience, sacándose los guantes. Sus ojos hablaban de noticias frescas.

El joven Rowe se volvió.

—¡Pat! —se abalanzó hacia ella—. El inspector me ha dejado preocupado. ¿Estás bien?

—Perfectamente, gracias —dijo Patience fríamente—. Yo...

—Tengo la peor suerte del mundo —dijo el joven melancólicamente—. Estoy al final de la cuerda. El trabajo ha sido un fracaso, Pat.

—Qué interesante.

Él se sentó frente a ella y adoptó la clásica postura de *El pensador*.

—Estaba completamente equivocado. Estaba siguiendo una pista que no conducía a ninguna parte. Mi grandilocuente investigación sobre Shakespeare está *kaput*. Dios mío —se quejó—, todos estos meses y años perdidos inútilmente...

—¡Oh! —dijo Patience, y su expresión se suavizó—. Cuánto lo siento, Gordon. No sabía... pobre muchacho.

—Déjense de tonterías —dijo el inspector con el ceño fruncido—. ¿Dónde has estado? Nos íbamos a ir sin ti.

—¿Adónde?

—A ver a Sedlar. Al señor Lane se le ha ocurrido una idea. Será mejor que la suelte, Lane.

El anciano caballero observaba a Patience con mucha atención.

—Eso puede esperar. ¿Patience, qué es? Presentas todos los síntomas de un júbilo contenido.

—¿De verdad? —dijo Patience con una risa nerviosa—. Siempre he sido muy mala actriz. La cuestión es que he descubierto algo *maravilloso.*

Sacó un cigarrillo con estudiados movimientos.

—He estado hablando con Maxwell —dijo por fin.

—¿Maxwell? —dijo el inspector irritado—. ¿Para qué?

—No fue interrogado adecuadamente la última vez. Pensé en algo que nadie le preguntó... ¡Él sabe cuántos visitantes se presentaron en la casa de Ales la noche del crimen!

—¿De verdad? —dijo Lane después de una pausa—. Eso es muy interesante si es verdad.

—Él estuvo consciente en el garaje durante todo el tiempo en que el hombre enmascarado registró la casa y se cometió el asesinato. Me acordé de que la puerta principal estaba equipada con uno de esos chismes viejos que tienen una campanilla sujeta a la parte de arriba de la puerta. Cada vez que se abre la puerta suena la campanilla.

—¡Ah!

—Me di cuenta de que Maxwell debía de haber oído las campanillas ¡*todas* las veces que sonó! Se lo pregunté y efectivamente las había oído. No parecía tener importancia...

—Eso es diabólicamente astuto, hija mía —murmuró Lane.

—Fui una estúpida por no acordarme antes. El caso es que Maxwell reconstruyó en su memoria lo que pasó. Después de que el hombre enmascarado salió del garaje (la segunda vez, después de quitarle la llave a Maxwell para poder entrar en la casa), Maxwell oyó sonar claramente la campanilla dos veces. Entre las dos hubo un corto intervalo, sólo unos segundos.

—¿Dos veces? —dijo Thumm—. Sería cuando abrió la puerta y la cerró después de entrar.

—Exactamente. Tenemos entonces al hombre enmascarado dentro de la casa. Después hubo un silencio que duró más de media hora, cree Maxwell. Luego la campanilla sonó otras dos veces. Y poco después volvió a sonar dos veces. ¡Eso fue lo último que oyó esa bendita noche!

—Yo diría —dijo Lane con un extraño tono de voz— que fue suficiente.

—¡Bravo, querida! —gritó Rowe—. Eso aclara las cosas. Las dos primeras veces que sonó, como has dicho, significan que el hombre enmascarado entró en la casa. Las dos últimas veces se oyó cuando uno de los dos hombres salió. Como la campanilla no volvió a sonar, la deducción es que sólo dos personas estaban en la casa en el momento de cometerse el asesinato: el hombre enmascarado y el visitante.

—Gordon, eso encaja perfectamente —exclamó Patience—. Fue exactamente lo que yo deduje. El hombre enmascarado fue el hombre del hacha, como se deduce de los relojes; y el hombre del hacha fue el asesino, como se deduce del corte en la muñeca y el reloj del cadáver. Así que el visitante fue la víctima, cuyo cadáver quedó en el sótano.

—Quedan reducidos a dos —dijo Lane con sequedad—; eso, desde luego, clarifica las cosas, ¿verdad, inspector?

—Espera un momento —dijo Thumm con el ceño fruncido—. No tan deprisa, señorita. ¿Cómo sabes que los segundos campanillazos se produjeron cuando entró el segundo tipo? ¿Cómo sabes que no se produjeron cuando *salió* el hombre enmascarado, dejando la casa vacía? Y la tercera vez que sonó la campanilla pudo ser cuando entró el segundo hombre...

—No. ¿No te das cuenta de que eso no es posible? —gritó Patience—. Sabemos que alguien fue asesinado en la casa en ese tiempo. ¿Y quién fue? Si el segundo hombre hubiera entrado después de salir el hombre enmascarado tendríamos una víctima sin asesino. El segundo hombre debe de haber sido la víctima; no salió de la casa, no se oyó más la campanilla y todas las puertas y ventanas se encontraron cerradas por dentro. Si él fue la víctima y estuvo sólo en la casa, entonces, ¿quién le mató? No, todo ocurrió como ha dicho Gordon. El hombre que salió fue el asesino y el asesino fue el hombre enmascarado.

—¿Y eso adónde te lleva? —murmuró Lane lentamente.

—Al asesino.

—¡Claro! —grito Rowe.

—Se lo explicaré... ¡Tú cállate, Gordon! Estuvieron dos hombres en la casa esa noche. Uno de ellos, la víctima, fue uno de los hermanos Sedlar. La descripción del cadáver encaja demasiado perfectamente para admitir una coincidencia. Ahora bien, uno de los hombres que estuvo en la casa sabía dónde estaba exactamente el documento: fue directamente al compartimento del despacho; el otro no lo sabía: destrozó la casa a hachazos buscando el compartimento. Ahora, dígame, ¿qué persona podía *saber* lógicamente dónde estaba el escondrijo?

—Ese pájaro de Ales, William Sedlar —dijo el inspector.

—Perfecto, padre. Porque fue él quien construyó el compartimento secreto y escondió el papel. Por tanto, puesto que el segundo visitante sabía dónde estaba el escondrijo (el primero, es decir, el hombre del hacha, no lo sabía), no pudo ser otro que el doctor Ales. Esto lo confirma el hecho de que el segundo visitante no tuviera ninguna dificultad para entrar en la casa; la puerta se cerraba automáticamente; el duplicado de la llave, que tenía Maxwell, estaba en posesión del primer visitante; sin embargo, el segundo hombre entró. ¿Cómo sino valiéndose de la llave del doctor Ales?

—¿Quién crees tú que era el hombre enmascarado? —le preguntó su padre.

—Tenemos una prueba que le descubre. Encontramos los fragmentos de un monóculo en el vestíbulo. El doctor Sedlar es el único, entre los que están implicados, que usa monóculo. Maxwell nunca había visto uno en la casa. Eso indica que Hamnet Sedlar estuvo en la casa la noche del crimen. Si Hamnet estuvo en la casa entonces, él fue uno de los dos, siendo el otro su hermano William, el doctor Ales. ¡Pero como William fue la víctima, como ya hemos visto, entonces Hamnet debió ser el asesino de su hermano!

—¡Maldita sea! —dijo Thumm.

—No, no, Patience —dijo Rowe poniéndose de pie de un salto—. Eso...

—Un momento, Gordon —dijo Lane con calma—. ¿En qué te basas para hacer del doctor Hamnet Sedlar un protagonista en este caso, Patience?

—Estoy convencida —dijo Patience dirigiendo una mirada desafiante al joven— de que Hamnet es uno de los que andaba detrás del documento, por varias razones. Una es que es un bibliófilo; él admite que William le habló de la existencia del manuscrito; y siendo un bibliófilo, me cuesta mucho trabajo creer que dejara escapar la oportunidad de poner sus dedos en una carta autógrafa de Shakespeare. Otra razón es su extraña decisión de renunciar a su cargo de conservador de un museo de Londres para aceptar el mismo cargo en la despreciable América *con un sueldo más bajo.* Da la casualidad de que su nuevo cargo le daría acceso legítimo al Jaggard de Saxon. Por último, está su misteriosa llegada a Nueva York antes de la fecha anunciada.

Lane suspiró.

—Es magistral, Patience.

—Además —continuó Patience con impaciencia—, la teoría de que Hamnet es el hombre del hacha está reforzada por el hecho de que de los dos hermanos él no sabía dónde estaba el escondite, y por tanto tuvo que buscarlo a ciegas como efectivamente hizo el hombre del hacha... Con los dos Sedlar en la casa, es fácil reconstruir la escena. Cuando Hamnet estaba destrozando el dormitorio de William arriba, su hermano llegó a la casa y sacó el documento del escondite en el despacho. Poco después se encontraron y Hamnet, al ver el documento en las manos de William, le dio un hachazo a su hermano produciéndole el corte en la muñeca y en el reloj. Durante la pelea el monóculo de Hamnet se cayó al suelo y se rompió. Hamnet le disparó a William, depositando el cuerpo...

—¡No! —gritó Rowe—. Patience, cállate. Señor Lane, escúcheme. Estoy de acuerdo con todo menos con una cosa: que William y Hamnet fueran los dos hombres que estaban en la casa, que William fuera el que recogió el documento y Hamnet el hombre del hacha. Es al revés. En la lucha por la posesión del documento no fue Hamnet quien mató a William, sino William quien mató a Hamnet. El cuerpo que se encontró entre las ruinas podría ser de cualquiera de los dos. ¡Estoy convencido de que el hombre que dice ser Hamnet, el hombre que encontramos aparentemente muerto de hambre en aquella casa, es realmente William!

—Gordon —dijo Patience secamente—, eso es una estupidez. Estás olvidándote de que la llave original de la casa fue encontrada en el cadáver. Eso hace automáticamente que el cadáver sea el de William.

—¡Ah, no, Patience! —murmuró Lane—. Eso no es lógico. Siga, Gordon. ¿Qué le hace pensar que esa ingeniosa teoría es cierta?

—Psicología, señor; admitiré que hay pocas pruebas que la sostengan. Creo que el hombre que está en el hospital mintió sobre su identidad porque, al ser William Sedlar, le busca la policía francesa. Naturalmente, al ser el superviviente, es él quien tiene el documento y ahora necesita libertad de movimientos para poder disponer de él. No olvide que tenía todos los hechos a su disposición: la charla del inspector con el periodista le proporcionó una buena información, y el resto se lo sacó a los periodistas al día siguiente por la mañana.

Lane sonrió de una forma extraña.

—Admito la solidez del motivo, Gordon, hipotéticamente; es una teoría ingeniosa. Pero ¿quién puso la bomba?

Patience y Rowe se miraron. Luego los dos se apresuraron a decir que la bomba había sido colocada veinticuatro horas antes de cometerse el crimen por una tercera persona, cuyo único propósito era destruir el documento por razones desconocidas; y este tercer protagonista, después de colocar la bomba, desapareció de la escena pensando que su objetivo había sido cumplido.

El anciano caballero gruñó.

—¿Qué me dicen de los secuestros? ¿Por qué el superviviente, sea Hamnet o William, iba deliberadamente a hacerse víctima de su propia complicada estratagema para ser encontrado «desvalido» por la policía? El hombre fue realmente encontrado muerto de hambre y exhausto, recuerden.

—Eso es fácil —replicó Patience—. Fuera Hamnet o William, el propósito fue el mismo: culpar de un secuestro ficticio al hombre muerto para reforzar la apariencia inocente del propio creador de la estratagema.

Rowe afirmó con la cabeza, aunque no muy seguro.

—Y ¿qué me dicen de Donaghue? —preguntó el inspector.

—Si Hamnet es el superviviente —dijo Patience—, entonces fue él quien secuestró a Donaghue porque le había visto salir de la casa del doctor Ales y creyó que era un cómplice de William. Lo secuestró porque pensó que podría arrancarle (recuerden las amenazas de tortura) el secreto del escondite.

—En el caso de que William fuera el superviviente —señaló Rowe—, sería él el autor del secuestro y la razón para hacerlo sería que Donaghue le había seguido y era una amenaza potencial para sus planes.

—El problema entonces —murmuró Lane— gira alrededor de esto: Ustedes están de acuerdo en que William y Hamnet son las dos personas implicadas en el asesinato; pero no se ponen de acuerdo sobre la cuestión esencial de quién mató a quién. ¡Muy bonito!

—Por Dios —estalló el inspector—, ha llegado el momento.

—¿Qué quieres decir, padre?

—Bueno, Patty, antes de que vinieras Lane nos estaba diciendo que había pensado que podría existir la posibilidad de que el inglés estuviera mintiendo sobre quién era, y que había una manera de saber si mentía o no.

—¿Una manera de saber? —Patience frunció el ceño—. No alcanzo a ver...

—Es realmente muy sencillo —dijo Lane, levantándose—. No hay más que ir al Museo Británico. Gordon, ¿usted dejó allí al hombre que dice ser Hamnet Sedlar?

—Sí, señor.

—Estupendo. Vamos. Sólo nos llevará cinco minutos.

La ilusión óptica

Encontraron al hombre que decía ser Hamnet Sedlar trabajando con el doctor Choate en la oficina del conservador. Éste pareció sorprenderse un poco de verlos allí; pero el inglés se levantó enseguida y se acercó a los visitantes sonriendo.

—Casi una delegación —dijo con una alegría inofensiva. Luego su sonrisa desapareció al ver la expresión solemne de sus rostros—. Espero que no pase nada malo.

—Eso esperamos todos —dijo el inspector con el ceño fruncido—. Doctor Choate, ¿sería tan amable de dejarnos charlar un rato con el doctor Sedlar a solas? Es un asunto confidencial.

—¿Confidencial? —el conservador, que se había puesto en pie, permanecía inmóvil mirando con los ojos muy abiertos a uno y a otros; luego miró hacia abajo y revolvió torpemente algunos papeles—. ¡Ah!, desde luego.

Una oleada lenta y roja se extendió desde los pelos de su barba de chivo. Rodeó la mesa y salió precipitadamente de la habitación. El doctor Sedlar no se había movido y se produjo un silencio. Luego Thumm le hizo a Lane una indicación con la cabeza. Éste se adelantó. La sonora respiración del inspector era lo único que se oía en la habitación.

—Doctor Sedlar —dijo Lane sin entonación especial—, se hace necesario, en interés de... digamos, la ciencia, someterle a usted a una sencilla prueba... Patience, su bolso, por favor.

—¿Una prueba? —una arruga apareció entre las cejas del inglés, quien metió las manos en los bolsillos de su chaqueta.

Patience le alargó rápidamente a Lane su bolso. Él lo abrió, miró dentro y sacó un vistoso pañuelo de varios colores, y cerró el bolso.

—Ahora, señor —dijo pausadamente—, ¿quiere decirme, por favor, de qué color es este pañuelo?

Patience parecía sofocada y tenía los ojos muy abiertos. Los demás miraban estúpidamente.

El doctor Sedlar se sonrojó. Una notable mezcla de emociones parecían estar luchando para dominar su rostro de pájaro. Dio un pequeño paso hacia atrás.

—Esto es la tontería más horrible que he visto —dijo con severidad—. ¿Puedo preguntar cuál es el propósito de esta demostración infantil?

—Desde luego —murmuró Lane—, ¿qué daño puede causarle identificar el color de este inocente pañuelo?

Se produjo un silencio. Luego el inglés, sin moverse, dijo en voz baja:

—Azul.

El pañuelo era verde, amarillo y blanco.

—¿Y la corbata del señor Rowe, señor Sedlar? —continuó diciendo Lane sin cambiar su expresión.

El inglés se balanceó lentamente con ojos torturados.

—Marrón.

Era azul turquesa.

—Gracias —Lane le devolvió a Patience el pañuelo y el bolso—. Inspector, éste es William Sedlar, que a veces utiliza el nombre de doctor Ales.

El inglés se dejó caer de pronto en una silla y se tapó el rostro con las manos.

—Por las barbas del profeta, ¿cómo lo supo? —dijo Thumm casi sin aliento.

Lane suspiró.

—Elemental, inspector. Verá, fue el doctor Ales, o William Sedlar, quien le visitó el 6 de mayo y le encargó la custodia del sobre. Ese hombre no pudo ser el doctor Hamnet Sedlar, como una vez él mismo dijo; Hamnet Sedlar estaba en Londres el 7 de mayo asistiendo a un banquete que se celebraba en su honor. El doctor Ales, que le entregó a usted el sobre cerrado, fue el hombre que había escrito el símbolo en el sobre, como admitió aquel día en su oficina. ¿Qué demostraban el papel y el símbolo?

—Pues, un... un... maldita sea, no sé —dijo el inspector.

—El papel —explicó Lane con aire cansado— era de color gris claro, y las letras del membrete de la Biblioteca Saxon que estaba en la parte superior de la hoja estaban impresas en tinta gris más oscura. Esto, junto con la manera en que había sido dibujado el símbolo, me llamó la atención enseguida.

—¿Qué quiere decir? Simplemente nosotros leímos el símbolo de manera equivocada. Afortunadamente usted lo hizo correctamente.

—Precisamente. En otras palabras, ¡William Sedlar había escrito los caracteres Wm SHℇ al revés! Es decir, para leer correctamente el símbolo, *las letras del membrete deben estar en la parte inferior de la página.* Esto era muy significativo. Cuando alguien coge una hoja que tiene impreso un membrete con la intención de escribir algo sobre ella, instintivamente la pone en su correcta posición, es decir, con las letras de la inscripción en la parte superior. ¡Sin embargo, el que dibujó el símbolo había cogido la hoja justamente al revés! ¿Por qué?

Lane hizo una pausa, sacó un pañuelo y se lo llevó a los labios. El inglés había sacado sus manos de la cara y ahora estaba inclinado hacia delante en la silla mirando el suelo con expresión amarga.

—Ya lo comprendo —dijo Patience con un suspiro—. A menos que fuera un accidente, *¡simplemente lo hizo porque no vio esas letras impresas!*

—Sí, querida, eso es exactamente. A primera vista parece imposible. Era más probable que el doctor Ales estuviera apurado y dibujara el símbolo con la hoja puesta al revés sin darse cuenta de que los que lo leyeran no iban a leerlo de la forma correcta. Pero la otra posibilidad existía y no pude desecharla. Me dije a mí mismo: ¿A qué milagro se debió que este fenómeno, si efectivamente ocurrió, se produjera? ¿Por qué el doctor Ales no vio esas letras impresas de color gris oscuro que figuraban en el papel de escribir de los Saxon? ¿Era *ciego*? Pero esto era imposible; el hombre que fue a verle, inspector, dio pruebas de tener una vista excelente. Entonces me acordé de otra cosa, vi la respuesta en una imagen que pasó por mi cerebro... *la barba.*

El inglés levantó una mirada angustiada; había una efímera curiosidad en ella.

—¿La barba? —murmuró.

—¿Ve usted? —dijo Lane sonriendo—. Hasta ahora no sabía que había algo raro en la barba falsa que llevaba. Señor Sedlar, la barba que usted se puso aquel día era horrorosa, una monstruosidad. Estaba rayada de azules, verdes y yo qué sé cuántos colores más.

Sedlar se quedó con la boca abierta; soltó un gemido.

—Dios mío, la compré en una tienda de disfraces. Supongo que no me expliqué bien y el desgraciado pensó que yo quería una barba *cómica* para una mascarada, o algo por el estilo...

—Muy desafortunado —dijo Lane con sequedad—. Pero tanto la barba como el papel apuntaban hacia lo mismo. Se me ocurrió la posibilidad de que el hombre que había escrito el símbolo fuera *totalmente daltónico.* Había oído hablar de algo parecido y consulté a mi médico, el doctor Martini. Él me dijo que los casos de incapacidad total para distinguir los colores eran extremadamente raros; pero que cuando se encontraban la víctima veía el espectro como diversas gradaciones de gris. Existía la posibilidad, me dijo, de que en vez de ser completamente daltónico, la víctima hubiera sufrido una pérdida completa del sentido de los colores; lo cual explicaría mejor que el daltonismo el hecho de que para sus ojos el color del papel y el de las letras impresas fueran prácticamente el mismo, de tal forma que las letras para él eran prácticamente invisibles. Cuando el doctor Martini examinó una hoja del papel de escribir de la casa de los Saxon, se inclinó a pensar con bastante seguridad que el hombre que había escrito sobre la página sufría de semejante afección óptica.

El inglés se movió.

—Nunca —dijo con ansiedad— he podido distinguir un *color.*

Todos guardaron silencio unos instantes.

—El doctor Ales, por tanto —continuó Lane después de un suspiro—, era daltónico; yo estaba casi seguro de ello. Usted, señor, acaba de demostrar que padece la misma afección; usted no tiene ni la menor idea de los colores que hay en el pañuelo de la señorita Thumm ni en la corbata del señor Rowe. Por otro lado, usted dice que es Hamnet Sedlar. Pero ¡Hamnet Sedlar no era daltónico! La primera vez que le vimos, en la Sala Saxon de este museo, examinó la vitrina reparada de la que se habían llevado el Jaggard de 1599 y distinguió correctamente no sólo los diversos colores antitéticos de las encuadernaciones de los libros que había allí, sino también matices del mismo color, puesto que indicó que el color de una de las encuadernaciones era castaño dorado, una sutil diferenciación imposible para una persona daltónica. Usted puede ser William o Hamnet; pero puesto que Hamnet tenía una vista perfecta y William era daltónico, y usted es daltónico, obviamente usted debe ser William. Es un silogismo de lo más simple. Yo sugerí la prueba para determinar si usted mentía o no. Usted mintió. La mayor parte del cuento que nos contó en el hospital era una invención, aunque sospecho que buena parte de él es verdad. Ahora, por favor, ¿tiene usted la amabilidad de contarles a mis amigos la historia completa?

Lane se sentó cansado en una silla llevándose de nuevo el pañuelo a los labios.

—Sí —dijo el inglés en voz baja—. Yo soy William Sedlar.

Primero había ido a ver al inspector como doctor Ales, dejándole a Thumm el símbolo como una pista para el caso de que le ocurriera algo en el transcurso de su búsqueda del documento shakespeariano —una eventualidad que en aquel momento él consideraba remota—. La razón por la que no había telefoneado el 20 de junio fue que no había podido; la remota eventualidad se produjo. Su hermano Hamnet (quien, como sabía ahora William, había aceptado el cargo de conservador del Museo Británico con el único propósito de estar cerca del ejemplar del Jaggard de 1599 de Saxon) le había secuestrado la misma tarde del día en que William había robado el Jaggard del museo. Esto ocurrió poco después de la visita de Donaghue, y la misma noche en la que Donaghue había sido secuestrado por Hamnet y perdido el irlandés el sentido del tiempo por no saber lo que había durado su inconsciencia... ¡William había estado *hors de combat* desde el día del robo del museo hasta el día en que la policía le rescató de la aislada choza en la que había estado prisionero!

A pesar de las amenazas de Hamnet, se había negado a confesar dónde estaba el escondite; Donaghue, naturalmente, sin saber siquiera de la existencia del documento, no pudo decirle a Hamnet nada. Hamnet, cuyas visitas a la casa en donde los tenía prisioneros eran forzosamente apresuradas y esporádicas, debido a la necesidad de ir al museo y mantener una apariencia de respetabilidad, finalmente se desesperó. Le dijo a William que, sabiendo que el documento estaba en la casa de William, había colocado una bomba en el sótano para destruir la casa y el documento, una bomba que había encargado a un químico del hampa. Sólo entonces William se había dado cuenta de que el propósito verdadero de su hermano era hacerse con el documento shakespeariano; pero no para salvarlo, sino ¡para *destruirlo*!

—Pero ¿por qué? —rugió Rowe apretando las manos cerradas—. ¡Eso es el vandalismo más bárbaro! ¿Por qué destruirlo, por amor de Dios?

—¿Estaba loco su hermano? —gritó Patience.

El inglés apretó los labios; dirigió una mirada fugaz a Lane, pero el viejo caballero estaba tranquilamente mirando al vacío.

—No lo sé —dijo.

Hamnet había colocado la bomba para que explotara a las veinticuatro horas. Al darse cuenta de que al estallar la bomba el documento se perdería irremisiblemente, William se rindió en el último momento, pensando que cualquier demora era mejor que ninguna; podría ser capaz de desatarse y salvar el documento. Así que le dijo a Hamnet dónde estaba el compartimento secreto y cómo se podía abrir. Sin embargo, había sido incapaz de escapar. Hamnet había manifestado con satisfacción que tenía intención de volver a la casa de William y destruir el documento con sus propias manos; tenía tiempo de sobra. Inutilizaría la bomba... Hamnet había salido con la llave de William, la original, y William no volvió a verle con vida. No supo nada de lo que había pasado hasta que la policía le rescató después de la evasión de Donaghue. En el hospital leyó los periódicos y prestó atención a lo que decían los periodistas; fue entonces cuando se enteró de la explosión y del descubrimiento entre las ruinas de un cuerpo que se creía que era el de uno de los hermanos Sedlar. De pronto se dio cuenta de lo que había pasado: mientras Hamnet estaba en la casa tratando de coger el documento, debió de haber tenido un fatal encuentro con una tercera persona que, al parecer, también lo quería para él. Esta tercera persona debía de haber matado a su hermano para conseguir el documento, sin saber que la bomba no había sido todavía inutilizada e iba a explotar. Luego se marchó con la preciosa hoja de papel en su mano. Una vez muerto Hamnet no quedaba nadie, excepto William, que supiera lo de la bomba; pero William no podía salir de la casa en donde estaba prisionero. La bomba explotó como estaba previsto destruyendo la casa.

—Entonces me di cuenta —dijo el inglés con voz colérica— de que había una tercera persona involucrada que poseía ahora el documento. He sacrificado mucho... muchos años de mi vida persiguiendo esa carta autógrafa... Estaba convencido de que el documento había sido destruido; ¡entonces no me cupo duda de que existía todavía, intacto! Tenía que empezar otra vez, resolver el misterio de quién había asesinado a mi hermano y hacerme con el documento de nuevo. Haber reconocido que era William Sedlar habría sido fatal para mis planes; me busca la policía de Burdeos. Habría sido enviado a Francia y habría tenido que hacer frente a la acusación, y perdería el documento para siempre. Así que, aprovechándome de que la policía no sabía con seguridad cuál de nuestros cuerpos había sido encontrado entre las ruinas y de que mi hermano y yo éramos gemelos hasta en la voz, decidí decir que yo era Hamnet. Estoy seguro de que el doctor Choate ha estado sospechando; he estado pisando terreno movedizo toda la semana.

Cuando hubo terminado su relato, todos supieron que había sido Hamnet el que había atacado a Rowe y a Patience en la carretera que conduce a Hamlet. Había seguido a Lane y había leído el texto del telegrama que éste había enviado a Thumm, dándole instrucciones para que llevara el sobre a Hamlet. Hamnet pensó que dentro estaba el precioso documento.

El inspector tenía un mohín severo en los labios, Patience estaba muy deprimida y Rowe se paseaba arriba y abajo con el ceño fruncido. Sólo Lane permanecía tranquilo.

—Escuche —dijo Thumm finalmente—, no creo una palabra de todo cuanto ha dicho. Estoy deseando creerle, William, pero lo que nos ha contado no prueba que usted no fuera el segundo hombre que fue a la casa esa noche. Hay muchas probabilidades de que esté mintiendo. No hay nada que demuestre que usted no escapara de la casa en donde le tenía encerrado, le siguiera a la suya y le matara para quitarle el documento. Creo que todo eso de una tercera persona que mató a su hermano y se quedó con el documento es una tontería. ¡No creo que haya ni hubiera nunca una tercera persona!

William Sedlar se puso pálido por momentos.

—¡Oh!, le digo —empezó a decir con la voz rota—, le digo...

—No, padre —dijo Patience cansada—, estás equivocado en eso. El señor Sedlar es inocente del asesinato de su hermano y puedo probarlo.

—¡Ah! —dijo Lane, parpadeando—. ¿Puedes, Patience?

—Ahora sabemos que él es William; sabemos que, como el hombre muerto es uno de los hermanos Sedlar, el cadáver es el de Hamnet. La cuestión es: ¿Fue Hamnet el primer o el segundo visitante de la casa la noche del crimen? Sabemos que el primer hombre se vio obligado a apropiarse de la llave de Maxwell para poder entrar en la casa después de encerrar al viejo en el garaje. El primer hombre, pues, *no tenía* una llave cuando llegó. Pero Hamnet *sí* tenía una llave cuando llegó: la original que le había quitado a su hermano William, y que más tarde se encontró en el cadáver. Por lo tanto Hamnet debe de haber sido el segundo visitante.

»Al ser Hamnet el segundo visitante, eso quiere decir que fue asesinado por el primero, puesto que sólo estuvieron dos personas en la casa, de acuerdo con la declaración de Maxwell sobre las veces que oyó la campanilla. ¿Quién fue el primero?, ¿el hombre enmascarado? Hace tiempo que probamos que el primer visitante había sido el hombre del hacha. Luego Hamnet fue asesinado por el hombre del hacha. ¿Pudo haber sido William el hombre del hacha, como pretendes tú, padre? Yo digo que no, porque William sabía mejor que nadie dónde estaba el compartimento secreto; ¡no pudo haber destrozado la casa en ningún caso! Por lo tanto sostengo que William Sedlar *no* fue el hombre del hacha, no estuvo en la casa en toda la noche, no mató a su hermano, y que *hay* una tercera persona en este caso: el hombre del hacha, el hombre que no sabía dónde estaba el documento, el hombre que mató a Hamnet después de que éste sacara el documento de su escondite, el hombre que dejó el cadáver de Hamnet en el sótano y escapó con el documento.

—¡Bravo! —dijo el joven Rowe inmediatamente—. Pero ¿quién es él?

—Me temo que tendremos que empezar de nuevo —dijo Patience encogiéndose de hombros.

Ella se quedó callada, con el ceño profundamente fruncido. De pronto dejó escapar un grito y su rostro adquirió una palidez mortal.

—¡Oh! —dijo, y sus piernas flaquearon.

Osciló un poco y Rowe, alarmado, se precipitó a su lado.

—Pat, por Dios. ¿Qué pasa? ¿Qué te pasa?

El inspector le apartó brutalmente.

—Patty, ¿no te sientes bien, querida?

Patience gimió débilmente.

—Yo... yo... fue una sensación extraña. Cre... creo que me siento mal.

Su voz se apagó; se tambaleó y cayó sobre el brazo de su padre.

Lane y el inglés se acercaron de un salto.

—¡Inspector! —dijo Lane casi gritando—. Se va... ¡Cuidado!

Rowe se abalanzó sobre ella y le cogió las piernas cuando ella empezaba a deslizarse hacia el suelo.

Una vez que Thumm y Rowe se marcharon en un taxi al apartamento de Thumm, con Patience sollozando blandamente en un ataque de histeria, el señor Drury Lane y William Sedlar se encontraron solos en el despacho del conservador.

—Debe de haber sido el calor —murmuró Sedlar—. Pobre muchacha.

—Seguro —dijo Lane.

Estaba de pie, alto como un pino cubierto de nieve, y sus ojos parecían dos hoyos sin fondo, oscuros y profundos.

Sedlar se estremeció de pronto.

—Supongo que todo ha terminado. El fin de la aventura —dijo con amargura—. No me importaría tanto si...

—Comprendo muy bien sus sentimientos, señor Sedlar.

—Sí. Supongo que me entregarán a las autoridades.

Lane le miró, inescrutable.

—¿Por qué supone eso? Yo no soy un policía, ni el inspector tiene ya que ver con ella. Nuestro pequeño grupo es el único que sabe lo que ha pasado. Realmente no hay ninguna acusación contra usted; usted ya ha pagado por sus robos y no es un asesino —el inglés le miró fijamente con un brillo de esperanza en sus hundidos ojos—. No sé lo que hará el inspector, pero como miembro de la Junta Directiva del Museo Británico le sugiero que presente su dimisión al señor James Wyeth y...

El hombre dejó caer sus delgados hombros.

—Lo comprendo perfectamente. Parece duro... Sé lo que debo hacer, señor Lane —suspiró—. Nunca pensé cuando nos enfrentamos en aquella batalla erudita en las columnas de *The Stratford Quarterly*...

—¿Qué tuviera este dramático fin? —Lane le miró un momento y luego gruñó evasivo—. Bueno, que tenga un buen día.

Cogió su sombrero y su bastón y salió de la habitación.

Dromio le esperaba abajo con el coche. El anciano se metió en él con esfuerzo, como si le dolieran las articulaciones, y el coche arrancó. Cerró los ojos y se sumió de tal forma en sus pensamientos que parecía haberse quedado profundamente dormido.

La solución del señor Drury Lane

El inspector no era un hombre sutil; sus emociones eran agrias y espontáneas como el jugo que sale de un limón exprimido. Había aceptado la paternidad con una mezcla de perplejidad, placer y turbación. Cuanta más atención prestaba a su hija, más la adoraba y menos la entendía. La consecuencia era que ella le tenía constantemente en vilo; el pobre hombre nunca conseguía, a pesar de sus tremendos esfuerzos, adivinar cuál iba a ser su humor, ni comprender el misterio de su estado de ánimo anterior.

En las profundidades de su abatimiento se sintió de pronto complacido al dejar al señor Rowe la tarea de calmar a la muchacha, inexplicablemente atacada por la histeria. Y el señor Gordon Rowe, que hasta ese momento había amado sólo los libros, se dio cuenta con un gemido de desesperación lo que significaba amar a una mujer.

Porque Patience seguía siendo un enigma que no se podía comprender ni resolver. Cuando dejó de llorar, se secó los ojos con el pañuelo del joven, le sonrió y se retiró a su habitación. Ni las súplicas ni las amenazas sirvieron de nada. Ella aconsejó al señor Rowe que se marchara. No, no quería ver a un médico. Sí, estaba perfectamente bien, no tenía más que dolor de cabeza. Los furiosos rugidos del inspector no consiguieron sacarle ni una palabra más. El señor Gordon Rowe y su futuro suegro se miraron tristemente, y luego el señor Rowe se marchó, obedeciendo órdenes.

Patience no se presentó a cenar. Pronunció un sofocado «buenas noches» sin abrir la puerta. Durante la noche, el inspector, sintiendo que su corazón latía de una manera extraña, se levantó de la cama y fue hasta la puerta de la habitación de ella. Oyó un frenético sollozo. Levantó su mano, para dar unos golpes, y luego la dejó caer de nuevo, desalentado. Volvió a su cama y se paso la mitad de la noche mirando el oscuro techo.

A la mañana siguiente se asomó a la habitación de ella. Patience estaba dormida, con señales de lágrimas todavía en su cara y su pelo color de miel alborotado sobre la almohada. Se movió inquieta, suspirando en sueños. Thumm se retiró precipitadamente y desayunó solo, y se marchó después a la oficina.

Realizó lánguidamente su rutinario trabajo del día. Patience no apareció por la oficina. A las 4.30 soltó una maldición, cogió su sombrero, despidió a la señorita Brodie hasta el día siguiente y volvió al apartamento.

—¡Pat! —gritó con ansiedad desde el vestíbulo.

Oyó ruidos en la habitación de ella y cruzó rápidamente la sala de estar. Ella estaba de pie con la puerta de su habitación cerrada a su espalda, pálida y extraña, vestida con un austero traje, con un pequeño y oscuro turbante encima de sus rizos.

—¿Te vas? —dijo él con voz grave, y la besó.

—Sí, padre.

—¿Por qué has cerrado la puerta?

—Estoy —se mordió un labio—, padre, estoy *haciendo mi maleta.*

Él se quedó sorprendido.

Ella abrió lentamente la puerta de su habitación. Él vio con los ojos nublados una maleta llena que estaba sobre la cama.

—Me voy unos días —dijo ella con un estremecimiento—. Es muy... muy importante.

—Pero qué...

—No, padre —ella cerró la maleta de un golpe y ató las correas—. Por favor, no me preguntes adónde ni por qué, ni nada. Por favor. Sólo serán unos días. Quiero...

El inspector se derrumbó en una silla de la sala de estar y la miró fijamente. Ella cogió la maleta y atravesó el cuarto. Luego se detuvo, posó la maleta en el suelo con un grito ahogado, corrió hacia él y le echó los brazos al cuello y le besó. Antes de que él se pudiera recuperar de la emoción, ella se había ido.

Se sentó con aire lánguido, en el apartamento vacío, con un puro apagado en su boca y el sombrero todavía puesto. El ruido de la puerta del apartamento al cerrarse retumbaba todavía en sus oídos. Con su forma pausada, cuando se calmó, empezó a reflexionar sobre los acontecimientos. Y cuanto más reflexionaba, más intranquilo se sentía. Se había pasado toda su vida tratando con criminales y policías y esto le había proporcionado un notable conocimiento de la naturaleza humana. Cuando se olvidó de que Patience era carne de su carne comenzó a valorar la especial singularidad de su comportamiento. Su hija era una mujer juiciosa, adulta. No era dada a las acostumbradas rabietas femeninas o tormentas emocionales. Lo extraño de sus actos... Estuvo sentado, sin moverse, durante horas, en aquella habitación que empezaba a oscurecerse. A medianoche se levantó, encendió la luz y se hizo una taza de café cargado. Luego se fue pesadamente a la cama.

Pasaron dos días con angustiosa lentitud. A Gordon Rowe su vida le parecía triste. El joven telefoneó, iba a la oficina a las horas más insospechadas, se pegó al inspector con la tenacidad de una sanguijuela. No se sintió ni remotamente satisfecho con la explicación dada de mala gana de Thumm de que su hija se había ido unos días «para descansar».

—Entonces ¿por qué no me telefoneó ni me dejó una nota, ni nada?

El inspector se encogió de hombros.

—No deseo herir sus sentimientos, joven, pero ¿quién demonios es usted?

Rowe se sonrojó.

—¡Ella me ama, maldita sea!

—Eso parece, ¿no?

Pero cuando pasaron seis días sin una palabra ni la más mínima señal de Patience, el inspector se derrumbó. Abandonó sus aires de hermética indiferencia y por primera vez en su vida se sintió realmente aterrorizado. Se olvidó de su trabajo; se paseaba por su oficina con pasos vacilantes; finalmente al sexto día no pudo soportar más la angustia. Cogió el sombrero y abandonó el edificio. Patience no se había llevado su pequeño coche; estaba en el aparcamiento cercano a la casa de Thumm. El inspector se metió en él con fatiga y dirigió su nariz a Westchester.

Encontró a Drury Lane tomando el sol en uno de los pequeños jardines de Hamlet; y por un momento el inspector se olvidó de su abatimiento ante la apariencia del anciano caballero. Lane había envejecido increíblemente en menos de una semana. Su piel estaba amarillenta como la cera y mostraba la terrorífica textura de la tiza agrietada; estaba sentado envuelto en una manta india, a pesar del sol que hacía, como si tuviera frío. Su cuerpo parecía haber encogido; y Thumm, acordándose del sorprendente vigor y la vitalidad jovial de aquel hombre hacía sólo unos años, se estremeció y se sentó desviando la mirada.

—Bueno, bueno, inspector —dijo Lane con una voz débil que casi pareció un graznido—. Ha sido muy amable al venir... Supongo que está impresionado por mi aspecto.

—¡Oh, no, no! —se apresuró a decir el inspector—. Le encuentro a usted bien.

Lane sonrió.

—No sabe usted mentir, viejo amigo. Aparento noventa y me siento como si tuviera cien años. Se le echa a uno encima de pronto. ¿Se acuerda de Cirano en el quinto acto, cuando estaba sentado debajo del árbol? Cuántas veces he interpretado esa escena: ¡Un viejo encogido, mientras bajo mi jubón el corazón latía con la fuerza incontenible de la juventud! Ahora... —cerró los ojos unos instantes—. Martini está muy preocupado. ¡Cómo son estos médicos! Nunca reconocerán que la vejez es, en frase de Séneca, una enfermedad incurable.

Abrió sus ojos. Luego dijo con voz firme:

—¡Thumm, viejo amigo! ¿Qué ha pasado? ¿Qué ocurre?

El inspector se tapó el rostro con las manos. Cuando se las quitó sus ojos parecían dos bolitas húmedas.

—Es... es Patty —murmuró—. Se ha ido... ¡Por el amor de Dios, Lane, tiene que ayudarme a encontrarla!

El color amarillento del rostro del anciano caballero se acentuó.

—¿Ha... desaparecido? —dijo lentamente.

—Sí. Es decir, no. Se marchó ella.

Contó la historia desordenadamente. Múltiples pliegues se congregaron alrededor de los ojos atentos de Lane mientras miraba los labios del inspector.

—No sé qué hacer. Ha sido culpa mía. Comprendo ahora lo que debe de haber pasado —dijo Thumm alzando la voz—. Ella tiene una pista, una maldita idea que la debe de haber lanzado a una caza desesperada. Podría ser peligroso, Lane. Hace ya una semana que se fue. Quizá...

Titubeó y se calló, incapaz de dar forma a la incertidumbre de su mente.

—Entonces usted cree —murmuró Lane— que ella estaba peligrosamente cerca de la verdad, en cierto modo. Que ella se ha ido tras la pista del tercer hombre, el asesino. Que él se ha dado cuenta y...

El inspector afirmó con la cabeza sin decir nada; su enorme puño aporreaba rítmicamente el asiento del rústico banco.

Los dos hombres estuvieron callados mucho tiempo. Un petirrojo posado en una rama cercana se puso a cantar; Thumm oyó detrás de él la voz quejumbrosa de Quacey, que discutía con un jardinero. Sin embargo, los oídos de Lane no lo oyeron; observaba atentamente la hierba que había a sus pies. Finalmente suspiró y puso su escuálida mano sobre la de Thumm. Éste le miró esperanzado.

—Pobre y viejo amigo. No sabría explicarle cuánto lo siento. Patience... Shakespeare dijo una vez algo notable. Dijo:

> ¡Oh, tú, el más delicado de los demonios!
> ¿Quién puede entender a una mujer?

»Usted es demasiado honesto y primitivamente masculino, amigo mío, para comprender lo que le ha pasado a Patience. Las mujeres tienen una capacidad inagotable para urdir exquisitas torturas para sus hombres, muchas veces con toda inocencia —los hundidos ojos de Thumm devoraban su rostro—. ¿Lleva usted un lápiz y un papel encima?

—Un láp... ¡Desde luego!

El inspector hurgó angustiosamente en sus bolsillos y sacó lo que le habían pedido. Observó a su amigo ansioso. Lane escribió con calma. Cuando hubo terminado levantó la vista.

—Ponga este anuncio en las columnas personales de todos los periódicos de Nueva York, inspector —dijo con tranquilidad—. Quizá, ¿quién sabe?, pueda servir para algo.

Thumm cogió el papel, aturdido.

—Y téngame al corriente de lo que ocurra.

—Desde luego —su voz parecía emocionada—. Muchas gracias, Lane.

Un extraño espasmo de dolor contrajo el rostro amarillento del anciano caballero durante unos instantes. Luego sus labios se curvaron en una sonrisa no menos extraña.

—Es bastante poco.

Le dio la mano a Thumm y se despidió.

—Adiós —murmuró Thumm.

Se estrecharon las manos. El inspector se dirigió precipitadamente a su coche. Antes de ponerlo en marcha leyó el mensaje que Lane había escrito:

Pat. Lo sé todo. Vuelve. D. L.

Suspiró aliviado, sonrió abiertamente, puso el motor en marcha, movió su mano y desapareció envuelto en una nube de gravilla y polvo. Lane se había levantado y sonrió de forma peculiar hasta que el coche desapareció. Luego se estremeció un poco y se sentó de nuevo, ciñéndose la manta al cuerpo.

La tarde sorprendió a dos hombres sentados uno frente a otro. Uno era mayor, el otro era joven; y los dos estaban ojerosos y se mordían las uñas. El apartamento estaba frío y silencioso. Cada uno tenía un cenicero cerca, lleno de colillas. Entre los dos, tirados en el suelo, había un desordenado montón de periódicos de la mañana.

—¿Cree usted que ella...? —dijo Gordon Rowe con impaciencia por vigésima vez.

—No lo sé, hijo.

Entonces oyeron el ruido de una llave que entraba en la cerradura de la puerta del apartamento. Se pusieron en pie de un salto y se precipitaron al vestíbulo. La puerta se abrió. Era Patience. Con un grito ella se echó en los brazos del inspector. Rowe esperó sin decir nada. No se oyó una palabra. El inspector estaba emitiendo unos pequeños e inarticulados ruidos que no tenían sentido y Patience empezó a sollozar. Parecía desolada y exhausta; estaba pálida y cansada, como si hubiera padecido insoportables sufrimientos. La maleta descansaba en el umbral, impidiendo que la puerta se cerrara.

Patience levantó los ojos y gritó:

—¡Gordon!

—Pat.

El inspector se volvió y entró en la sala de estar.

—Pat, nunca supe hasta ahora...

—Lo sé, Gordon.

—Te quiero. No podía soportar...

—¡Oh!, Gordon.

Ella puso sus manos en los hombros de él.

—Eres adorable. Fui una estúpida por hacer lo que hice.

Él la abrazó de pronto y la apretó tanto contra sí que sintió su corazón oprimido contra el pecho de ella. Permanecieron así unos momentos y luego se besaron.

Sin decir nada más entraron en la sala de estar.

El inspector se volvió; sonreía abiertamente y un puro humeaba en su boca.

—Todos contentos, ¿eh? —se rió feliz—. Es estupendo, sencillamente estupendo. Gordon, muchacho, felicidades. Ahora, maldita sea, podremos tener paz...

—Padre —dijo Patience en voz baja; la alegría bañaba su cara; Rowe le cogió una mano y se la apretó—. ¿Sabe él todo, de verdad?

—¿Todo? ¿Quién?... ¡Lane! Bueno, eso fue lo que dijo, Patty —se acercó a ella y la rodeó con su brazo—. ¿Qué demonios importa? Lo importante es que has vuelto y eso es lo que más me alegra.

Ella se separó suavemente de él.

—No, hay algo...

—Me dijo —dijo Thumm frunciendo el ceño— que me pusiera en contacto con él cuando llegaras. Quizá sea mejor que le avise...

—¿Te dijo eso? —la palidez de Patience desapareció repentinamente; sus ojos parecían de pronto febriles. Los dos hombres se miraron como si ella se hubiera vuelto loca—. ¡No, te digo que no! Es mejor que se lo digamos personalmente. ¡Oh, qué estúpida, llorona, asquerosa he sido!

Se quedó inmóvil mordiéndose el labio inferior. Luego salió disparada hacia el vestíbulo.

—Él está en peligro. ¡Vamos!

—Pero, Pat —protestó Rowe.

—Vámonos. Podría haber sabido... ¡Oh, quizá sea demasiado tarde!

Se volvió y salió disparada del apartamento. Rowe y Thumm se miraron asustados y luego cogiendo sus sombreros se precipitaron detrás de ella.

Se apretaron dentro del diminuto vehículo y éste arrancó. Conducía el joven Rowe; y si bajo una lámpara era un ratón de biblioteca, al volante era un diablo. Durante el tiempo que tardaron en salir del espeso tráfico permanecieron callados; Rowe se concentró intensamente en la carretera que tenía delante; Patience estaba pálida y, por la peculiar expresión de sus ojos, parecía mareada; el enorme Thumm, vigilante como la Esfinge.

Fue él quien rompió el silencio cuando la ciudad quedó detrás de ellos y la carretera se extendió delante.

—Dinos qué pasa, Patty. Evidentemente Lane está en un apuro. No te entiendo en absoluto. Deberías haberme dicho...

—Sí —dijo ella forzando la voz—, todo ha sido culpa mía... No es justo que no supieras, padre, y tú, Gordon. Es importante que lo sepáis ahora. Gordon, ¡más deprisa!

Rowe apretó los labios; el coche saltó como una liebre acorralada.

—Hacia el final... —dijo Patience moviendo inexplicablemente las aletas de la nariz— pero vosotros también lo visteis. Habíamos llegado al punto en que creíamos que la víctima y el asesino eran los Sedlar. Creímos que uno de ellos había matado al otro en la casa. Pero de pronto todo cambió. La semana pasada, en el museo, todo cambió. Supimos entonces que el hombre que hallaron muerto entre las ruinas era Hamnet, que el superviviente era su hermano William, y que William no pudo haber sido uno de los hombres que estuvo en la casa la noche del crimen; recordaréis cómo lo demostré: por las llaves. Así que nuestra teoría se vino abajo; sabíamos quién era la víctima, Hamnet Sedlar, pero no sabíamos quién era el primer visitante de la casa aquella noche, el hombre que encerró a Maxwell, el hombre del hacha... Y cuando me ocurrió aquello, por mi mente pasaron cosas medio olvidadas, nunca del todo comprendidas en el momento en que ocurrieron o cuando las vi. Fue como un relámpago.

Ella mantenía sus ojos fijos en la carretera.

—Todo el problema se redujo entonces a descubrir la identidad del primer hombre que se presentó en la casa. ¿Qué había pasado? Después de atar y amordazar a Maxwell y dejarlo en el garaje, este hombre había vuelto a la casa y había entrado en ella valiéndose de la llave que tenía Maxwell. La puerta se había cerrado detrás de él debido a su dispositivo automático. Había cogido el hacha en la cocina y había destrozado el despacho, obviamente en la suposición de que el despacho sería el sitio más adecuado para esconder el documento que andaba buscando. Él no tenía ni la más ligera idea de dónde podría estar escondido, la prueba es el indiscriminado ataque que sufrieron toda clase de objetos. Es probable que primero mirara en los libros, pensando que el papel podría estar en uno de ellos. Al no encontrarlo, descargó el hacha en los muebles, los paneles de las paredes, el suelo. A medianoche, precisamente (lo sabemos por la posición en que quedaron las manecillas), hizo añicos el reloj, supongo que pensando que podría ser el depositario del papel. Pero estaba completamente confundido; no pudo encontrarlo en el despacho, ni en el resto de la planta baja. Entonces subió al dormitorio de William Sedlar como el siguiente sitio en donde podía estar.

—Ya sabemos todo eso, Pat —dijo Thumm mirándola de un modo extraño.

—Por favor, padre... Sabemos que estuvo en el dormitorio a las doce y veinticuatro por el reloj roto que encontramos en el cuarto. Hamnet fue asesinado en la casa a las doce y veintiséis, como lo prueba el reloj de pulsera roto que encontramos en su muñeca, sólo dos minutos después de que el hombre del hacha hiciera pedazos el dormitorio. ¿A qué hora entró Hamnet en la casa? Tuvo que abrir la puerta, ir al despacho, ver el destrozo que allí había, dirigirse al panel que estaba encima del último estante, coger el documento, descender por la escalera de mano, quizá examinar el papel, luego encontrarse con su asesino, luchar y ser muerto. ¡Desde luego eso lleva más de dos minutos! No cabe duda, pues, de que Hamnet debe de haber entrado *mientras el hombre del hacha estaba todavía en la casa.*

—Bueno. ¿Y qué? —dijo Thumm con el ceño fruncido.

—No te impacientes, padre —dijo Patience sordamente—. Sabemos por la última declaración de William Sedlar que Hamnet quería el documento para destruirlo. ¿Qué hizo Hamnet en cuanto le echó la mano encima en el despacho? Proceder inmediatamente a su destrucción. ¿Cómo? El fuego era el medio más rápido y seguro. Debió de haber encendido una cerilla y acercado la llama al documento. Esto no es más que una teoría, desde luego, y no sirve más que para aclarar un punto. *Explica la presencia de las rajas en el reloj y la muñeca de Hamnet.* Porque en el momento en que Hamnet aplicaba la cerilla al documento, el hombre del hacha bajaba del dormitorio. Al ver lo que pasaba, atacó a Hamnet para *impedir* que éste destruyera el documento, puesto que él estaba interesado en su salvación. Entonces debió descargar un golpe con el hacha que todavía llevaba sobre la muñeca de Hamnet, cayendo el papel y la cerilla. Sin duda Hamnet debió de echarse sobre él a continuación; en la lucha, el hombre del hacha le disparó. Probablemente la lucha se inició en el despacho, en donde el asesino dejó caer el hacha, y luego continuó en el vestíbulo, donde encontramos el monóculo de Hamnet roto y donde debieron de dispararle a él... El hombre del hacha arrastró el cuerpo de Hamnet por las escaleras y lo depositó en el sótano, sin saber que allí estaba la bomba; luego (si no había sido destruido por el fuego), cogió el documento y se fue. Lo importante del corte en la muñeca y la pelea es que el hombre del hacha estaba dispuesto a todo (a pelear, a *matar*) con tal de salvar el documento.

El ascenso por la escarpada y sinuosa carretera que conducía a Hamlet ocupaba toda la atención de Rowe y Patience enmudeció mientras el joven conducía hábilmente el coche por las cerradas curvas. De pronto, llegaron al límite de la propiedad y pasaron el pequeño y pintoresco puente. Las llantas hicieron sonar la gravilla.

—Todavía no veo —dijo Rowe con el ceño fruncido—, aun cuando todo eso sea verdad, adónde quieres ir a parar, Pat. Estás tan lejos de saber quién es el asesino como antes.

—¿De verdad crees eso? —gritó Patience. Cerró los ojos e hizo una mueca, como un niño que traga una medicina amarga—. ¡Te digo que todo está claro como la luz del día! Las características del hombre, Gordon... se ponen al descubierto *por lo que pasó en la casa.*

Los dos hombres se miraron sin expresión. Ahora pasaban por la puerta principal siguiendo por el camino que conducía a la casa. La cómica figura del pequeño Quacey, su joroba, una curtida prominencia sobre su espalda, apareció por sorpresa entre un grupo de lilas, miró, sonrió arrugando su rostro, hizo un saludo con la mano y se precipitó hacia la carretera.

Rowe detuvo el coche.

—¡Quacey! —gritó Patience, alzándose por encima de los dos hombres—. ¿Está bien el señor Lane?

—Hola, señorita Thumm —dijo Quacey con alegría—. Está mejor hoy, gracias. Inspector, iba a enviarle esta carta.

—¿Una carta? —repitió Thumm, confundido—. Es curioso. Démela.

Quacey le alargó un gran sobre cuadrado y él lo abrió.

—¿Una carta? —dijo Patience y se volvió a sentar entre los dos hombres y miró al cielo—. Está bien, gracias a Dios.

El inspector leyó la carta en silencio y luego, con una arruga entre sus cejas, la leyó en voz alta:

Querido inspector:

Confío en que Patience no haya salido mal parada de su angustiosa experiencia. Mi anuncio la hará volver, estoy seguro. Mientras espera, puede distraer su mente leyendo las respuestas a algunos de los misterios que han perturbado su investigación en este caso.

El enigma principal, como señalaron Patience y Gordon, es, sin lugar a dudas, éste: ¿Por qué podría un hombre culto, sano, inteligente como Hamnet Sedlar, haber deseado destruir un autógrafo auténtico tan valioso, tan raro, tan irreemplazable, como una carta escrita por la inmortal mano de Shakespeare? Puedo darle la contestación, después de haber resuelto el enigma por mi cuenta.

La carta, escrita a un antepasado de sir John Humphrey-Bond, evidentemente un amigo íntimo del poeta, además de decir que quien la escribió (Shakespeare) sospechaba que le estaban envenenando lentamente, añadía el *nombre* del envenenador... Éste es un mundo extraño, muy extraño. El hombre al que Shakespeare acusaba de estarle envenenando se llamaba *Hamnet Sedlar.* ¡Hamnet Sedlar, inspector, de quien los hermanos William y Hamnet Sedlar son descendientes directos!

Extraño, ¿verdad? Ahora se comprende por qué este hombre de cultura, este estudioso, este fervoroso e ilustrado anticuario, este inglés orgulloso, deseaba, contra todos los dictados de la cultura y el instinto científico, ocultarle al mundo, incluso a expensas de lo que será uno de los tesoros más queridos de la humanidad, el conocimiento de que el inmortal Shakespeare, el Bardo de Avon, a quien Carlyle consideró «el más grande de los intelectos» y Ben Johnson como «no de una época sino de todas las épocas», reverenciado y adorado durante más de tres siglos por una humanidad equilibrada, fue asesinado por un antepasado del propio Hamnet Sedlar; ¡un antepasado que además —horror de los horrores— llevaba su mismo nombre! Algunos encontrarán en su pasión un toque de locura y otros no lo creerán; pero el orgullo del linaje es, como la vejez, una enfermedad incurable, y se consume en su propia fría llama.

William no estaba afectado por esta enfermedad; en él, el espíritu científico se alza victorioso. Pero también se vio afectado por la insania: quería el documento no para la posteridad, sino para él mismo. El tercer hombre, cuya participación en el caso se limita a su intervención la noche del crimen, estaba dispuesto a defender con su vida el documento para que fuera conocido por la humanidad

Por favor, dígales a Patience, a Gordon y a todo aquel que pueda estar interesado (la verdad será pronto conocida, viejo amigo) que no deben temer por la seguridad del documento. Yo mismo he visto cómo era enviado a Inglaterra, a quien pertenece, para ser su propiedad legalmente y la del mundo espiritualmente; puesto que su legítimo dueño, el último Humphrey-Bond, ha muerto sin disponer de él y sin herederos y sus propiedades han revertido a la Corona. Aun cuando yo he tenido que ver con esta recuperación, inspector, sé que mis amigos me juzgarán con benevolencia. Prefiero pensar, como corresponde al egoísmo de todos los hombres, que incluso en el crepúsculo de mi vida he sido de cierta utilidad para la humanidad.

Patience y Gordon, si me permitís inmiscuirme en vuestros asuntos íntimos, creo que los dos seréis felices juntos. Tenéis intereses comunes, los dos sois inteligentes, y sé que os respetaréis mutuamente. Que Dios os bendiga. No os he olvidado.

Mi querido inspector, soy viejo y estoy tan cansado que no parece que... Me iré pronto, creo, para un largo descanso, que es lo que apunta esta carta demasiado larga. Y como parto sin compañía, y sin su conocimiento, me diré a mí mismo estas luminosas palabras de despedida:

Dicen que se marchó bien, y pagó su cuenta;
así que ¡Dios sea con él!

Hasta que nos encontremos de nuevo,

DRURY LANE

El inspector arrugó su aplastada nariz.

—No entiendo...

Rowe miró a su alrededor rápidamente. Sin embargo, todo parecía tranquilo; los torreones de Hamlet se alzaban serenos por encima de las copas de los árboles.

Patience dijo con voz ahogada:

—¿Dónde está el señor Lane, Quacey?

Los ojos de batracio de Quacey centellearon.

—Tomando el sol en los jardines del oeste, señorita Thumm. Se sorprenderá al verles. Sé que no esperaba a nadie hoy.

Los hombres saltaron del coche y Patience se bajó con esfuerzo. Entre ellos, con Quacey siguiéndoles a pasitos, ella echó a andar por la hierba hacia los jardines del oeste.

—El hombre del hacha —dijo ella con una voz tan baja que ellos tuvieron que prestar mucha atención para oírla— se puso él mismo en evidencia. No cometió errores; no sabía que cometió errores; el destino los hizo por él. El destino en la forma de un despertador barato.

—¿Un despertador? —murmuró el inspector.

—Cuando examinamos el despacho y nos fijamos en el despertador que había sobre la repisa de la chimenea, vimos que el timbre *no estaba bloqueado.* ¿Eso qué quería decir? Que el timbre sonó a la hora a la que había sido colocado, es decir, las doce de la noche del día anterior (pues nosotros lo examinamos antes del mediodía del día siguiente y Maxwell lo había colocado la tarde anterior). La palanquita todavía estaba en «Timbre», recordaréis, cuando lo examinamos. Pero si comprobamos que la palanquita todavía estaba en «Timbre», eso significa que debió haber sonado. ¿Y qué significa que el timbre sonara? Que sonó hasta que se acabó la cuerda. Si alguien lo hubiera parado, nos habríamos encontrado con la palanquita puesta en el lado contrario. Así que nadie bloqueó el timbre del despertador y el despertador sonó hasta que se le acabó la cuerda, quedándose con la palanquita en «Timbre»...

—¿Pero eso qué demonios significa, Pat? —gritó Rowe.

—Todo. Sabemos que el hombre del hacha estaba en la habitación a medianoche; luego estaba allí cuando sonó el despertador. Lo sabemos por dos datos: Maxwell dijo que había sincronizado todos los relojes y el reloj de péndulo fue despedazado a las doce exactamente.

Rowe se retrasó un poco. Estaba muy pálido.

—De acuerdo, sigamos —dijo el inspector impaciente—. ¿Por qué ese hombre del hacha, como tú le llamas, no bloqueó el timbre cuando empezó a sonar? ¡Debería haber saltado! Cualquiera que anduviera por la casa de otro habría saltado para apagarlo inmediatamente, tanto si hubiera alguien que pudiera oírlo como si no.

Se detuvieron bajo un viejo roble.

—Exactamente —dijo ella en voz baja—. El hecho es que aun cuando estaba en la misma habitación y su instinto debía inducirle a bloquear el timbre, *no lo hizo.*

—Bueno, esto es demasiado para mí —murmuró Thumm—. Vamos, vamos, Gordon.

Y siguió caminando. Los otros dos le siguieron lentamente. No muy lejos, por encima de un pequeño seto de aligustres, vieron la silenciosa y encogida figura de Lane. Estaba sentado en un rústico banco, de espaldas a ellos.

Patience soltó un grito ahogado y el inspector se volvió. Rowe, pálido, se adelantó y le cogió una muñeca.

—¿Qué pasa? —dijo el inspector lentamente.

—Padre, espera —dijo Patience sollozando—. Espera. No entiendes. ¿Por qué no percibió el hombre del hacha el tictac de la bomba cuando entró en el sótano arrastrando el cuerpo de Hamnet Sedlar? ¿Por qué destrozó con el hacha el despacho? Evidentemente buscaba una zona hueca. ¿Y cuál es la manera normal de localizar un sitio hueco? ¡Dando con los nudillos, padre! ¿Y por qué no lo hizo?

Thumm miró a uno y a otro, confundido, desconcertado.

—¿Por qué?

Patience puso una mano temblorosa en su brazo.

—Por favor, lo tienes delante de ti. El hombre del hacha no bloqueó el timbre del despertador, no se dio cuenta de la presencia de la bomba, no buscó el escondite golpeando con los nudillos para dar con un lugar hueco, por la misma razón, padre. ¡Oh! ¿No lo ves? Me impresionó tan terriblemente, fue una revelación tan horrible, que corrí asustada como una niña; quería irme, huir a cualquier sitio... Él *no podía oír* el timbre. *No podía oír* el tictac de la bomba. *No podía oír* el sonido de un sitio hueco. ¡ERA SORDO!

La boca del inspector se abrió como si la mandíbula se le hubiera caído de pronto. En sus ojos se notaba un horror concentrado. Rowe estaba inmóvil con un brazo agarrotado alrededor de la cintura de Patience. Ella temblaba. Quacey, que permanecía detrás sin mover ni un músculo, soltó un grito desgarrador y se desplomó sobre la hierba.

El inspector dio un vacilante paso hacia delante y tocó con su mano la espalda de Lane. Patience se volvió y escondió su rostro en el pecho de Rowe, llorando convulsivamente.

La cabeza del anciano caballero estaba inclinada hacia delante, la barbilla en el pecho; no pareció notar la mano del inspector.

Más ágilmente de lo que cabría esperar en un hombre de su envergadura y su peso, el inspector saltó por encima del banco y cogió una mano de Lane.

Estaba glacialmente fría, y una pequeña ampolla vacía cayó de sus blancos dedos sobre la verde hierba.

Este libro se terminó de
imprimir en los talleres gráficos
de Mateu Cromo, S. A., Pinto, Madrid, España,
en el mes de julio de 2004